Diogenes Taschenbuch 24059

de
te
be

Amanda Taylor

# *Nobody knows*

*Nach einer wahren Geschichte*
*Aus dem Amerikanischen*
*von Manfred Allié*

Diogenes

Die deutsche Erstausgabe
erschien 2007 im Diogenes Verlag
Umschlagfoto von Blasius Erlinger


Veröffentlicht als Diogenes Taschenbuch, 2011

www.diogenes.ch
80/11/52/1
ISBN 978 3 257 24059 7

*Inhalt*

## *Tautropfen*

Es war früh am Morgen, und ich sah den Tautropfen zu, wie sie an den Grashalmen hinabliefen; wie sie auf andere Tropfen trafen und gemeinsam mit ihnen nach unten kullerten, und der Vogel auf dem Zaun sang dazu. Ich fragte mich, was er wohl sang und für wen.

Ich wollte an alles denken, bloß nicht an Walter. Ich war gerade erst dreizehn, und da saß ich nackt auf der kalten Erde, nur in die billige Decke mit den zwei Löchern gewickelt, die Walter mir gegeben hatte, bevor er wütend davongestapft war. Ich hatte die Arme um die Knie gelegt und saß da mit dem Rücken an Walters Terrassentür.

Walter der Menschenfreund.

Walter, der Offizier im Ruhestand, mit seinen Orden und politischen Ambitionen und seiner guten Pension, ein Mann von sechsundfünfzig mit stattlichem Schnurrbart, mit massenhaft Energie und jeder Menge Zeit für gute Werke.

Walter mußte man einfach mögen.

Oben über seinem Lattenzaun konnte ich unser Dach sehen. Den Zaun hatten Walter und ich vor ein paar Jahren gebaut, und alle hatten uns dabei zugesehen. Ich mußte an mein warmes Bett denken und überlegte, ob wohl Dillon und Abbey, mein Bruder und meine Schwester, noch schliefen. Ich blies eine Atemwolke in die kühle Luft, um zu sehen, wie weit sie kam, bevor sie sich auflöste. Ich überlegte, ob Mom wohl wußte, daß ich in einer billigen Decke auf der kalten Erde saß. Ich überlegte, ob die anderen in der Schule, wenn ich über den Gang ging, mir ansahen, daß ich – Cheerleaderin, erfolgreiche Hindernisläuferin, Stürmerin beim Basketball, ausgezeichnet für gute Leistungen… daß ich an einem kühlen Herbstmorgen nackt auf der eiskalten Erde im Garten meines Nachbarn gelandet war.

Ich fragte mich, ob es Ärger geben würde wegen dem, was da gerade passiert war. Meine Tränen rannen genau wie die Tautropfen auf den Grashalmen, sie rannen meine nackte Brust hinunter, trafen sich und tropften auf die Decke.

Walter zog die Schiebetür auf. Er war in Unterwäsche, und sonst mußte ich immer kichern, wenn ich ihn so sah. So eine würdevolle Erscheinung, aber seine Unterhosen verrieten etwas ganz anderes; sie waren grau vom vielen Waschen, und der ausgeleierte Hintern hing, als wäre eine schwere Last darin.

Diesmal kicherte ich nicht. Nein, diesmal war Walter wirklich wütend. Das kam nicht oft vor, aber wenn, dann spürte ich es, und ich wußte zwar nicht, warum genau Walter an diesem Morgen so wütend war, aber sicher wegen mir.

Er warf mir meine Kleider hin, zusammen mit Skipper, meiner jungen Barbie, ebenfalls nackt. Ich packte sie und steckte sie mit unter die Decke, damit ihr wenigstens diese Peinlichkeit erspart blieb.

Ich wußte, ich war zu alt für Barbiepuppen. Aber ich hatte leider gelernt, daß Mädchen in diesem Alter meist unberechenbar waren und daß man keiner trauen konnte. Skipper und die anderen Barbies dagegen zerrissen sich nicht die Mäuler über mich und meine Familie, nur weil Moms ausgeflippte Freunde am Morgen meines dreizehnten Geburtstags mit einem Fäßchen Bier und ein wenig Pot vorbeigekommen waren. Skipper verzog nicht das Gesicht, nur weil ich übermütig aus dem frisch angezapften Bierfaß bei uns in der Küche den ersten Schluck getrunken hatte.

Leider sahen die meisten von meinen Freundinnen aus der Cheerleadertruppe und dem Basketballteam, die zum erstenmal bei mir über Nacht gewesen waren, das anders.

Der Morgen meines dreizehnten Geburtstags. Meine Freundinnen, noch im Schlafanzug, dicht zusammengedrängt in der Wohnzimmerecke, machten Gesichter, als wäre gerade vor ihren Augen ein Mord verübt worden. Und Mom, die schönste Schlampe aller Zeiten, sah von der Küche aus zu und reichte den Joint weiter. Von dem Tag an lief ich für meine gehässigen Freundinnen mit einem unsichtbaren Etikett durch die Gegend. Ich fragte mich, was sie wohl sagen würden, wenn sie mich hier nackt sitzen sähen, am Haus unseres Nachbarn; ich stellte mir vor, wie sie mich auf dem Scheiterhaufen verbrennen würden.

Ich hatte nicht daran gedacht, etwas zum Anziehen für Skipper Eins mitzunehmen, die Zwillingsschwester von Skipper Zwei, als ich zum Übernachten zu Walter gegangen war, wie oft am Wochenende. Am frühen Morgen sah Skipper vom Nachttisch neben Walters Bett aus zu, in ein Kleenex gewickelt, damit sie nicht fror nach dem Bad, das Walter für uns eingelassen hatte. Skipper war genauso baff wie ich, als Walter plötzlich anfing, mich zu küssen, und komische Bewegungen mit seinem Körper machte. Sie hatte nur Glück, daß sie nicht seinen Atem riechen mußte, diesen stinkigen Frühmorgen-Altmänneratem, schlimmer denn je, weil er so keuchte, als er auf mir lag.

Als Walter meine Sachen herausgeworfen hatte, schmiß er die Schiebetür zu, so fest er nur konnte, was mir nur noch dickere Tränen in die Augen trieb.

Seit ich zehn war, hatte ich Walter geliebt, aber das war vorbei, aus und vorbei!

Ich fragte mich: »Wieso sitze ich hier nackt auf der kalten Erde?«

Und das kam so.

## *Die Betschwester*

Cassandra stand mit dem Rücken zu Schwester Agnes auf dem Spielplatz und tat, als hörte sie die wütende Nonne gar nicht, die sie anbrüllte, weil sie den Rasen betreten hatte. Die anderen lachten, als Cassandra lautlos nachäffte, was die Nonne schrie; aber Cassandra wußte genau, was geschah, wenn man Schwester Agnes herausforderte.

Cassandra stand da, üppig und aufreizend, und die dunkelblonden Locken flogen mit jeder Bewegung. Nur Nerze haben eine solche Farbe. Schwester Agnes kam über den Plattenweg, packte Cassandra bei den Haaren und zerrte sie ins Direktorszimmer, und Gott und alle anderen schauten zu. Schwester Agnes ließ keine Chance ungenutzt, ihren Vierzehnjährigen den Lebensgeist auszutreiben.

Cassandra widersetzte sich nach Kräften und fand, daß die Demütigung, die sie der strengen Schwester zugefügt hatte, den Preis wert war.

Schwester Agnes nahm das schwere Holzlineal,

damit sie sich nicht selbst weh tat. Sie zerrte Cassandra über ihren Schoß und gab ihr einen Hieb für ihre großen Brüste und einen für ihren freien Geist, einen für ihr hübsches Lächeln, einen für ihr blondes Nerzhaar, das sie vom englischen Zweig der Familie hatte, einen dafür, daß sie mit den Jungs flirtete, und einen für all die Male, die Pater John ein Auge zugedrückt hatte. Sie schlug sie für das, was neidische Mitschülerinnen über Cassandras Freizügigkeit erzählten. Einen Extrahieb gab es für die olivbraune Haut, Zeichen des Indianerbluts, das in ihren Adern floß und dessentwegen die christlichen Männer sie nur um so exotischer und verlockender fanden.

Bei jedem Schlag stieß Cassandra einen Schrei aus, auch wenn sie wußte, daß es nicht der letzte sein würde. Diese Schule würde sie bald hinter sich haben. Aber die Bilder vom vergangenen Abend tanzten in ihrem Kopf wie ein Traum.

Sie schwärmte für Jimmy, einen von den älteren Jungen an der Schule, und es war nicht leicht gewesen, cool zu bleiben, als er gefragt hatte, ob sie nach dem Unterricht zum Steinewerfen an den Bach kommen wolle.

Cassandra lief ans Wasser, so schnell sie mit den Büchern in der Hand nur konnte.

Als sie um die Ecke kam und Jimmy unter der

Brücke auf der Erde sitzen und Steine werfen sah, mußte sie sich zusammennehmen, damit er nicht merkte, wie aufgeregt sie war.

»He, Cassie, komm, setz dich«, sagte Jimmy.

Cassandra legte sich die Bücher unter, damit ihr Kleid nicht schmutzig wurde.

Plötzlich hielt ihr von hinten ein Junge den Mund zu und zerrte sie tiefer unter die Brücke, wo noch andere warteten. Sie versuchte zu schreien, aber das Rauschen des Wassers und die Hand des Jungen erstickten jeden Laut.

Mit Fingern und Flaschen machten sie sich an Cassandras Geschlecht zu schaffen.

Inzwischen hatte sich schon bis zu ihrem älteren Bruder Wesley herumgesprochen, was die Jungs unter der Brücke machten.

Wesley kam an den Bach. Mit jedem Schritt stampfte er Wut in den Boden. Er malte sich aus, wie peinlich es ihrer Mutter Tess sein würde. »Cassie!« brüllte er.

Die Jungs machten sich aus dem Staub.

»Was zum Teufel tust du hier?« Wesley zog Cassie vom Boden hoch und gab ihr eine Ohrfeige, in der die ganze Wut steckte, die sich auf dem Weg zum Fluß in ihm aufgestaut hatte. Dann packte er sie am Arm und zerrte sie nach Hause.

Diese Geschichte konnte man aus drei Blickwinkeln sehen, aus dem von Cassandra, dem der Jungen und aus dem Blickwinkel Wesleys. Über die Sache wurde nie offen gesprochen, es gab nur Tuscheleien in der Schule.

»Nur weiter, Schwester Agnes«, dachte Cassandra, »prügle die Sünde aus mir heraus – das, was die Jungs mit mir getan haben, prügle es heraus. Schlag zu, so fest du kannst, damit ich nie wieder daran denken muß.«

Cassandra, meine Mom, war vierzehn, und es würde nicht mehr lange dauern, bis sie die katholische Schule verließ, ein junges Mädchen mit eigenem Willen und schon bald verheiratet mit dem falschen Mann.

## *Schicksal*

Dreieinhalb Jahre später saß meine zukünftige Mom Cassandra meilenweit fort von zu Hause in einem Heim für ledige Mütter. Siebzehn, geschieden, Mutter von zweien – arm, schön und schwanger und kein Vater in Sicht für das dritte im Bauch: für mich.

Nicht gerade das Leben, das sie sich für ihre Kinder vorgestellt hatte. Cassandra wollte, daß ihre Kinder mit einem Vater aufwuchsen, da man ihr selbst das Recht darauf schon mit zehn genommen hatte.

Ihr Vater Oliver war ein großer und schlanker Mann gewesen, nur um den Bauch ein wenig schwabblig von dem Schnaps in der braun eingewickelten Flasche. Die dunklen Augen machten die hohen Backenknochen um so auffälliger, Zeichen des Cherokesenanteils in seinem größtenteils weißen Blut, dem er das goldene Haar verdankte. Er war ein charmanter, lustiger Mann.

Die beiden älteren Brüder Cassandras, Wesley und Arthur, waren schon groß, und so war Cassandra der Liebling ihres Vaters. Er nahm sie mit in die Bar und zu den Hahnenkämpfen, wo er sich mit Wetten etwas dazuverdiente. Cassandra spürte den Staub auf den Lippen, wenn er sie an der Hand zwischen den Menschen hindurchsteuerte. Cassandra machte begeistert mit und feuerte ihre Favoriten an.

Ihre Augen leuchteten, wenn sie die kupferbraunen Federn eines stolzen Vogels sah. Die Hähne waren in Harnisch und gingen aufeinander los. Es wurde gekämpft bis zum Tode, und an den Anblick, wenn der Unterlegene tot dalag, konnte Cassandra sich nie gewöhnen. Sie fand, das war so ziemlich der schlimmste Anblick, der ihr je zugemutet worden war. Aber sie vergötterte ihren Dad und war glücklich, wenn sie bei ihm war, selbst in einem verräucherten Hinterzimmer beim Hahnenkampf.

Grandma Tess erzählte mir, daß Oliver immer hungrige, abgerissene Leute aus der Bar mit nach Hause gebracht habe, und sie habe ständig kochen müssen. Aber so wie Grandma Tess die Geschichte erzählte, klang es eher, als ob sie stolz war, und nicht wie eine Klage. Die zwei hatten nicht viel, aber was sie hatten, teilten sie gern.

An einem ganz normalen Sommertag war mein

Grandpa Oliver in seiner Lieblingsbar in der Stadt gewesen und hatte den Freitag gefeiert.

Mike, der Barmann, tippte den Betrag für ein Bier in seine Registrierkasse und rief Oliver etwas zu. Oliver steuerte auf die Tür zu, und er hatte sichtlich Schlagseite. »Oliver, soll ich dich nach Hause fahren? Wenn du einen Moment wartest – ich bin gleich fertig hier.«

Aber Oliver nahm seinen Hut und drehte sich mit einem Lächeln um. »Tess wartet mit dem Essen, und ich gehe gern im Regen spazieren.« Er lüpfte seinen Hut, zwinkerte Mike zu und ging zur Tür.

»Gut, Oliver, dann bis morgen«, sagte Mike und wischte den Tresen ab.

Auf dem Heimweg wurde der Regen stärker. Im Geiste schmeckte Oliver schon das Hühnchen und spürte die Wärme und Geborgenheit seines Heims. Er stolperte und stürzte auf die Straße und geriet unter ein Auto. Er lag da im strömenden Regen und träumte, wie er und Tess im Wohnzimmer zum Radio tanzten, zu Klängen, die mehr statisches Rauschen waren als Musik. Er sah Cassandra, wie sie lachend auf seinen Schultern saß, und die Jungen, Wes und Arthur, winkten zum Abschied, als sie in ihren schmucken Uniformen zur Navy einrückten.

Später am Abend starb Oliver im Krankenhaus.

Auf dem Totenschein war Unfall als Ursache angegeben, aber die Verwandten sagten, er sei am Suff gestorben.

Er ließ meine Großmutter Tess allein zurück, eine junge Witwe mit gebrochenem Herzen. Er ließ zwei junge Männer ohne Vater zurück, und Cassandra, meine Mom, wurde die traurigste Zehnjährige in ganz Montana.

Cassandra, inzwischen siebzehn und zweifache Mutter, wollte das Baby behalten, aber sie wußte nicht, wie. Vielleicht würde sie es zur Adoption freigeben, vielleicht auch nicht.

Ein paar Meilen weiter gab es einen jungen Mann namens Antonio, der in seinem Zimmer auf und ab ging und eine Entscheidung über seine Zukunft fällen mußte. Das war mein Vater. Er war ein gutaussehender Mexikaner mit einer schwarzen Haartolle à la Elvis, der sich mit Gelegenheitsarbeiten durchschlug und gerade genug hatte, daß er sich ein schönes Auto leisten konnte, denn das war das wichtigste für ihn. Er hatte Cassandra nur flüchtig gekannt, aber nun malte er sich doch aus, wie es wohl wäre, wenn sie zusammen wären. Sie war das schönste Mädchen, das er je gesehen hatte. Aber er sträubte sich gegen ein Kind, das nicht von ihm war, gar nicht zu reden von zweien.

Nur wenige Wochen bevor ich das Licht der Welt

erblickte, fuhr ein Held in blitzender Rüstung vor dem Heim für alleinstehende Mütter vor und machte meiner Mom einen Heiratsantrag. Sie nahm glücklich an, und es blieb noch Zeit für eine eilig angesetzte Hochzeit.

Ich kam an einem kalten Winterabend zur Welt, mitten in einer Folge der Fernsehserie »Bonanza«. Das Wort bedeutet soviel wie unverhofftes Glück oder plötzlicher Reichtum, und das war gleich die erste Ironie meines Lebens. Viel war ja vom Indianerblut nicht bei mir angekommen, aber irgendwie war es bei mir ein wenig deutlicher zu sehen als bei meinen Geschwistern, zumal ja noch die mexikanische Seite dazukam. Meine Augen waren braun; jemand hat einmal gesagt, sie hätten die Farbe von Rinderdärmen. Die langen, strähnigen braunen Haare waren immer schief abgeschnitten, weil Mom und Grandma keine ordentlichen Scheren hatten, und ich konnte keine Sekunde stillhalten. Meine Großmutter sagte immer: »Hast du Hummeln im Hintern? Immer mit der Ruhe, junge Dame.« Mein Gesicht war klein, wodurch die Lippen dicker wirkten, als sie waren, und die Nase sah zwar nicht schlecht aus, aber niedlich war sie auch nicht. Ein bißchen Ähnlichkeit hatte ich mit meinem Grandpa Jesse, und deshalb nannten sie mich Jessica oder meistens Jessie.

Ich würde gern sagen, daß wir alle zusammen in den Sonnenuntergang ritten und glücklich lebten bis ans Ende unserer Tage, aber es dauerte nur wenige Monate, bis Cassandra und Antonio statt dessen die Sonne beim Scheidungsrichter untergehen sahen. Den schönen Antonio bekam ich erst Jahre später wieder zu Gesicht.

## *Die Familie*

Mom saß am Steuer ihres blauen Plymouth-Kombi mit Heckflossen wie beim Batmobile, mit Grandma Tess, Großtante Sophie, meinem Bruder Dillon und meiner Schwester Abbey und mir an Bord, und Led Zeppelin kam ein wenig leiser als sonst aus dem Radio, weil die alten Leute dabei waren. Wir besuchten Greatgran Ida, meine Urgroßmutter, die gerade eine Fußoperation hinter sich hatte – an dem einen Fuß, den sie noch hatte. Greatgran Ida war schon über neunzig, aber ihren Humor hatte sie trotzdem behalten. Manchmal, wenn ich es richtig anstellte, ließ sie mich auf ihren Schoß klettern und fuhr mich im Rollstuhl spazieren.

Greatgran Ida saß im Krankenhausbett und wartete schon auf den Besuch. Unter ihrer Bettdecke war eine kurze Stange aufgestellt, und es sah aus, als hätte sie ein Zelt mitten auf ihrem Bett. Ich schwärmte für Camping.

»Greatgran, kann ich in dein Zelt sehen?«

»Nein, lieber nicht, Jessica.«

Was war da drin? Die Neugier brachte mich um. Also wartete ich, bis keiner hinsah. Rasch warf ich einen Blick in das Zelt, aber auf das, was ich da sah, war ich nicht gefaßt. Alles, was da lag, war Greatgrans Bein ohne Fuß, und am anderen Bein war jetzt auch nur noch ein Stumpf, mit blutiger Gaze umwickelt.

»Iiih, jetzt hat Greatgran überhaupt keinen Fuß mehr!« rief ich.

Mom und Grandma Tess tadelten mich mit Worten und Gesten und zogen eilig das Tuch wieder vor, das die grausame Realität vor uns allen, meine Urgroßmutter eingeschlossen, verbarg.

»So geht's einem, wenn man raucht und wenn man zuviel Zucker ißt, Jessica«, sagte Greatgran Ida und tätschelte mir mit einem aufmunternden Lachen den Kopf.

Alle lachten mit, und ich schluckte schwer und nahm mir vor, daß ich nie auch nur einen einzigen Zug von den schrecklichen Zigaretten nehmen würde und nicht mehr so viele Süßigkeiten essen, denn ich wollte meine Beine behalten.

Ein paar Wochen später mußte ich in die Kirche und sah Greatgran wieder. Sie lag in einer verzierten Kiste, die auf Böcken ein Stück über dem Boden stand, umgeben von wunderschönen Blumensträußen. Es war die Totenwache, und ich wartete darauf, daß sie wieder erwachte. Alle hatten Tränen in den Augen, als wir an die merkwürdige Kiste kamen, in der Greatgran Ida lag. Ich nahm meinen Mut zusammen und sah sie an. Langsam wanderte mein Blick vom Boden aufwärts, denn ich fürchtete mich vor diesem Ding namens Tod, von dem ich schon so viel gehört hatte. Dann sah ich Greatgran Ida, deren Kopf mit dem langen silbernen Haar auf ein Satinkissen gebettet war.

Aber ich stellte fest, daß dieser Tod mich nicht traurig machte. Warum sollte ich traurig sein, wo das, was da in der Kiste lag, überhaupt nicht meine Greatgran war? Meine Greatgran hatte immer ein Strahlen im Gesicht gehabt, und wenn diese Frau hier jemals gestrahlt hatte, dann war das Strahlen unter dem dicken Make-up verschwunden; und Greatgran Ida hatte sich nie geschminkt. Auch die unechte Art, wie diese Person lächelte, kannte ich nicht. Zögernd berührte ich ihre Hand; die Hände waren gefaltet und hielten einen Rosenkranz mit einem Kreuz daran. »Das ist nicht meine Greatgran, die hat nie so kalte Hände gehabt.«

Es kam nicht oft vor, daß Grandma Tess weinte, und sie hielt meine Hand so fest wie einen Luftballon an einem stürmischen Tag. Langsam ging mir auf, daß das mit der Totenwache überhaupt nicht stimmte, daß das Wort, das die Katholiken für diese Feier hatten, völlig falsch war und daß Greatgran Ida nie wieder aufwachen würde. Ich war sehr enttäuscht.

Die Beerdigung fand ein oder zwei Tage später auf dem indianischen Friedhof statt. Wir waren ja keine normale katholische Familie und auch nicht einfach nur eine teils indianische, ein wenig englisch-französische Familie. Dazu muß man wissen, was sich Jahre vor meiner Geburt zugetragen hatte.

Ich erfuhr, daß früher, als Greatgran Ida jung war, ihre indianischen Traditionen von Staats wegen unterdrückt wurden. Sie war Versuchskaninchen bei einem Experiment, Indianer- und weiße Kinder zu integrieren. Ida kam auf eine Anglo-Schule, wo sie nur die englische Sprache lernten, das Christentum und die weiße Kochkunst, und sie lernten nichts als die Ansichten der Weißen kennen. Eigentlich gingen sie auf die Schule, um zu lernen, wie man nicht wie ein Indianer lebte. Das gleiche versuchten sie mit Grandma Tess, aber sie kam in eine katholische Schule nicht weit vom Reservat. Greatgran Ida wurde ihrer Familie fortgenommen und weit weg in den Mittleren Westen geschickt, ein großes Stück ostwärts, wo sie die Anglo-Schule besuchen mußte. Als sie auf dem Bahnhof wartete, kreisten die anderen Indianerkinder sie ein und sangen »Indianer sind kein Dreck! Indianer sind kein Dreck!« Es ist traurig, aber als sie schließlich zu ihrer Familie und ins Reservat zurückkam, wußte sie wie die meisten Indianer nicht mehr, wie man wie ein Indianer lebt, aber trotzdem war sie den Weißen nicht gut genug, und sie blieb irgendwo in der Mitte hängen. Aber Greatgran Ida hatte Glück; sie ging aus alldem stärker denn je hervor und begründete einfach ihre eigenen Traditionen mit ihrer eigenen Familie. Sie und mein Urgroßvater Henry hatten so viele Kinder, daß sie ihren eigenen französisch-indianisch-englischen Stamm aufmachen konnten. Von dort stammte Grandma Tess, direkt aus dem Reservat.

Es waren viele Leute auf der Beerdigung. Über neunzig Jahre, da lernte man eine Menge Menschen kennen. Alle, die früh genug kamen, versammelten sich im Untergeschoß der Kirche, wo es Donuts und Kaffee gab. Fotos von Greatgran Ida und Urgroßvater Henry und ihren sämtlichen Kindern waren längs der Tische aufgehängt, damit alle sie ansehen und an die alten Zeiten zurückdenken konnten. Der Keller hallte nur so vom

Lachen der Leute wider, die sich die alten Bilder ansahen.

Grandma Tess zeigte mir ein Bild von sich als jungem Mädchen. Genau wie Mom sah sie sehr exotisch aus mit ihrem kurzen, schwarzen, lockigen Haar, der dunklen Haut und den haselnußbraunen Augen. Sie wirkte übermütig und keß mit ihren Blue jeans, den Cowboystiefeln mit langen Lederfransen, und auf dem Kopf trug sie einen prachtvollen Cowboyhut, der den verwegenen jungenhaften Eindruck noch betonte.

Wenn Grandma Tess überhaupt Fehler hatte, dann kannte ich sie nicht. Auch sie war eine starke Frau mit einem tollen Sinn für Humor. Heute würde sie ihre Mutter begraben, die sie insgeheim vergöttert hatte, und ihre Gefühle waren genauso unter Kontrolle wie ihre Kleidung, an der nicht eine einzige Falte zu sehen war, und dank Avon duftete sie frisch wie eine Rose.

Da katholische Begräbnisse lange dauern, blieben wir Kinder alle draußen zum Spielen. Meine kleine Schwester Abbey blieb immer bei Mom, mein Bruder Dillon und ich spielten mit unseren Cousins und Cousinen, obwohl wir sie kaum kannten. Schon vor Jahren war Grandma hier in die Stadt gezogen, und unsere Verwandten im Reservat sahen wir nur bei besonderen Anlässen, bei Geburtstagen oder wenn das Vieh gebrandmarkt wurde. Bei unserer Ankunft hieß es immer »Da kommen Cassandra und ihre kleinen Hippies«.

In Gedanken antwortete ich dann »Da sind die bescheuerten kleinen Cowboys«.

Es gehörte einfach dazu, daß man sich gegenseitig nicht mochte.

Dillon, anderthalb Jahre älter als ich, kam besser an. Mit seiner rebellischen Art, dem goldblonden Haar und den geheimnisvollen grünen Augen verzauberte er alle. Für ihn war das ganze Leben ein Abenteuer. Wenn ich mich in seiner Nähe hielt, fand ich leicht Freunde und kam auch mit solchen Familienanlässen klar.

Verwandte und fremde Kinder versammelten sich um Dillon. Ich beobachtete sie, wie sie meinen Bruder umschwirrten. Ich stand nur ein paar Zentimeter daneben, aber die Cowgirls tuschelten taktlos direkt vor mir, und ihre Augen verrieten, von wem die Rede war. Bestimmt sagten sie Gemeinheiten über mein Kleid oder meine Haare oder vielleicht über meine Schuhe, die mir zu groß waren.

Je mehr ich mir das vorstellte, desto wütender wurde ich. Sie drängten sich um meinen Bruder, und mich ließen sie mit Absicht außen vor. Dann zogen sie los und ließen mich einfach stehen. Ich setzte mich und wünschte, ich wäre in der Kirche geblieben, wo man es nicht auf Schritt und Tritt mit widerlichen Kindern zu tun hatte.

Es dauerte nicht lange, bis die Mädels zurück waren. Sie kamen auf mich zu, aneinandergedrängt, und kicherten.

»Wir haben dir was mitgebracht, Jessie«, riefen sie.

Ich war gespannt, was sie hatten, und plötzlich warf eine von meinen widerlichen Cousinen mir eine tote Maus vor die Füße. Ich machte einen Schritt zurück, stolperte über meine eigenen Füße und landete auf dem Asphalt. Die Cowgirls kriegten sich nicht mehr ein vor Lachen. Ich wartete, daß mein Bruder mir zu Hilfe kam, aber der lachte nur mit.

Ich stand auf und klopfte mein Kleid ab. Ich war stinkwütend, aber ich durfte es nicht zeigen, konnte nur dastehen mit dieser ganzen Wut im Bauch. Ich malte mir aus, wie es auch sein könnte. Ich hatte immer davon geträumt, daß ich zu einer großen italienischen Familie gehörte, mit einer gutmütigen dicken Mamma, die Pasta kochte, und einem Vater, der auf seine Tochter so stolz war wie auf einen teuren Sportwagen. Wir Schwestern hatten keine Geheimnisse voreinander, und unser Bruder beschützte uns, wie ein Wachmann einen wertvollen Edelstein bewacht.

Wenn wir Italiener gewesen wären, hätte mein Bruder jetzt den Cowgirls die Zöpfe abgeschnitten, und der Chauffeur unseres Vaters wäre mit dem Fluchtwagen vorgefahren. Es wäre eine Versammlung einberufen worden, um meine Ehre wiederherzustellen, und es wäre Genugtuung von den anderen Familien gefordert worden, und mein Vater hätte gesagt, daß das erst der Anfang der Schrecken sei, wenn sie seiner Tochter den Respekt verweigerten, den sie verdiente.

Na ja, das hier war kein Film, ich war keine Italienerin, und ich hatte keinen Vater. Meine eigene Freundin hatte mir gesagt, ein Bastard hat keinen Dad. Und da stand ich also, ein Bastard mit einer toten Maus. Aber ich glaube, ich kann meinem Bruder verzeihen, daß er mir nicht zu Hilfe kam. Als sie genug gelacht hatten, stand er ja doch wieder zu mir und sagte, ich soll die blöden Cowgirls einfach vergessen.

Die Vorstellung vom Leben, die ich im Kopf hatte, und das Leben, wie es draußen war, paßten oft nicht zusammen. In meinem Kopf waren die Dinge einfach und gut und die Leute ebenso. Ich fand es merkwürdig, daß die Leute immer eher gemein waren als freundlich. Ich hoffte nur, daß nicht so schnell wieder jemand starb und daß es keine Familienfeiern gab, auf denen widerliche kleine Cowgirl-Cousinen auftauchten, die so taten, als kämen sie aus dem Wilden Westen.

Greatgran Ida hatte sich in aller Stille verabschiedet; Grandma Tess blieb stark.

Nach der Beerdigung fragte ich Grandma Tess: »Warum weinst du?«

Sie schneuzte sich und antwortete: »Meine Mom wird mir fehlen, Jessica.«

Darüber mußte ich nachdenken; darüber, daß selbst Großmütter ihre Mütter brauchten.

## *Grandpa Jones' Geheimnis*

Schreie und klirrendes Glas weckten mich. Mom schrie so sehr, es machte mir und Abbey angst. Dillon rief: »Was ist los?«

Mom kam in unser Zimmer und sah aus, als wäre sie mit offenen Fenstern durch die Waschanlage gefahren. »Alles in Ordnung«, sagte sie mit zitternder Stimme. »Macht euch keine Sorgen.« Dann bekamen wir Gutenachtküsse.

Kurt, Dillons Vater und Moms erster Exehemann, brüllte vom Wohnzimmer: »Cassandra, beweg deinen Hintern!«

Sie deckte Dillon zu und lief dann zurück ins Wohnzimmer, wo die Brüllerei wieder losging, dann hörte man Schläge, Weinen und die schrecklichen Laute, als ihr Körper gegen die Wand geworfen wurde. Aber das Schlimmste war die Stille hinterher. Ich drückte mein Gesicht ins Kopfkissen und weinte, ich konnte ja nichts tun, aber mein Haß auf Kurt wurde von Tag zu Tag größer.

Vor wenigen Stunden waren alle noch bester

Laune gewesen. Die ganze Gegend vibrierte vom Röhren der Chopper, die bei uns vorfuhren, jeder von den Bikern wollte den lautesten Auspuff haben. Die Beatles und Steppenwolf dröhnten aus der Anlage, alles roch nach Marihuana. So hatte es vor ein paar Stunden ausgesehen, aber eigentlich war es mit Kurt immer dasselbe.

Mom war noch ein Teenager gewesen, gerade erst fünfzehn, als sie ihn heiratete. Er dachte an nichts anderes als an Saufen und sie. Aus der Verbindung ging mein Bruder Jacob hervor, und mit sechzehn brachte Mom dann meinen Bruder Dillon zur Welt. Ein paar Bilder von Jacob gab es noch im Haus. Wie Dillon hatte er helle Haut gehabt, grüne Augen und feine Gesichtszüge, er hatte Mom ähnlich gesehen, aber es war keine Spur von dem Filmstarlächeln zu sehen, das Mom und Dillon hatten. Das kommt davon, wenn ein Junge krank ist, und mit fünf ist er gestorben, und es brach allen das Herz, vor allem Mom.

Nach der Scheidung von Kurt heiratete Mom meinen Dad, Antonio Santos. Das war mit siebzehn, und mit achtzehn kam ich. Nach der Scheidung Nummer zwei, mit neunzehn, verliebte Cassandra sich in Billy und heiratete ihn, und kurz darauf kam meine Schwester Abbey zur Welt.

Abbey hatte Haar so rot wie der Sonnenuntergang und dazu Augen, die nicht lügen konnten. Diese großen blauen runden Scheiben verrieten alles, sie veränderten ihren Ausdruck ohne einen einzigen Wimpernschlag. Die Ärmste kam mit keiner einzigen Ausrede durch. Abbey war ein echter Gewinn für unsere Familie; mit ihrer süßen, sanftmütigen Art war sie genau das, was in unserer Palette noch gefehlt hatte. Pech für sie, daß ihr Vater Billy ihr dann ebenfalls das Herz brach, und das von Mom dazu.

Anscheinend ist Billy, als wir mit ihm in Arizona lebten, mal beim Einkaufen auf die falsche Seite der Stadt geraten, und das brachte ihn in Schwierigkeiten, die damit endeten, daß er für ein paar Jahre hinter Gittern verschwand. Mom mußte sehen, wie sie mit ihren drei Kindern allein zurechtkam, und das trieb sie und uns zurück in die Arme von Kurt, ihrem Ex und Dillons Dad, und zurück in die Stadt, aus der wir stammten. Dillon war froh, daß seine Eltern wieder zusammen waren; ich nicht. Wenn Kurt mich prügelte, habe ich ihn immer daran erinnert, daß er nicht mein Vater war. Das sollte ihn ärgern, aber es gefiel ihm auch noch. Ich mochte ihn nicht und habe ihm das oft gesagt.

Es gefiel mir gar nicht, daß wir wieder bei Kurt waren, aber es war schön, daß wir zurück in die Gegend kamen, wo der Himmel babyblau war, wo es Kiefern und Pappeln gab, so weit das Auge reichte, und wo das hohe Gras an einem windigen Tag grüne und goldene Wellen machte wie das Meer. Überall in Montana gibt es smaragdgrüne Seen, und wir mußten nicht raus in die Natur fahren, weil die Natur einfach überall war. Berge säumten den Horizont wie Theaterkulissen. Manche nannten es »Gottes Land«. Obwohl da manches in den Bergen vorging, was mich daran zweifeln ließ.

Es war ein nasses Jahr, und die Farmer klagten über die Schäden, die der Regen an ihrem Getreide anrichtete. Für uns Kinder war es ein Spaß. Es regnete so sehr, daß Abwasserkanäle überliefen, und die Straße wurde zu einem großen Swimmingpool direkt vor unserem Haus. In jenem Sommer haben Abbey, Dillon und ich in Schlammwasser gebadet. Das einzige, was fehlte, war ein Strand.

Dillon entschied, was wir machten. »Komm schon, Jessie, das ganze Viertel spielt Verstecken.« Ich lag noch im Bett, und Dillon schüttelte mich.

Ich zog mir die Bettdecke über den Kopf. »Ich bin zu müde.«

»Raus mit dir, Jessie«, drängte Dillon. »Abbey ist schon fertig.«

Es würde ein heißer Tag werden. Eindeutig ein Tag für ein Kleid und frische Unterwäsche.

»Zieh stets frische Unterwäsche an«, predigte

Grandma mir immer. »Stell dir vor, dir passiert etwas und du mußt ins Krankenhaus, wie peinlich das wäre, wenn du dann ein schmutziges, verschlissenes Höschen anhättest.«

Also zog ich meine beste Unterwäsche an, denn manchmal ging es beim Spielen ziemlich rauh zu, und ich war schon ein paarmal auf der Unfallstation gelandet. Und das Kleid, weil ich manchmal an ganz normalen Tagen einfach ein Kleid anziehen wollte, so als ob ich unterwegs zu etwas Besonderem wäre.

Und dann sagten Mom oder Grandma jedesmal: »Du willst doch nicht in deinem Sonntagskleid draußen im Dreck spielen?«

Aber diesmal war es ein Sonntag, wie geschaffen für das Sonntagskleid. Alle Kinder aus der Nachbarschaft waren draußen, das Wetter war wunderbar, genau wie mein rot geblümtes Rüschenkleid.

Auch Grandpa Jones ließ sich blicken, wie meistens am Wochenende. Er war zwar überhaupt kein Großvater von uns, aber er bestand darauf, daß wir ihn Grandpa Jones nannten. Also haben wir das getan. Ich und die anderen Kinder saßen mit Begeisterung bei ihm, weil er so spannende Geschichten erzählte, und dabei hatte er immer ein Stück Holz in der Hand und machte scharfe Pfeilspitzen oder Tiere daraus. Ich mochte Grandpa Jones mit seinem strengen Indianergesicht, dem langen Silberhaar und dem unverwechselbaren geschnitzten Stock, den er immer bei sich hatte. Ich fand, er war ein interessanter Mann. Es hieß, er sei einer der Häuptlinge im Reservat (auch wenn Grandpa Jones das Gerücht selbst in die Welt gesetzt hatte), und für mich war er so etwas wie ein König. Er hatte einen Zwillingsbruder, der manchmal im Fernsehen über Indianerfragen sprach.

Die andere Mannschaft drehte uns den Rücken zu, zählte mit dem Gesicht zur Wand bis hundert, und unsere suchte sich Verstecke. Wir hatten drei Gärten zur Auswahl. Mir fiel eine Leine auf, wo geblümte Bettwäsche im Wind schaukelte, gleich neben einer großen Pappel.

»Das ist ein tolles Versteck«, flüsterte ich Dillon im Laufen aufgeregt zu, bevor er sich seinen Platz hinter dem Haus suchte. »Da findet mich nie einer.«

Ich lief zu dem großen Baumstamm und stellte mich dahinter und kicherte vor mich hin bei dem Gedanken, wie die anderen versuchen würden, mich zu finden. Ich hoffte nur, daß mich nicht wieder mein Lachen verriet, wie meistens. Ich erschrak, als ich Schritte hörte. Ich drehte mich um und sah, daß Grandpa Jones hinter mir stand. Ich war erleichtert, daß er es war und nicht einer von der anderen Mannschaft. Er versteckte sich hinter mir, als ich vorsichtig hinter dem Baumstamm hervorlugte, um den Feind im Blick zu behalten.

»Pssst! Nicht bewegen, sonst entdecken sie uns«, flüsterte ich Grandpa Jones zu, weil der Ansturm unmittelbar bevorstand.

»Einundachtzig, zweiundachtzig, dreiundachtzig…«, brüllten die anderen.

Ich malte mir aus, wie sie mich fangen würden, und erstickte mein Kichern. Plötzlich spürte ich, wie mir etwas von hinten das Kleid hob – ein Spazierstock! Hatte der alte Mr. Jones mich aus Versehen gepikst? Als ich mich umdrehte, sah ich, daß er eine Hand in der Hose hatte und zuckende Bewegungen machte.

Jetzt ließ er den Stock fallen und faßte mir mit den Fingern unter das Höschen. Er steckte sie in mich hinein, und das tat weh. Aber am meisten erschreckte mich der Ausdruck auf seinem Gesicht. Ich drehte mich wieder um.

»Neunundneunzig, hundert! Wir kommen!« rief die Suchmannschaft.

Einen Moment lang war ich ratlos. Sollte ich schreien, nach ihm schlagen, weglaufen? »Ich kann ihn doch nicht schlagen«, dachte ich. »Er war immer so nett zu mir.« Vor den Folgen des Schreiens fürchtete ich mich zu sehr, also nahm ich die dritte Möglichkeit: Ich lief. Er hielt mich am Höschen fest, als ich versuchte, mich loszureißen. Schließlich kam ich frei. Ich lief durch den Garten, so schnell meine dünnen Beine mich trugen. Keine Zeit zum Atmen, keine Zeit, mich umzublicken, dann die Straße entlang.

»Jessie, wo willst du hin?« rief Dillon mir nach.

Ich antwortete nicht. Ich lief einfach nur weiter. Noch nie war mir die Haustür so willkommen gewesen wie jetzt, da ich nach dem Türknauf griff, die Tür aufriß und schnell hinter mir wieder zuwarf. Ich schloß ab und rannte dann nach hinten, wo ich auch die Hintertür verschloß. Meine Beine waren wie Gummi, als ich in meinem Zimmer Deckung suchte.

Zum Glück war kein Mensch da, der mir Fragen stellen konnte. Die Barbiepuppen sahen mich an, und mir drehte sich alles. Sofort zog ich mich um. Ich hatte gedacht, Mr. Jones hätte mich gern; warum tat er mir dann weh, einem siebenjährigen Mädchen?

Und es hatte weh getan; seine Fingernägel waren lang und scharf und standen über die krummen schmutzigen Finger hinaus. Ich sah, daß mein frisches Höschen an einer Stelle eingerissen war. Ich ging in die Küche und steckte es in den Müll, unter die stinkenden Bierdosen und Milchtüten und Essensreste, wo es nie jemand finden würde. Keiner sollte erfahren, daß Mr. Jones mir weh getan hatte, und das hatte seinen Grund.

Ein paar Monate vorher hatte es in der Nachbarschaft zwei Schäferhunde gegeben, Rocky und Molly, die genau gleich aussahen. Der einzige Unterschied war, daß der eine gutmütig war und der andere gemein. Molly kam aus einer guten Familie und begrüßte mich immer auf dem Nachhauseweg und ließ sich gern streicheln.

Rocky konnte nichts dafür, daß er ein böser Hund war. Er war immer an einer kurzen Kette angekettet, und die widerlichen kleinen Jungs, bei denen er wohnte, traten ihn und warfen Steine nach ihm und ärgerten ihn mit einem Besenstiel, bis er richtig wütend war. Der arme Rocky – bessere Gesellschaft hatte er nicht. Es brach mir das Herz, und meine Wut wurde von Mal zu Mal größer, wenn ich sah, wie sie den Hund quälten. Manchmal brüllte ich sie an, und dann schmissen sie Steine nach mir. Aber die Jungs waren genau wie der Hund an der Kette. Ihre Mom und ihr Dad waren ewig betrunken und verprügelten sie mitten auf der Straße. Immer war die Polizei da.

Einmal ging ich nach Hause, und Molly kam angelaufen. Ich sagte hallo und wollte sie streicheln. Ich hatte ihre Stirn kaum berührt, da schreckte sie zurück. Sie knurrte mich an, und da ging mir auf, daß es überhaupt nicht Molly war – das war Rocky! Ich erstarrte, und Rocky biß zu. Ich wollte fortlaufen, aber er hatte meine Hand fest zwischen den Zähnen. Ich hatte das Gefühl, daß sie ganz hindurchgegangen waren und sich in der Handfläche trafen. Ich stieß einen hohen Schrei aus, der Rocky angst machte, und er lief die Straße hinunter davon, und ich rannte mit blutender Hand zu Grandmas Haus.

»Hilfe!« schrie ich, »Hilfe!«

Grandma kam herausgelaufen und wollte sehen, wer da am Spieß steckte.

Später saß ich auf einem Tisch im Krankenhaus und wartete.

Der Arzt sagte: »Also, Jessica, die Polizei sucht nach dem Hund. Aber wenn sie ihn nicht finden, mußt du Medizin bekommen, für den Fall, daß er Tollwut hat.«

»Gut, dann nehme ich die Medizin.«

»So einfach geht das nicht. Wir müssen dir mehrere Spritzen in den Bauch geben«, sagte der gräßliche Doktor, der keine Ahnung hatte, daß ich Spritzen noch viel schlimmer fand als Leber.

Mein Bruder wollte immer alle Einzelheiten wissen. Er konnte es gar nicht abwarten, die genähte Hand zu sehen. Zu Hause saß er auf meinem Bett und begutachtete sie. »Keine Sorge, der Hund wird dich nie wieder beißen. Hast du gehört, daß die Bullen ihn getötet haben?«

»Wieso denn das?« rief ich.

»Weißt du nicht«, antwortete Dillon, »daß man einem Hund den Kopf abschneiden muß, damit man sehen kann, ob er Tollwut hat?«

Jetzt tat meine Hand nicht mehr weh, nur noch mein Herz. In der Nacht weinte ich um den armen toten Hund. Er hatte mir ja nicht absichtlich weh tun wollen. Ich hätte ihn nicht streicheln dürfen. Er wollte sich verteidigen, weil er es von zu Hause nicht anders kannte. Es war nur natürlich für ihn. Woher sollte er denn wissen, daß ich nur seine Freundin sein wollte, wo jede Hand, die ihm nahegekommen war, ihm nur weh getan hatte? Ich betete zu Rocky und sagte ihm, wie leid es mir tat, daß sie ihm meinetwegen den Kopf abgeschnitten hatten.

Jetzt, wo ich nach dem Versteckspiel im Bett lag, wurde mir klar, daß ich nicht verraten durfte, was Grandpa Jones mir getan hatte, denn sonst würden sie auch ihm den Kopf abschneiden. Vielleicht hatte er ja auch Tollwut. Alle hatten ihn gern und würden es mir vorhalten, wenn sie ihm den Kopf abschnitten, ich selber auch.

Die Barbies waren die einzigen, die von der zerrissenen Unterwäsche wußten. Jasmina war meine liebste Barbiepuppe, und ich tröstete mich mit ihr und liebte sie mehr denn je. Die arme Jasmina hatte an einem Arm keine Hand; mein Hund hatte sie ihr abgebissen und nicht das kleinste bißchen Mitleid mit dem wehrlosen Kind gehabt.

Jasmina war ein Bastard, genau wie ich. Auch sie hatte keinen Vater. Der Weihnachtsmann hatte sie mir in jenem Jahr gebracht, ohne Vater. Deshalb brauchten wir zwei einander.

## *Unter dem Flieder*

Irgendwann war Mom Kurt leid, und wir zogen wieder zurück zu Grandma Tess. Die Zeit bei ihr gehört zu mir wie meine Sommersprossen.

Das Haus war bald mein bester Freund. Genau wie Grandma stand es für Liebe und Sicherheit. Stolz thronte es ganz oben auf einem Hügel, und daß es nur 70 Quadratmeter groß war, tat seiner wahren Größe keinen Abbruch. Die unbefestigte Straße und die Auffahrt lagen noch höher, und wenn man von oben herunterkam und die Äste der Bäume einem an einem windigen Tag zuwinkten, sah es wie ein Landsitz aus. Es hatte einen riesigen Garten, und das machte die Enge im Haus wieder wett. Einen Zaun brauchten wir nicht, denn auf der einen Seite lief über die ganze Länge eine Reihe von Fliederbüschen. Im Frühjahr dufteten der ganze Garten und das Haus danach. Auf der anderen Seite stand eine genauso gerade Reihe von Pappeln, die ausreichte, um den Nachbarn höflich zu sagen: »Das hier ist unsere Seite, das da ist eure.«

Der Rasen war üppig, und Grandma hielt ihn mit einem Handmäher kurz. Die Statue der Jungfrau Maria, die im Gemüse- und Rosengarten stand, zeigte jedem, was für eine fromme Katholikin Grandma war.

Der größte Unterschied zwischen Grandmas Haus und dem, was sonst unser Zuhause war, das war, daß es immer an Ort und Stelle blieb, unverrückbar wie ein Fels. Es veränderte sich auch nie etwas daran, außer daß es ab und zu frisch gestrichen wurde. Auf dem Flur warteten immer die frischgebackenen Brote und Zimtkuchen. Grandma hatte nicht viel, aber was sie hatte, hielt sie in Schuß. Das Wohnzimmer war klein und gemütlich und hatte gerade genug Platz für ein hübsches Sofa, Fernsehsessel, ein Büffet aus Walnußholz und einen Fernseher. In dem alten Wandschrank waren ihre handgemachten Spitzendeckchen zur Schau gestellt, und ein paar Lieblingsstücke waren dort eingeschlossen, um sie vor Kinderhänden zu schützen.

Ihr Einrichtungstalent zeigte sich im ganzen Haus. Es gab zwei Schlafzimmer, wobei das eine ihren geheimen Stolz auf ihre indianische Herkunft zeigte; das andere war ganz in Blaßlila gehalten, passend zum Flieder, der vor dem Fenster blühte. Jesus-, Maria- und Heiligenfiguren standen als

Schutzgötter auf der Kommode. Die kleine Küche hatte auf drei Seiten Fenster, auf den Fensterbänken standen Blumentöpfe. Ein großer, schwerer Eichentisch nahm fast die gesamte Fläche ein, so daß für Grandma kaum noch Platz zum Kochen und Abwaschen blieb.

Grandma übernahm, wenn Mom zur Arbeit ging. Wir Kinder waren wichtig in ihrem Leben. Wir füllten die Leere darin, und sie füllte sie bei uns. Sie wollte nicht die Art von Kindern, die man sehen, aber nicht hören konnte, sondern sie behandelte uns wie kleine Erwachsene. Sie ließ uns gewähren und unsere eigenen Fehler machen, aber wenn etwas klargestellt werden mußte, dann tat sie es auch.

Schläge gab es nicht oft, aber es kam vor. Grandma hatte ein hölzernes Lineal an der Wand hängen, das sie mit roten und rosa Blümchen bemalt hatte und das sie »Babe Ruth« nannte, nach dem Baseballspieler – damit bezogen wir unsere Prügel. Wir wußten, daß es ernst wurde, wenn sie dieses Zierstück von der Wand nahm. In meiner Kindheit hatte ich von dem Wort Baseballschläger eine vollkommen falsche Vorstellung.

Grandma hatte die schwierige Aufgabe übernommen, mir die Manieren einer jungen Dame beizubringen. »Jessica«, sagte sie immer, »so benimmt sich eine junge Dame nicht.«

»Gut so«, dachte ich dann bei mir, denn junge Damen waren langweilig! Ich fand, Mädchen, die sich benahmen wie junge Damen, waren wie altes Brot, das auf dem Regal vor sich hin schimmelte.

Wenn es mir gut genug ging, sagte ich, was ich dachte, und das war nicht immer damenhaft, und von Zeit zu Zeit gönnte ich mir auch mal einen besonders schlimmen Fluch. Ich fand immer, daß Flüche eine besondere Macht hatten und einem wirklich halfen, wenn man etwas richtig deutlich sagen wollte. Allerdings sollte man sie nicht zu oft benutzen, sonst verloren sie ihre Wirkung.

Manchmal probierte ich die Wirkung solcher Wörter sogar bei Mom oder Grandma aus. Als Kind gewöhnte ich mich an den Seifengeschmack im Mund. Ich fand es komisch, daß vernünftige Erwachsene glaubten, man könne einem Kind schlimme Wörter mit Seife aus dem Mund waschen. Manchmal murmelte ich »Scheiße« oder »Arsch« leise vor mich hin, nur um sicherzugehen, daß die wertvollen Wörter auch wirklich nicht weggespült worden waren.

Damals bei Grandma hatte eine meiner besten Freundinnen, Malibu PJ, Barbies Schwester, einen schrecklichen Unfall. Sie schlief bei mir, und mitten in der Nacht fiel sie aus dem Bett. PJ wußte überhaupt nicht, wie ihr geschah, als ein riesengroßes Etwas, sein Kopf war zehnmal so groß wie ihrer, kam und sie wegschleppte und an ihr seine Zähne schärfte. Buddy, mein schwarzer Labrador, verunstaltete PJ fürs Leben; sie hatte keine Hände mehr, und das war tragisch, denn von da an rutschte ihr immer die Handtasche vom Arm. Aber Malibu PJ war stark und ließ sich nicht unterkriegen und konzentrierte sich auf andere attraktive Seiten wie ihre Bräune oder ihre neue Sonnenbrille, die auf der dichten blonden Mähne steckte, und versuchte das Negative eines Lebens ohne Hände so gut es ging zu vergessen.

Man sagt, aus unseren tiefsten Wunden entstehen unsere größten Gaben. Oft nimmt ein Leben in einem einzigen Augenblick eine neue Wendung, und man kann nichts dagegen tun. Ich glaube, es geht nicht darum, daß wir überleben, sondern um die Frage, womit wir überleben. Nicht darum, was wir bekommen, sondern darum, was wir nicht verlieren.

## *The House of the Rising Sun*

Nach einer Weile mieteten wir ein seltsames weißes Haus eine halbe Meile von Grandma entfernt. Das war gut; nun hatten wir wieder ein Haus für uns.

Ich hoffte, daß wir eine Weile da bleiben würden, denn mir gefielen die Veranda auf der Vorderseite, die Holztreppe, die Himbeerbüsche am Weg und die Tatsache, daß es nicht weit zu Grandma war.

Am Morgen roch immer alles nach Patschuli und den seltsamen Zigaretten, die Mom und ihre Freunde rauchten.

Wie gut es uns Kindern in dem Haus ging, kam immer ganz auf Moms Stimmung an. Derzeit war sie allein, kein Mann wohnte bei uns, was mir nur recht war. Das Haus war immer voll von Freunden, die sie trösteten, weil sie keinen Mann hatte. In der Auffahrt standen Chopper, und alle ihre hübschen Freundinnen saßen auf der Veranda, und ihr Freund Rusty versuchte »The House of the Rising Sun« auf der Gitarre zu spielen. Moms beste

Freundin Megan drückte mich, als ich auf die Veranda kam. Ich mochte sie, und sie ließ mich immer den Schaum von ihrem Bier trinken. Sie war wunderschön; früher war sie Model gewesen, hatte ich gehört, aber ihr Freund hatte ihr so oft ein blaues Auge geschlagen, daß sie aufhören mußte.

Wir vier Kinder winkten zum Abschied, und dann ging es per Fahrrad zum Schwimmbad. Wir hatten damals nur ein einziges Rad, und Dillon stand in den Pedalen, Abbey und mein Cousin Duke saßen auf dem Bananensattel und ich auf der Lenkstange.

Den größten Teil des Sommers verbrachten wir im Schwimmbad. Es war Tradition, dass wir auf der Rückfahrt große grüne Äpfel aus den Gärten klauten, an denen wir vorbeikamen. Wir steckten sie in unsere Handtücher und paßten auf, daß der griesgrämige alte Mann uns nicht erwischte, der seine Äpfel hütete, als ob er den ganzen Baum voll allein essen wollte.

Immer wieder träumte ich von Charlie dem Thunfisch, der in der Fernsehreklame auf den Hinterflossen ging, in Frack und Zylinder und mit einem Spazierstock. Im Traum nickte Charlie der Thunfisch mir immer zu und lüpfte seinen Zylinder – er war so kultiviert! –, und dann im nächsten Moment war er hinter mir her, es wurde eine schreckliche Verfolgungsjagd unter einer finsteren Brücke daraus. Ich lief und lief, und wenn Charlie mich dann fast erreicht hatte, wachte ich auf und hatte schreckliche Angst. Dieser Traum kam monatelang immer wieder, bis ich einmal nicht rechtzeitig aufwachte und das grausige Ende mit ansehen mußte.

Wir Kinder waren über Nacht bei Grandma gewesen. Als Abbey und ich am Morgen spielen gingen, sagte Grandma streng: »Mädels, ihr bleibt in der Nähe; geht nicht zu weit vom Garten weg. Das sind die Regeln.«

Zu den Regeln gehörte auch, daß wir uns vor Crystal in acht nahmen, einem Mädchen, das ein Stück die Straße hinunter wohnte. Crystal hatte immer das allerneueste Spielzeug und nichts als Unsinn im Kopf und kannte Geschichten, die zehnjährige Mädchen eigentlich nicht kennen sollten.

Grandma hatte den sechsten Sinn; das habe ich ein paar Jahre später erlebt. Grandma und ich gingen in die Stadt, und auf der Straße begegnete uns ihr Zahnarzt. Er begrüßte uns mit einem freundlichen »Hallo«, doch Grandma sah ihn nur finster an.

»Grandma, das war aber nicht freundlich«, flüsterte ich.

»Das letztemal, als ich da war, lief es mir kalt den Rücken herunter. Irgendwas stimmt mit dem Kerl nicht.«

Ich sagte nichts; ich dachte, sie ist einfach überempfindlich. Nicht lange danach warf Grandma mir die Zeitung mit den Worten hin: »Da, ich hab's dir doch gesagt.«

»Killer-Zahnarzt« hieß die Schlagzeile. Grandmas Zahnarzt hatte vor Jahren seine Frau umgebracht und unter dem Gartenschuppen vergraben. Er konnte nicht ahnen, daß die Leute, denen er sein Haus verkaufte, gerade unter dem Schuppen, wo die Leiche lag, ausschachten würden, um einen Swimmingpool zu bauen.

Und tatsächlich, Abbey und ich waren noch keine fünf Minuten draußen, da kam auch schon Crystal auf dem Fahrrad an. Wie immer sah sie ungewaschen aus. Das Waschen stand nicht allzuweit oben auf Crystals Liste. Eigentlich hatte sie naturblonde Locken und eine Haut wie Porzellan, aber beides schimmerte nicht in der Sonne. Sie hatte eine gute Figur; nicht fett, nur groß für ihre zehn Jahre. Sie sah Abbey und mich und kam gleich auf uns zu, einen unternehmungslustigen Ausdruck auf ihrem pausbäckigen Gesicht.

»He, ihr zwei, wollt ihr mit zu mir nach Hause

kommen? Es gibt Schokoladeneis, und wir spielen Ballverstecken.«

»Oh, bloß kein Eis!« dachte ich. »Wenn ich da anfange, an so einem warmen Tag, kann ich nicht wieder aufhören.«

»Also ich weiß nicht. Das müssen wir erst überlegen«, sagte ich zu Crystal.

»Jetzt kommt schon«, drängelte Crystal. »Los.«

Abbey und ich sahen sie nur unentschieden an.

Crystal nutzte das Schweigen aus und sagte selbstsicher: »Gut, dann warte ich bei mir zu Hause. Das wird ein Riesenspaß«, rief sie im Davonfahren noch.

»Sollen wir?« sagte ich und wollte Abbey überreden. Damals haben wir praktisch alles zusammen gemacht. Abbey und ich spielten am liebsten miteinander.

Abbey zögerte, dann gab sie nach, weil sie wußte, daß ich ein Nein ohnehin nicht akzeptiert hätte.

»Was kann schon Schlimmes passieren?« sagte ich mir auf dem Weg den Hügel hinunter. »Wir gehen zu Crystal und sind längst wieder draußen, den Bauch voll mit Schokoladeneis, lange bevor Grandma zum Mittagessen ruft. Das merkt sie überhaupt nicht.«

Das zweistöckige Haus von Crystals Eltern war ganz von dichten Bäumen umgeben und wirkte dadurch nur um so heruntergekommener. Der Garten war nur Erde, es gab keinen einzigen Grashalm. Rund um das Haus wuchsen Büsche, und das war ein Glück, denn sie verdeckten die verwitterten grauen Schindeln. Crystal und ich zupften diese Asphaltschindeln oft Zentimeter für Zentimeter ab, zum Zeitvertreib, und sie erzählte mir die unglaublichsten Geschichten dabei.

Crystal begrüßte uns begeistert. »Ich bin so froh, daß ihr kommt. Ich wußte es«, sagte sie und zog mich an der Hand zum Haus. Vor mir konnte ich nichts sehen, und zusammen mit der kalten, feuchten Hand erinnerte es mich an die Höhle, die wir im Sommer besichtigt hatten. Mir kam es vor, als würde mich jemand durch einen dunklen, modrigen Tunnel zerren. Ich sah wieder vor mir, wie Grandma mit mir hinausgehen mußte, weil ich mich weigerte, tiefer in die Höhle hineinzugehen. Leider konnte Grandma mich aus dieser Höhle hier nicht retten. Ich drehte mich um, doch Crystal zerrte mich immer weiter zum Haus, und Abbey mußte sich sputen, damit sie Schritt hielt. Ein Mann kam aus dem Haus, und als ich zu ihm aufsah, lächelte er mich verlegen an. Er war schlank und riesengroß im Vergleich zu uns. Sein Haar war mattschwarz, und ich konnte nicht sagen, ob er es mit Haarcreme frisiert hatte oder ob es einfach fettig war. Er kam mir zu jung vor, um Crystals Dad zu sein, und zu alt für einen Bruder.

Crystal schob mich mit beiden Händen zu ihm hin, als wolle sie mich vorstellen. »Das ist Jessica, die Freundin, von der ich dir erzählt habe, und das ist ihre Schwester Abbey.«

Der Lange beugte sich zu mir herunter und gab mir die Hand, und mit der anderen rückte er die Brille mit dem schwarzen Gestell zurecht. »Hi, Jessica, ich bin Leonard«, sagte er, »ein Freund von Crystal. Wie wär's – wir zwei sind das eine Team, und als erste verstecken deine Schwester und Crystal den Ball.«

Er schien in Ordnung, aber irgendwie war er komisch. Also sagte ich rasch: »Nein, ich und Crystal, wir sind ein Team!« und faßte sie bei der Hand.

Er zögerte und sah mich eindringlich an. Er stand schweigend da, dann antwortete er: »Gut, dann komm, Abbey.« Er nahm ihre Hand, und sie verschwanden um die Ecke.

Crystal und ich versteckten den Ball und zählten bis zwanzig. Wir riefen Abbey und Leonard. Abbey suchte nach dem Ball, Leonard wollte mich dazu bringen, daß ich ihm verrate, wo er war, aber ich sagte keinen Ton. Abbey fand den Ball rasch.

»Okay«, sagte Leonard, »jetzt kommst du in mein Team, Jessica.«

»Nein, ich gehöre zu Crystal. Und ich habe einen richtig guten Platz für den Ball. Da findet ihr ihn nie.« Aufgeregt hüpfte ich auf und ab und wartete, daß sie sich davonmachten. Mir war ein Versteck eingefallen, auf das sie nie im Leben kommen würden.

Der Lange zögerte wieder und schien ein wenig ärgerlich. Dann sagte er: »Einverstanden, aber diesmal zählt ihr bis hundert.« Sanft faßte er Abbey bei der Hand, lächelte sie an und sagte: »Dann kommst du mit mir. Sagst du mir noch mal, wie du heißt?«

Ich rührte mich erst, als sie außer Sichtweite waren. Ich sah eine große Pappel an. »Ich kann gut klettern, Crystal«, sagte ich und war schon unterwegs, um auf den Baum zu steigen, den roten Ball unter dem Arm. »Da oben finden sie ihn nie.«

Aber Crystal nahm mir den Ball weg. »Wir verstecken ihn hier«, zischte sie und warf ihn in die Büsche vor dem Haus. Dann setzte sie sich, die Arme verschränkt, und sah mich böse an.

Ein blöderes Versteck hätte man sich auf der ganzen Welt nicht denken können. Und wieso war Crystal wütend auf mich?

»Einundneunzig, zweiundneunzig—«

»Wir sind soweit. Ihr könnt kommen!« rief ich.

»Halt den Mund«, schnauzte Crystal mich an.

»Wieso brauchen die denn so lang?« schnauzte ich zurück.

»Wahrscheinlich haben sie sich zwischendrin ihr Eis geholt.«

»Was, die kriegen jetzt schon Eis? Das ist nicht fair.« Jetzt ging ich vor den Büschen auf und ab, zusammen mit Crystal, die an den Fingernägeln kaute. Ich hatte das Gefühl, von irgendwoher hörte ich ein Wimmern. »Hast du das gehört? Was war das?« fragte ich und spitzte die Ohren.

Crystal sah mich nicht an. »Ich höre nichts«, antwortete sie.

Mir wurde das Warten zu dumm, und ich setzte mich auf den Boden und machte Zeichnungen mit einem Zweig.

»Jessica!« rief jemand.

Ich sprang auf, mein Herz pochte. »Hört sich an wie Abbey«, sagte ich. »Da stimmt was nicht.«

Crystal sah mich mit leeren Augen an, sagte aber nichts.

»Was ist los, Crystal?«

Wieder kam ein Ruf von Abbey. Ich lief zur Haustür, denn es klang, als kämen die Rufe aus dem Fenster über uns. »Jessica! Jessie!«

Als ich an die Hausecke kam, spürte ich, daß Crystal mir auf den Fersen war und mir an der Tür zuvorkommen wollte. Sie stellte mir ein Bein, aber ich fing mich. Als ich nach dem Knauf der Fliegentür greifen wollte, stellte Crystal sich davor. Sie versperrte die Tür mit gespreizten Beinen. »Bitte, geh zur Seite, irgendwas ist mit meiner Schwester«, jammerte ich, aber sie starrte mich nur ausdruckslos an und rührte sich nicht von der Stelle. Ich hörte nichts außer meinem eigenen Herzschlag und aus der Ferne Abbeys Schreien. Ich war so wütend. Aber ausnahmsweise zahlte sich meine Wut aus und ich konnte Crystal fortstoßen. Sie klammerte sich mit ihren schmierigen Händen an mein Bein. Meine Freundin Crystal war zur Furie geworden. Was sollte ich tun? Ich starrte sie einfach nur an, bis das gehässige Gesicht ernst wurde, und langsam ließ sie los.

Ich tastete mich die Holztreppe hinauf und kam zu einem schmutzigen Zimmer, wo ein winziges Doppelbett in die finstere hintere Ecke gezwängt war. Da war Abbey. Sie hatte keine Hosen an und kniete vor dem Bett; die dünnen Beine waren gespreizt, ihr Hintern nackt. Der Lange kniete hinter Abbey, aber als ich kam, sprang er schnell auf. Im Sonnenlicht vom Fenster und in dem Staub, der in der Luft hing, konnte ich ihn kaum sehen, nur die Umrisse eines Mannes. Ich machte noch einen Schritt vor, und jetzt sah ich ihn, wie er dastand und mit der einen Hand nach einer Pistole auf dem Nachttisch griff und zugleich mit der anderen versuchte, seine Hose hochzuziehen. Er stand da, und die Hand mit der Pistole zitterte, und Schweiß lief ihm über die Stirn. »Raus hier!« brüllte er. »Geh wieder nach unten!«

Ich wußte nicht, was das sollte. »Komm, Abbey«, sagte ich, »sonst kriegen wir Ärger.« Aber sie kniete nur da, den Kopf auf dem Bett, und weinte.

Ich sah den Mann an und sagte: »Meine Grandma wird ganz schön wütend sein.« Ich stand immer noch da, oben auf dem Treppenabsatz, und verstand nicht, was er da machte. Warum weinte meine Schwester? Warum war der Mann halb nackt? Aber eines wußte ich: Ich wollte, daß das aufhörte.

Plötzlich sagte der Lange mit den fettigen Haaren in flehendem Ton: »Bitte, geh wieder nach unten.« Er schien eher ängstlich als wütend, wie er da mit der schlotternden Pistole auf mich zeigte. Er sah nicht wie ein Unhold aus, und wie ein Killer schon gar nicht.

»Nur wenn Abbey mitkommen kann«, sagte ich. »Mann, da wird meine Grandma schimpfen.«

Er wurde immer nervöser und strich sich andauernd das Haar zurück und wischte sich den Schweiß von der Stirn, richtete die Waffe manchmal auf mich, manchmal einfach in die Gegend und ging durch das Zimmer, in kleinen Runden.

»Gehst du jetzt bitte?« sagte er in schärferem Ton.

Aber ich konnte mich nicht rühren.

Er schien bereit zu verhandeln, also sagte ich: »Nur wenn meine Schwester mitkommt. Halb so schlimm, Abbey. Komm, wir gehen.«

Sie stand auf. Sie zitterte am ganzen Körper, so sehr, daß sie die Knöpfe an ihrer Hose nicht zubrachte. Sie ließ sie offen.

Der Mann fuhr sich mit den Fingern durchs Haar und sagte: »Gut, dann geh jetzt runter, und ich schicke sie gleich nach.«

Ich zögerte, blickte auf die schlotternde Pistole und fragte: »Versprochen?«

Jetzt schluchzte er. »Ja – ja. Aber geh.«

Widerwillig und zögernd ging ich in Richtung Treppe. Abbey brüllte: »Jessie, laß mich nicht allein!«

Ich sagte zu dem Mann: »Ich warte hier draußen.« Er sagte nichts, also wartete ich auf Abbey.

Der Lange knöpfte seine Hose zu, stöhnte und schluchzte vor sich hin und ging auf und ab auf den knarrenden Holzdielen. Ist er in Ordnung, oder ist er ein mieser Kerl? fragte ich mich. Abbey war durcheinander, das stand fest, aber der Fremde schien genauso durcheinander. Zaghaft drückte Abbey sich vorbei, und er beugte sich vor und flüsterte ihr etwas ins Ohr. Sie zuckte zurück, wollte ihm ausweichen, schüttelte den Kopf. Dann nickte sie – »okay« –, und er ließ sie gehen.

Sie stürmte auf mich zu und nahm meine Hand, hielt mich umklammert, als ich sie die Treppe hinunter und nach draußen führte.

»Was hat er dir gesagt?« fragte ich.

»Ich weiß nicht«, antwortete sie.

»Hat er dir was getan?«

Abbey zuckte mit den Schultern, Tränen liefen ihr übers Gesicht.

»Ja wieso weinst du dann?« fragte ich.

Abbey schwieg. Ich tat mein Bestes, um sie aufzumuntern. Crystal stand verlegen bei den Büschen. Sie warf mir ein schiefes Lächeln zu und sagte zu Abbey: »Komm, such den Ball!«

»Los, Abbey, ich helfe dir«, sagte ich und hielt sie bei der Hand.

Abbey drückte sich ganz nahe an mein Ohr, und mit zitternder Hand schirmte sie die Worte ab, die aus ihrem Munde kamen. »Jessie«, flüsterte sie, »kannst du mich nach Hause bringen?«

Ich sah sie an; jetzt klappte sie endgültig zusammen, sie war nur noch ein einziges Schluchzen, als sie sich an mich klammerte.

»Crystal, wir gehen nach Hause«, sagte ich. »Irgendwas stimmt nicht mit Abbey.«

»Gut«, sagte Crystal und lief ins Haus.

Ich ging voran, führte Abbey den Hügel hinauf, und je näher wir Grandmas Haus kamen, desto mehr weinte sie. Ich blieb stehen, faßte sie an den Schultern und drehte sie zu mir her. »Also«, fragte ich, »was ist los? Was hat der Kerl mit dir gemacht? Sag's einfach nur, ich erzähl's nicht weiter.«

Aber Abbey hörte nicht auf zu zittern. Ich hätte nie zulassen dürfen, daß Abbey mit diesem Mann in ein Team kam. Ich hätte nie zu Crystal gehen dürfen, das war der erste Fehler. Abbey war zwar nur anderthalb Jahre jünger als ich, aber ich war verantwortlich für sie. Sie war meine kleine Schwester, und wenn sie litt, dann war das meine Schuld.

»Also, Abbey«, sagte ich, »wir können keinem was davon erzählen, sonst bekommst du eine Menge Ärger, und mich bringen sie um. Also, sag mir die Wahrheit – ich bin auch nicht böse, ich versprech's. Hast du wirklich Eis bekommen?«

Sie schüttelte den Kopf – »Nein« –, aber sie weinte immer weiter. Abbey klammerte sich fest an mich auf dem Weg zur Hintertür von Grandmas Haus. Ich machte auf, und zugleich mühte ich mich verzweifelt, sie zu beschwichtigen. Aber sobald wir drin waren, ließ sie einen schrillen Schrei los.

»Scheiße, ich bin geliefert!«

Ich packte meinen Koffer mit den Puppen, den ich in der Küche gelassen hatte, und rannte so schnell ich konnte zum Nachbarsjungen Larry. Er war ein Einzelkind und freute sich immer, wenn ich mit ihm spielte. Vielleicht konnte ich mich bei ihm verstecken, bis die ganze Geschichte vorbei war. Ich redete mir ein, daß Mom und Grandma mich für den Augenblick einfach vergessen würden.

Ich kroch durch die Fliederbüsche zwischen den beiden Grundstücken, und ich hatte Glück: Larry saß mit seinen Lastwagen im Garten. Meine Barbies ließen sich immer gern in den großen Tonka-Autos spazierenfahren. Larry freute sich, als ich kam. Ich klappte das alte Lederköfferchen auf, in dem ich meine liebsten Puppen und Kleider aufbewahrte. Eigentlich war es das Necessaire, das Grandma früher auf Reisen mitgenommen hatte. Es war ein wunderbares transportables Zuhause für die Puppen und mit dem Spiegel im Deckel zugleich auch die Garderobe, in der sie sich umziehen und ihre neuen schicken Kleider bewundern konnten.

»Was ist denn mit deiner Schwester?« fragte Larry. »Warum weint sie?«

»Na, da war so ein Typ unten bei Crystal, der hat irgendwas mit Abbey gemacht. Sie mußte sich ausziehen, und er war auch nackt. Seitdem kriegt sie sich nicht mehr ein. Verrückt. Sie hört einfach nicht auf zu heulen, aber ich glaube nicht, daß er ihr weh getan hat, und er hat sie ja dann auch gehen lassen.«

Larry sah mich mit offenem Mund an. »Echt? Was hat er mit ihr gemacht?«

»Abbey sagt, sie weiß es nicht«, sagte ich, und damit war das Thema erledigt.

Jetzt, wo ich sah, wie Larry es aufnahm, machte ich mir noch mehr Sorgen. Grandma rief nach mir, und es klang sehr dringend. Also ließ ich meinen Koffer liegen und zwängte mich wieder zurück durch die Büsche. Das Herz schlug mir bis zum Hals, und ich mußte aufpassen, daß es mir nicht heraussprang. Grandma stand an der Tür, die Hände vors Gesicht geschlagen, und von drinnen hörte man immer noch Abbey weinen. Ich war froh, daß Grandmas Gesicht verdeckt war, da mußte ich nicht sehen, wie wütend sie auf mich war.

Mit zitternder Stimme sagte sie: »Jessica, du mußt mir erzählen, was passiert ist.«

»Als ich nach oben kam, bei Crystal zu Hause«, antwortete ich verlegen, »war da ihr Freund, dieser Lange, und hatte keine Hose an, und–« Grandma schrie laut auf, und zu ihrer Beruhigung fügte ich hinzu: »Aber als ich gesagt habe, wie wütend du wirst, hat er Abbey gehen lassen.«

Doch das tröstete Grandma anscheinend kein bißchen, denn sie weinte und weinte, und ich sah zu, daß ich wieder zu Larry auf die andere Fliederseite kam. Larry saß schweigend dabei, zog die Puppen an und war diskret und ließ mich einfach weinen. Die nackten Puppen kamen mir so verletzlich vor, und ich zog sie alle in so vielen Schichten wie nur möglich an, damit sie keinen Schaden nahmen. Ken durfte nicht mehr zu den anderen in den Koffer, ich mußte erst überlegen, was ich mit ihm machte. Wie konnte ich ihm nach dem heutigen Tag noch trauen?

Sirenen durchbrachen die Stille, Blaulicht blitzte, und beides kam Grandmas Haus näher und näher. »Toll«, dachte ich, »jetzt stecken sie mich ins Gefängnis. Weil ich nicht auf meine Schwester aufgepaßt und nicht auf Grandma gehört habe.«

Larry hielt sich die Ohren zu, und ich blieb einfach sitzen, wollte nichts sehen und nichts hören. Dann kam Moms Auto; als sie ausstieg, hörte ich sie weinen. Ich konzentrierte mich auf die Puppen und hoffte nur, daß sie mich einfach vergessen würden.

Larry hingegen war sehr interessiert daran, was vorging, genau wie die Nachbarn, die sich draußen versammelten. »Sie holen Abbey auf einer Trage!« rief er und richtete sich auf.

Nun sprang auch ich auf und sah noch, wie sie Abbey in den Krankenwagen schoben. Ich lief hinüber zu dem langen Kombi mit den blinkenden Lichtern. Mom stieg ebenfalls ein. Als sie die Türen schlossen, trafen sich unsere Blicke. Mom sah mich an, dann wandte sie den Blick ab. Abbey war ihr Liebling, und ich hatte ihr das angetan. Ich sah der Ambulanz nach, wie sie davonfuhr, und die Sirene hallte noch lange durch die Straßen.

## *Gerechtigkeit*

Ich lief zurück in Larrys Garten und zog weiter meine Puppen an, mit einem Kloß im Hals so groß wie ein Pfirsich. Plötzlich verdunkelte eine düstere Gestalt die Sonne, und eine tiefe Baßstimme fragte: »Bist du Jessica?«

Ich drehte mich um und sah, daß ein Polizist über mir stand. Er hockte sich neben mich und bewunderte meine Puppen. Eine nahm er aus dem Koffer und fragte: »Wo hast du denn die vielen Puppen her?«

Ganz ruhig antwortete ich: »Weiß ich nicht.«

»Weißt du, daß ich genauso heiße wie du, Jessie?«

Einen Moment lang blieb er still, und ich dachte darüber nach, wie seltsam das war, daß er einen Mädchennamen hatte.

»Ich habe mit deiner Großmutter geredet, und sie hat nichts dagegen, daß ich dich mitnehme. Wie wär das, eine Spazierfahrt im Streifenwagen? Ich stelle sogar die Sirene für dich an.«

Grandma hatte mich bei den Bullen verpfiffen!! Weglaufen hatte keinen Zweck. Jessie, der Polizist mit meinem Namen, hätte mich sowieso erwischt. Langsam erhob ich mich, bereit zu meinem neuen Leben im Gefängnis, zu Kette, Steineklopfen und was sonst zu meiner Strafe gehörte.

»He, Mister«, fragte ich, »kann ich meine Puppen mit ins Gefängnis nehmen?«

Er gluckste laut, dann beugte er sich noch einmal zu mir herunter. »Jessie, du kommst nicht ins Gefängnis. Wir wollen dir einfach nur ein paar Fragen stellen zu dem, was heute passiert ist. Okay?«

Ich stieß einen erleichterten Seufzer aus, aber dann sah ich wieder Abbey im Krankenwagen vor mir. »Muß meine Schwester sterben?«

»Aber nein, sie kommt nur ins Krankenhaus, und ein paar nette Ärzte sehen nach, ob auch alles in Ordnung ist. So, hast du alles?«

»Ja.«

»Bye, Jessica«, sagte Larry.

Ich drehte mich um und winkte ihm zu.

Jessie der Polizist ging mit mir zu Grandma ins Haus und sagte Bescheid, daß er mich mitnahm. Bei ihr am Tisch saßen auch Polizisten. Grandma saß einfach nur da, mit gesenktem Kopf, ein Bündel zusammengeknüllter Kleenextücher in der Hand. Ihre Brille lag vor ihr auf dem Tisch. Mit einem Kopfnicken gab sie mich zum Abtransport frei.

Beim Einsteigen sagte ich zu dem Polizisten: »Aber bitte nicht die Sirenen; die finde ich schrecklich.«

»Okay«, sagte er, und dann fuhren wir zur Wache.

Im Streifenwagen roch es nach Mann, mit ein wenig Kaffee, Rasierwasser, Rauch, dem Leder von den Sitzen, und das kitzelte mir in der Nase. Seltsam, dachte ich, wie unterschiedlich Männer und Frauen riechen. Mir war nicht wohl in meiner Haut, und der nette Polizist wollte mir etwas Gutes tun und hielt unterwegs am Snow Castle Drive-in und kaufte mir ein Eis.

Ich bestellte Schokoladeneis. Das hatte ich schon den ganzen Tag gewollt. Was man alles durchmachen mußte, um ein Eis zu bekommen! Jessie war ein sanfter, freundlicher Mann, und ich fragte mich, ob er wohl verheiratet war, denn wahrscheinlich wäre er ein guter Dad. Ich überlegte, ob er nicht Mom heiraten könnte. Und als hätte er meine Gedanken gelesen, holte er im selben Moment ein Bild hervor und zeigte es mir: seine Frau und zwei kleine Mädchen. Hmmm, die sahen nett aus, aber das hieß wohl, daß er als Vater für mich nicht mehr in Frage kam.

»Jessie, es tut mir leid, was da heute passiert ist«, sagte er und saß am Steuer des Streifenwagens wie ein Kapitän am Ruder eines Schiffes. »Manchmal sehen Fremde ganz harmlos aus, und in Wirklichkeit sind sie nicht richtig im Kopf; und ich glaube, Crystal ist keine gute Freundin für dich.«

Ich leckte eilig mein Eis und tat mein Bestes, gar nicht zu hören, was er sagte. Ich wollte meine Ruhe, also blickte ich zum Fenster hinaus und konzentrierte mich auf mein Eis, während die Tränen auf mein T-Shirt kullerten. Wenn Leute mich an den Ampeln anstarrten, wandte ich mich ab. Ich war sicher, alle wußten, daß ich ein böses Mädchen war, das nicht auf seine Großmutter gehört hatte.

Wir betraten die Wache, und hier roch es ganz anders und sehr merkwürdig, aber auch männlich. Ich kam in einen kleinen, ärmlichen, weiß gekachelten Raum, wo nichts drin war außer einem riesigen Spiegel an der Wand und einfachen Holzstühlen rund um einen einfachen Holztisch. Ich durfte mich setzen, und dann warteten wir, bis meine Mutter vom Krankenhaus dazukam.

Als Mom endlich eintraf, sah sie erschöpft aus. Sie saß neben mir, und Männer im weißen Hemd oder im Anzug stellten mir eine lange Reihe von Fragen, und ich mußte deutlich sprechen, weil vor mir ein Tonbandgerät lief. Immer wieder sagten sie, ich solle lauter sprechen, und allmählich ärgerte mich das, aber sie lächelten mich immer weiter an, und nach einer langen Weile baten sie mich dann, draußen zu warten, damit sie mit meiner Mom allein sprechen konnten.

Ich saß auf dem muffigen Flur auf einer alten Holzbank, und ein Polizist kam und sagte: »Ich hab was für dich.« Aus der Tasche zog er ein Milky Way.

Ich zögerte kurz, dann nahm ich es. »Danke.«

Nach einer Weile kam eine Polizistin mit einem Tablett mit Donuts. »Hallo, junge Dame«, sagte sie. »Ich wette, du hättest gern einen Donut, während du wartest.«

»Okay«, sagte ich und nahm mir den größten Schokoladen-Donut, der dabei war.

Ich saß ganz still da und versuchte, etwas aus dem häßlichen Raum mitzubekommen, wo die Männer im weißen Hemd und im Anzug waren. »Also, Mrs. Hemming, wir haben Leonard in der Nähe des Hauses aufgegriffen.«

»Gott sei Dank!« rief Mom, dann fing sie an zu weinen.

»Allerdings von einer Waffe keine Spur, Mrs. Hemming. Wenn Kinder sich besonders erschrokken haben, erfinden sie manchmal etwas dazu, zum Beispiel eine Waffe«, sagte dieselbe Stimme.

Das ließ mich einen Moment lang zweifeln. Aber nein, ich hatte sie gesehen.

»Wie geht es Abbey?« fragte die Stimme.

»Die Ärzte sagen, zum Glück wurde der Akt nicht ganz vollzogen. Sie ist wieder zu Hause und ruht sich bei ihrer Großmutter aus«, sagte Mom.

Ich hatte keine Ahnung, was »nicht ganz vollzogen« heißen sollte, aber es schien eine gute Nachricht zu sein, der Reaktion der Stimme hinter der Tür nach zu urteilen, die leise fortfuhr: »Wir haben auch Crystal zur Vernehmung hiergehabt. Offenbar hat Leonard diese Art von Kontakt schon eine ganze Weile mit Crystal. Er ist bereits seit Jahren mit Crystals Mutter befreundet. Den Plan für heute hatten Leonard und Crystal schon vor längerem gefaßt, und eigentlich sollte Jessica das Opfer sein.«

Danach war nichts mehr zu hören. Crystal hatte zu meinen ersten Freundinnen gehört, und jetzt erfuhr ich, daß sie sich nur verstellt hatte, um mich in diese widerliche Falle von sich und ihrem Freund zu locken. Wahrscheinlich war ich so hilflos wie ein weißes Kaninchen im Dunkeln, leichte Beute für jeden Adler auf Jagd. Oder sie wußten, wie gern ich Eis mochte und daß ich jede Warnung von Grandma in den Wind schlagen würde, um welches zu bekommen.

Als ich das Milky Way aufgegessen hatte, kam die Frau, die am Telefon saß, mit einer Dose Bonbons.

»Kann ich für meine Schwester auch eins nehmen?«

Was wußte ich schon? Das war alles zu kompliziert für mich. Ich mußte an die Eule in dem Fernsehspot für Tootsie Pops denken. »Wievielmal müßt ihr lecken bis zur Mitte eines Tootsie Pops?« fragte die schlaue Eule. Und ich leckte und leckte und zählte die Male, damit ich die Frage der Eule beantworten konnte.

Ein Mann kam aus dem häßlichen Raum und setzte sich neben mich auf die Bank. »Also, Jessica, es gibt gute Nachrichten. Wir haben Crystals Freund Leonard gefunden, und er wird für ein Weilchen hinter Gittern verschwinden. Vor dem brauchst du keine Angst mehr zu haben. Dir kann nichts passieren, du gehst jetzt nach Hause und ruhst dich aus. Und deine Antworten auf unsere Fragen, das hast du richtig gut gemacht. Weißt du eigentlich, daß das ungeheuer mutig von dir war, wie du heute deine Schwester verteidigt hast?«

Alle, die dabeistanden, stimmten zu.

Mir kam das wie ein Witz vor, denn ich war doch diejenige, die sie überhaupt erst in diese Lage gebracht hatte. Ich war der Feigling gewesen, und jetzt sollte ich die Heldin sein. Ich war ein böses Mädchen, und das Kompliment ging an die Falsche.

Auf der Rückfahrt schwiegen wir. Nur einmal fragte Mom leise: »Jessica, ist das das erstemal, daß so etwas geschehen ist? Hat Crystal so etwas schon mal gemacht? Du kannst es mir sagen; gab es so etwas schon einmal?«

»Nein, nie.« Und damit war das erledigt, außer daß Mom verkündete, daß Abbey und ich von nun an im Garten zu bleiben hätten, es sei denn, wir bekamen die ausdrückliche Erlaubnis, zu gehen. Damit würde ich schon zurechtkommen. Was mir mehr zu schaffen machte, waren die Kurven auf der Rückfahrt, die Donut, Bonbon, Schokoriegel und Eiscreme in meinem Magen durcheinanderschüttelten. Ich konnte gerade noch bei Grandma aus dem Auto springen und zur Toilette stürzen. Ich habe nie rausgefunden, wievielmal man lecken muß, bis man in die Mitte von einem Tootsie Pop kommt.

Das Leben ging seinen normalen Gang, oder vielmehr so normal, wie es bei uns eben war. Abbey war ein wenig öfter zu Hause als früher und blieb am liebsten immer in Moms Nähe. Ich bekam eingeschärft, daß ich den Vorfall vor Abbey nie wieder erwähnen dürfe, und auch vor niemandem sonst, weil das zu schwer für sie zu verkraften war. Ich glaube, um Verzeihung gebeten habe ich Abbey nie, aber ich weiß noch, ich hatte das Gefühl, daß ich mich mein ganzes Leben lang dafür schuldig fühlen würde.

Dann kam der Anruf. Und der Tag, vor dem sich alle gefürchtet hatten. Leonard, der Mann, der uns das angetan hatte, stritt seine Schuld ab – dabei wollten wir ihn doch alle einfach nur vergessen.

Wieder mußten wir auf die Polizeiwache zu den Männern im Anzug und gingen dann einen leeren Gang hinunter zum Gerichtssaal. Grandma und ich saßen auf derselben unbequemen Holzbank und warteten.

Am Morgen hatte Mom mir gesagt: »Hör zu, Jessica, Abbey geht es wirklich schlecht, und die Anwälte machen sich Sorgen, daß sie ihre Aussage nicht machen kann. Sie kann sich nur an wenig erinnern, und auch bei dem, was sie noch weiß, fällt es ihr schwer, es zu sagen. Deswegen mußt du stark sein. Du mußt den Leuten in dem Saal die Geschichte erzählen. Leonard wird auch dasein, und du mußt ihn den Leuten, die ihn nicht kennen, zeigen. Verstehst du, Jessica?«

Ich nickte, aber ich hoffte weiter, daß Abbey die Verhandlung allein durchstehen würde, denn ich hatte in Perry Mason gesehen, wie die Geschworenen einen Mann im Zeugenstand ansehen, und so ein Kerl im Anzug schreit den Zeugen an, bis dem die Tränen kommen. Ich saß da und hoffte einfach nur, daß Abbey ihre Aussage allein machen konnte.

Widerstrebend ließ Abbey sich durch die riesigen Türen führen und drückte sich an Mom, als die Türen sich hinter ihnen mit einem donnernden Knall schlossen.

Aber sie waren kaum zu, da öffneten sich die Türen auch schon wieder, und Mom führte meine Schwester aus dem Gerichtssaal. Die arme Abbey, die sich an Mom festklammerte, bekam kaum noch Luft. Ich wußte, was das bedeutete, und hätte am liebsten die Flucht ergriffen.

Der Raum hinter den gewaltigen Türen war viel zu groß. Der Richter sah mich streng an und forderte mich auf, mich in den leeren Holzverschlag zu setzen, hoch über allen anderen. Als ich meinen Eid leisten sollte, drehte sich mir alles, und als sie nach meinem Namen fragten, brachte ich ihn nicht heraus. Mom stand neben dem Kasten, drückte meine Hand und lächelte mich an. »Halb so schlimm«, versicherte sie mir.

Zuerst unterhielten der Anwalt und ich uns ein wenig. Dann mußte ich noch einmal erzählen, was ich gesehen hatte, an dem Tag, als ich die Treppe hochgegangen war, um meine Schwester zu holen. Erst da wurde mir richtig klar, wie widerlich das alles gewesen war. Vorher war mir alles ganz einfach vorgekommen, aber jetzt, wo ich Leonard ansah, wie er da saß und mich anstarrte, da schien mir das Ganze so gräßlich, daß ich überhaupt keine Worte dafür hatte. Ich zitterte, als ich erzählte, was der Mann meiner Schwester angetan hatte. Als sie mich aufforderten, den Mann zu zeigen, der das mit meiner Schwester gemacht hatte, schien mein Arm fünfzig Pfund schwer. Ich zeigte in seine Richtung. Leonard, der Fremde, mußte aufstehen, und zu mir sagte der Anwalt: »Jessica, bitte zeige auf den Mann, der mit deiner Schwester in dem Zimmer war.« Von dem Augenblick an waren Abbey und ich den bösen Fremden ein für alle Mal los.

Ich lag wohlig in meinem warmen Bett und versank in tiefen Schlaf. Wieder kam der Traum, der mich nun schon seit Monaten verfolgte. Ich war allein. Aus dem gespenstischen Nebel erschien Charlie der Thunfisch in Frack und Zylinder und mit seinem schwarzen Stock. Er lüpfte den Hut und verneigte sich wie ein Gentleman. Aber als er den Kopf wieder hob, hatte sein Gesicht sich in das von Leonard verwandelt, den bösen Fremden. Ich stand nur da, rührte mich nicht, und Leonard schob seine Brille mit der dicken schwarzen Fassung hoch, strich das fettige Haar zurück, ein nervöses Lächeln auf dem verschwitzten Gesicht, genau wie er es an dem Tag bei Crystal gehabt hatte.

Ich stand dem Schwarzen Mann Aug in Aug gegenüber. Dann lief ich und lief und lief. Immer weiter lief ich durch den Nebel, und immer wieder schaute ich mich um, und obwohl Leonard langsam ging und ich lief so schnell ich konnte, holte er mich irgendwie ein. Plötzlich kam eine dunkle Brücke, und ich versteckte mich darunter. Und wie erleichtert war ich, als eine freundliche, sanfte Hand aus dem Nebel kam, um mir zu helfen. Ich faßte die Hand, ein gutmütiges Gesicht erschien, und ich war gerettet. Aber als ich dem Retter danken wollte, verwandelte sich das gutmütige Gesicht wieder in das von Leonard. Ich wand mich und schrie und riß mich los – und erwachte aus meinem Traum.

Es war tiefe Nacht, und die Retterin war Mom. »Nur ein böser Traum, Jessica«, sagte sie besänftigend.

»Nein, das ist der Schwarze Mann, und er ist hinter mir her.«

»Jessica, den Schwarzen Mann gibt es nicht.

Jetzt schlaf wieder, es ist alles in Ordnung«, sagte sie und wollte mich trösten.

»Laß das Licht an«, bat ich. Danach schlief ich viele Nächte nur bei Licht, denn ich wußte etwas, was die meisten kleinen Mädchen nicht wissen… Ich wußte, daß es den Schwarzen Mann tatsächlich gab.

## *Bastarde und Dads*

Ich stand mit Dillon an der Straßenecke. Es war ein kalter, aber sonniger Nachmittag, und wir warteten, daß Mom uns von der Grundschule in Smithfield abholte. Ich sah dem Treiben zu, all den Eltern, die ihre Kinder holten. Ich sah neugierig zu, als der Vater einer Freundin sie zur Begrüßung umarmte und ihr einen Kuß auf die Wange drückte. Sie gingen in die Sonne, so daß nur noch die Umrisse ihrer Körper zu sehen waren, ein Mann und ein Kind, und sie faßten sich bei den Händen. Das gefiel mir, und ich überlegte, worüber kleine Mädchen wohl mit ihren Vätern redeten.

Das Geräusch von Moms Wagen mit der lauten Musik riß mich aus meinen Gedanken. Der psychedelische Styroporschmuck an der Antenne und die auf die Flanke des Kombis gemalten Pastellblumen machten es mehr als klar, daß das mein Taxi war.

Dillons Dad Kurt und seine Freunde saßen schon drin. Mom und Kurt waren zwar nicht mehr zusammen, aber sie hatten immer noch ein paar gemeinsame Freunde und trafen sich manchmal zum Feiern. Benny, Kurts bester Freund und ziemlich dick, beugte sich von innen rüber, um Dillon und mir die Tür aufzumachen, aber bei dieser galanten Geste verlor er die Balance und landete mit einem fetten Platschen auf dem Bürgersteig.

»Hoch mit dir, Benny, du blöder Bastard«, rief Kurt, der am Steuer saß.

Alle brüllten vor Lachen. »Ah«, dachte ich bei mir, »der arme Benny ist also auch ein Bastard.« Ich hatte nicht gewußt, daß er auch keinen Vater hatte, und außerdem war er auch noch blöd. Also hob ich ihm seinen Lederhut auf, der in den Rinnstein gerollt war, und setzte ihn ihm wieder auf den blöden, aber lieben Kopf. Dillon und ich kletterten hinten auf die Ladefläche, Benny schwappte zurück auf den Rücksitz neben seine Frau. Als wir abfuhren, sah ich durch das Rückfenster das entsetzte Gesicht des Schulleiters, der neben meiner Lehrerin stand. Ich hätte gern gerufen »Keine Sorge, das ist nur Benny«, aber sie hätten mich nicht gehört.

Mit den betrunkenen Erwachsenen ging es über die Hügel, und Dillon und ich konnten sogar aussteigen und ein Stück zu Fuß gehen, als Bennys Magen kapitulierte und er seinen ganzen Inhalt von sich gab. Mom und ihre Freunde reichten eine Flasche aromatisierten Wein herum, und ich trank darauf, daß ich eines Tages auch einmal einen von diesen Burschen, die man Dad nannte, haben würde.

Die meisten von meinen Freunden hatten zwei Eltern. Und wenn ihr Dad nicht bei ihnen wohnte, dann kam er wenigstens regelmäßig vorbei.

Am nächsten Tag in der Schule sagte die Lehrerin: »Also, Kinder, heute malt ihr ein Bild von eurem Vater bei der Arbeit oder bei irgendwas, was euer Dad gern tut.«

Ratlos saß ich an meinem Pult. Die Kinder ringsum zeichneten Polizisten, Müllmänner, Bankiers oder Rennwagen. Verzweifelt versuchte ich mich zu erinnern, was ich über meinen Vater gehört hatte, den schönen Antonio. Ich hoffte nur, daß meine Freundin Shelley nicht ausplaudern würde, daß ich ein Bastard war. Ich tat, als zeichnete ich, und deckte das leere Blatt mit der Hand ab. Ich wußte nicht, wie lange ich mit dem Trick durchkommen würde. Die Stunde dauerte ewig.

Kurz vor dem Läuten sagte die Lehrerin: »Also, Kinder, packt eure Zeichnungen ein, und morgen machen wir weiter.«

»Gott sei Dank«, seufzte ich in Gedanken.

Ich ging mit Shelley nach Hause. Shelley, blond und lustig, war immer bei ihrer Familie, deshalb spielten wir nicht viel zusammen, aber wenn, dann war es jedesmal schön. Ihr Vater arbeitete bei der Lokalzeitung und beim Radio, ihre Mom war immer zu Hause und sehr nett zu mir.

Shelley war ein kluges Mädchen und half mir manchmal bei den Hausaufgaben. Sie fragte ihre Mom alles, und deshalb wußte sie auch alles. Shelley war die erste gewesen, die gesagt hatte, daß ich ein Bastard bin. »Und was hast du gezeichnet, Jessie?« fragte sie.

»Ach, gar nichts«, antwortete ich.

»Da wirst du aber keine gute Note bekommen, wenn du nichts zeichnest.«

Toll, dachte ich. Jetzt kriege ich sogar schon schlechte Noten dafür, daß ich ein Bastard bin.

»Na, dann muß ich eben Grandma nach meinem Dad fragen. Die kennt ihn.«

»Wieso kommt er dich denn nicht besuchen?« fragte Shelley.

»Zuviel zu tun. Er hat ein Geschäft in Michigan, und wahrscheinlich hat er einfach keine Zeit.«

»Hat er dich überhaupt schon mal besucht?« fragte Shelley.

»Ja, einmal«, antwortete ich sofort. »Er hatte ein ganz tolles Auto, mit blauem Lack mit irgendwas drin, was blitzte. Er hat gesagt, das kann ich haben, wenn ich alt genug zum Fahren bin.«

Ich dachte an den einzigen Besuch meines Dads. Ich war schüchtern und aufgeregt gewesen. Wir trafen uns bei seinem Bruder, der in derselben Straße wie Grandma wohnte, und dann fuhren Antonio, Mom und ich in den Bergen spazieren. Wenn er es nicht merkte, musterte ich ihn und suchte nach Ähnlichkeiten. Aber nur die dunkle Haut und vielleicht noch die Nase, das war alles.

Besonders gefiel mir seine tiefe Stimme. Wir kamen an eine Stelle mit einer tollen Aussicht, und sie sagten, ich solle mal ein bißchen spazierengehen, Mom und Dad hätten etwas Wichtiges zu bereden. Ich ging den Berg hinauf und wartete zwischen den Bäumen und tat, als ob ich nicht merkte, wie sie in dem schicken Auto knutschten, meinem zukünftigen schicken Auto. Ich zupfte Rinde von einem Baum ab, weil ich sonst nichts zu tun hatte. Ich fand Bilder darin; manchmal den Umriß von einem Hund oder einer Katze oder einer Wolke. Ich ging von Baum zu Baum, rupfte überall an der Rinde, aber nie so weit, daß ich das seltsame Ding namens Dad nicht mehr sehen konnte. Er hat mich nie richtig angesehen – aber ich habe *ihn* angesehen.

»Du und Abbey und Dillon, ihr habt also drei verschiedene Väter?« fragte Shelley. »Und ihr seid alle anderthalb Jahre auseinander?«

»Ja und?«

»Na, ist deine Mom eine Prostituierte?«

»Was ist eine Prostituierte?« fragte ich.

»Das ist eine Frau, die Sex mit mehreren Männern hat«, antwortete Shelley.

»Sie hat es bestimmt nicht mit allen gemacht«, beteuerte ich. »Sie hat einfach nur Kinder von ihnen gekriegt.«

Shelley lachte. »Kinder kriegt man nur, wenn man Sex hat. Das sagt jedenfalls meine Mom.«

Ich war verwirrt. Das war eine Frage, die ich Grandma stellen mußte.

Wenn ich aus der Schule kam, ging ich immer zuerst zu Grandma, weil es am Weg lag; gerade an kalten Tagen, denn dann gab es warmen Zimtkuchen.

Abbeys Dad kannte ich von Bildern und vom Telefon, und manchmal schrieb er Abbey Briefe. Der Dad von Dillon und Jacob ließ sich nicht oft blicken, aber wenigstens versuchte er's. Mein Vater mit seinem einen Besuch war ein Rätsel, und es wurde so gut wie nie über ihn geredet.

Ich stürmte ins Haus, geradewegs zum Kuchen. Ich goß mir Milch ein, und Grandma sah mir zu, von ihrem Thron aus, wie ich ihn immer nannte – einem großen alten mit Schnitzereien verzierten Holzstuhl. »Hallo, Jessica. Wie war die Schule?«

»Ganz okay.« Ich stopfte mich mit Zimtkuchen voll.

»Grandma«, fragte ich, »weißt du irgendwas über meinen Dad?«

Die Frage machte Grandma verlegen. Eine Weile saß sie unschlüssig da. »Also, er ist in Michigan. Er ist vernarrt in Autos und macht sie zurecht. Er ist ein netter Mann. Er… Wieso fragst du das?«

»Warum kommt er nie vorbei und besucht mich oder ruft mich an, wie die Dads von Dillon und Abbey?«

»Na ja, dein Dad Antonio ist nicht gerade zuverlässig. Er hat sich ein neues Leben aufgebaut und will es zu etwas bringen. Und ohne ihn bist du besser dran, Jessica«, sagte Grandma und zupfte einen Fussel von der Decke, die sie auf den Knien hatte. Eine Weile saßen wir schweigend da. Dann stand Grandma auf und nahm eins ihrer Lieblingsbilder von der Wand.

»Weißt du eigentlich, daß du etwas ganz Besonderes bist, Jessica? Du hast zwei Väter. Das hier, das ist dein wahrer Vater, und immer wenn du jemanden brauchst, mit dem du reden kannst, oder wenn du etwas nicht verstehst, dann mußt du einfach nur die Hände falten und beten, und dann hört er dich. Er ist immer da.«

Verblüfft starrte ich das Bild von dem Mann mit den langen Haaren an, dem gestutzten Bart, den magischen Augen, dem freundlichen Lächeln. Ich fand, er war der schönste Hippie, den ich je gesehen hatte.

Wie konnte dieser Jesus mein Dad sein? Warum kam er nie zu meinem Geburtstag, warum rief er nie an? Manchmal redete Grandma mir Sachen ein, von denen sie dachte, die sind gut für mich, aber oft wußte ich nicht, warum. Und ich sah auch überhaupt keine Ähnlichkeit. Er hatte blaue Augen, meine waren braun. Er hatte eine schmale Nase, meine war breit. Er hatte schmale Lippen, meine waren üppig. Sein Haar war goldblond, meins dunkelbraun.

»Haben er und Mom es gemacht?« fragte ich Grandma.

Grandma verschluckte sich an ihrem Wasser. »Lieber Himmel, nein, Jessica.«

»Wie kann er dann mein Dad sein, wenn sie's nicht gemacht haben?« fragte ich.

»Wo hast du denn das her, Jessica? Mit wem redest du über so was, um Gottes willen?«

Ich wollte ihr nicht sagen, daß ich meine Informationen von Shelley hatte, sonst würde sie genau wie Crystal nicht mehr lange meine Freundin sein.

»Heute sollten wir in der Schule ein Bild von unserem Dad zeichnen, davon, was er arbeitet oder gerne macht.«

»Das ist nicht schwer«, antwortete Grandma erleichtert. »Antonio ist ein begeisterter Jäger. Er wäre jeden Tag auf die Jagd gegangen, wenn er gekonnt hätte. Außerdem verging kein Sonntagnachmittag, ohne daß er sich Football im Fernsehen ansah. Football-Übertragungen verpaßte er nie.«

»Gott sei Dank«, dachte ich. Sicher, Jesus war kein schlechter Kerl, aber es wäre nicht leicht gewesen, die anderen in der Klasse und die Lehrerin davon zu überzeugen, daß mein Vater der Schöpfer von Himmel und Erde war. Jagd und Football, das würden sie schon eher glauben.

»Was ist eine Prostituierte, Grandma?« fragte ich, jetzt wo ich schon einmal dabei war.

»Also ehrlich, Jessica«, sagte Grandma und wandte sich verlegen ab.

»Ja und, was ist das?« fragte ich.

»Es ist eine Frau, die unanständige Dinge mit Männern für Geld macht«, rief sie von nebenan, aber es war klar, daß sie nicht darüber sprechen wollte. »Solche Sachen mußt du deine Mutter fragen, Jessica.«

Über so was konnte man mit Grandma einfach nicht reden. Und ich war froh, daß meine Mom keine Prostituierte war – nie hatte ich gesehen, daß sie Geld von einem Mann bekommen hatte, und ihre Ehemänner hatten auch nie Geld gehabt. Und sie war auch nicht unanständig, sie ging immer zur Arbeit. Ich konnte es gar nicht abwarten, bis ich Shelley das erzählen konnte.

## *Ein Rice-Crispy-Morgen*

Es war ein großer Umzug in ein wunderschönes zweistöckiges Haus im Westen der Stadt. Hier waren die Bäume buschiger, der Rasen grüner, die Grundstücke größer, und manche von den Leuten in der Weststadt trugen ihre Nase ein Stück höher als anderswo. Wir sollten jetzt bei Moms neuem Freund Vincent wohnen.

Vincent war ein schicker Bursche mit dunklen Haaren und nur einer Hand. Wenn man sich erst mal dran gewöhnt hatte, fiel einem das kaum noch auf. Ich fragte mich, ob ihm wohl sein Hund die Hand abgebissen hatte, wie bei meiner Malibu PJ. Vincent sah gut aus und arbeitete in einem Büro in der Weststadt und schien ziemlich zuverlässig. Von den Männern, die wir kannten, war er so ziemlich der einzige ohne Motorrad. Er und Mom gewöhnten sich anscheinend schnell an die häuslichen Verhältnisse. Wir Kinder mochten das neue Leben, und wir unternahmen viel zusammen. Mom blieb jetzt gern zu Hause, wenn sie nicht arbeitete, und fürs erste ließen sich ihre verrückten Freunde nicht mehr blicken. Vincent ging mit uns wandern oder campen, und er spielte gern Steinehüpfen am Bach und machte lange Sonntagsausflüge mit uns. Alle waren glücklich, und es war das schönste Haus, in dem wir je gewohnt hatten.

Mom rief nach oben: »He, Kinder, kommt mal runter. Wir haben eine Überraschung.«

Alle drei stürmten wir die Holztreppe hinunter und standen parat, um die Überraschung zu hören.

»Ich habe eure Mom gefragt, ob sie mich heiraten will«, sagte Vincent. »Und sie hat ja gesagt.«

Mom saß neben Vincent und grinste und beobachtete uns genau. »Hier wird sich einiges ändern«, sagte sie, »und das heißt auch, Vincent ist jetzt euer Dad.«

Ein echter Dad aus Fleisch und Blut, und er saß direkt vor mir! Ich konnte es kaum glauben. Meine Zeit als Bastard war vorbei. Mom und Vincent redeten immer weiter, aber ich bekam kaum noch etwas mit, denn alles, was für mich zählte, das war, daß ich einen Dad bekommen würde. Natürlich würde ich meine persönlichen Dads, Antonio und Jesus, nicht vergessen, aber ich war ja auf der Suche nach einem Dad, der mich von der Schule abholte und mir einen Kuß gab. Abbey setzte sich auf Vincents Schoß und legte die Arme um ihn. Ich sah

Dillon an, aber sein Gesicht mit den roten Wangen sah kein bißchen glücklich aus.

»So, Zeit fürs Bett«, sagte Mom.

Dillon stapfte die Treppe hoch. Aufgeregt lief ich voran und fragte: »Was ist los, Dillon?«

»Was los ist? Das kann ich dir sagen. Ihr kennt den Kerl nicht. Er ist gemein zu mir, und jetzt hält er sich für den Boss. Von uns allen. Von jetzt an hast du zwei, die dich herumkommandieren, Jessie«, antwortete Dillon, »und ich bin gespannt, wie dir das gefällt.«

»Ih«, dachte ich bei mir, »das gefällt mir aber gar nicht, wenn mich jemand herumkommandiert.« Wir putzten uns alle drei die Zähne und rangelten um Spuckplatz am Waschbecken.

Ich ging in mein Zimmer und holte den kühlen Schlafanzug aus der Kommode. Ich glaube, auf den Gedanken, daß ein Dad ein zweiter Boss war, war ich nie gekommen. Ich wollte nicht mal einem gehorchen, geschweige denn zweien.

»He, Dillon, jetzt müssen wir ihn Dad nennen«, rief ich zu Dillon hinüber.

»Ich habe schon einen Dad«, antwortete er.

Daran hatte ich nicht gedacht. Wahrscheinlich hatte ich geglaubt, Dillon tauscht seinen Dad gerne gegen einen neuen. Kurt versprach immer eine Menge, hielt aber nicht mal die Hälfte. Wenn er nüchtern war, war er in Ordnung, aber eigentlich habe ich ihn nur ein- oder zweimal nüchtern gesehen. Er teilte gern; er hat uns immer einen Schluck aus der Schnapsflasche abgegeben, die er hinten in der Hosentasche hatte wie ein Portemonnaie.

Kurt fand das lustig, wenn wir uns schüttelten, weil es in Hals und Nase brannte. Wenn er betrunken war, schwang er große Reden, fluchte und sah aus wie ein Kegel auf der Bowlingbahn, kurz bevor er umfällt. Sein Verstand war der reinste Wackelpudding, und alles, was er noch an Gedanken produzierte, wenn er sich mit der Hand über den Bart fuhr, war unverständliches Geschwätz – das mir aber sehr weise vorkam.

Je mehr er trank, für desto klüger hielt er sich. Dillon war die Trinkerei zwar peinlich, aber trotzdem bewunderte er seinen Dad irgendwie und wollte immer, daß sein Dad ihn mochte.

»Na, wenigstens bin ich jetzt kein Bastard mehr«, sagte ich über den Flur.

»Du bist doch kein Bastard«, sagte Dillon.

»Doch, Shelley hat gesagt, das bin ich, weil ich keinen Dad habe.«

»Unsinn, ein Bastard ist man nur, wenn man bei seiner Geburt keinen Dad hat, und da hattest du doch einen.«

»Shelley sagt, wenn man ihn nicht kennt und wenn er nie kommt, dann ist man ein Bastard.«

»Das stimmt nicht! Nur wenn du ohne Dad auf die Welt kommst. Wenn deine Mom nicht verheiratet ist. Und Mom war verheiratet. Weißt du denn überhaupt nichts?« sagte Dillon.

Das waren gute Nachrichten. Das würde ich gleich Shelley erzählen, daß ich überhaupt kein Bastard war.

Ich lief nach unten und gab Mom einen Gutenachtkuß. Und ich umarmte sie, weil sie mich nicht zum Bastard gemacht hatte.

»Sag deinem Dad gute Nacht«, flüsterte Mom.

Ich stand vor Vincent und sah ihn nur an. Ich brachte die Worte nicht heraus. »Nun mach schon, Jessica«, drängte Mom.

Ich umarmte ihn kurz und murmelte »Gute Nacht, Dad«. Ich rannte so schnell nach oben, daß der neue zukünftige Dad keine Zeit zum Antworten hatte. Mein Bett war kalt, man spürte schon die Abendkühle, und auf den Holzböden lagen keine Teppiche. »Dad« zu sagen war längst nicht so aufregend gewesen, wie ich es mir vorgestellt hatte. Ich weinte, bis ich einschlief; nicht nur vor Enttäuschung, sondern auch, weil mir am nächsten Tag etwas Schreckliches bevorstand. Wieder einmal würde ich in einer fremden Schule »die Neue« sein.

Ich wußte, wie es ablief, denn in den wenigen Jahren, die ich zur Schule ging, war das schon meine dritte. Ich war neidisch auf Abbey, die nur an ein paar Tagen die Woche für einen halben Tag hinmußte. In der neuen Schule roch es nach Krankenhaus. Offenbar hatte sich schon herumgesprochen, daß zwei Neue kamen, denn als Dillon und ich bei der Anmeldung standen, kamen Scharen von Schülern vorbei und gafften uns an. Es war immer spannend, wie die Schulsekretärinnen reagierten, wenn unsere junge Mutter uns Kinder mit unseren drei verschiedenen Nachnamen vorstellte, und keiner sah dem anderen ähnlich, und alle drei waren fast gleich groß.

Schlimm wurde es erst, als wir in unsere neuen Klassen geführt wurden. Ich verabschiedete mich von Mom und Abbey, als zöge ich in den Krieg und würde sie nie wiedersehen. Mein Herz schlug so laut, daß man es sicher im ganzen menschenleeren Gang hören konnte. Mrs. Johnson faßte mich bei der feuchten Hand und zerrte mich vor die Klasse, um mich vorzustellen.

»Kinder, das ist Jessica. Sie kommt von der Grundschule in Smithfield zu uns. Also, seid nett zu ihr. Wir wollen ja, daß sie sich bei uns wohl fühlt. Kannst du uns etwas über dich erzählen, Jessica?«

Meine Zunge war wie gefroren. »Die macht wohl Witze«, dachte ich. Ich schüttelte den Kopf: »Nein.« Ich kam mir vor wie King Kong, öffentlich zur Schau gestellt.

Schließlich durfte ich mich auf meinen Platz an meinem neuen Pult setzen. Ich wußte, was ich zu tun hatte: setzen, den Kopf auf den Tisch legen, mit den verschränkten Armen als Deckung, keinen Blickkontakt aufnehmen und in dieser Stellung so lange bleiben wie nur möglich.

Von Zeit zu Zeit riskierte ich aus meiner Festung heraus einen Blick. In dem Moment, in dem mich jemand entdeckte, mußte ich sofort den Kopf in die sichere Stellung auf dem Pult und zwischen den Armen zurückziehen.

Dann kam die Mittagspause, und ich mußte mich rühren. Ich blieb sitzen und hoffte, daß mich keiner zur Kenntnis nahm. Aber vergebens; Mrs. Johnson kam und führte mich in den Speisesaal.

Die Kinder hier waren ganz anders als in Smithfield, besser angezogen und mit hellerer Haut. Die meisten Mädchen hatten hübsche blonde oder goldbraune Locken – ich war das dunkelste Mädchen in der ganzen Schule von Westside.

Am Abend wühlte ich verzweifelt in dem Koffer mit den Barbies und suchte eine, die bereit war, den ganzen Tag im Pult eingesperrt zu verbringen, als Trost für mich und zur Gesellschaft. Vanessa war von allen die Kleinste, und sie würde die Reise in der Brotbüchse machen. Das arme Mädchen roch noch Tage später nach Marmelade und Erdnußbutter. Ich klappte das Pult auf und steckte sie hinein. Damit sie es bequem hatte, hatte ich eine Socke mitgebracht, in der sie schlafen konnte, eine kleine Rosinenschachtel, die als Fernseher diente, eine Garnrolle als Couchtisch und einen aufgeschnittenen Waschlappen als Teppich. Sie fühlte sich gleich zu Hause. In der Pause steckte ich sie in die Manteltasche, zum Mittagessen kam sie in meiner Brotbüchse mit.

Ich behielt meinen Kopf immer auf der Tischplatte, was die Lehrerin mehr und mehr ärgerte. Mrs. Johnson schrieb Briefe nach Hause und tadelte meine Sturheit und Verschlossenheit.

»Da gibt's nichts zu sagen«, antwortete ich, als Mom danach fragte. »Mir gefällt es eben nicht. Und sie reden mich nicht mal mit meinem Namen an, ich bin immer nur ›die Neue‹.«

Dann, als ich dachte, das wird nie anders, passierte etwas Großartiges. Ein weiteres Kind kam dazu, und nun war ich nicht mehr neu.

Genau wie ich wurde der Neuankömmling zur Schau gestellt wie King Kong, und auch er sollte etwas über sich erzählen. Ich tat mein Bestes, daß keiner merkte, wie gespannt ich war, aber auch ich starrte ihn an, weil er neu war.

Er bekam den Platz neben mir, und ich bemühte mich weiter, ihn nicht anzustarren. Sofort legte er den Kopf auf die Bank und die Arme drum herum, um sich vor den Blicken der anderen zu schützen.

»He, wie heißt du?« fragte ich. »Ich hab's vorhin nicht gehört.«

Er schwieg, und ich flüsterte: »Ich bin Jessica.«

Mit einem Lächeln antwortete er: »Ich bin Pedro.«

»Du klingst so komisch.«

Er verstand nicht, was ich meinte.

»Von wo kommst du?«

»Ich bin aus Mexiko«, antwortete er mit seinem fremden Akzent.

Mann, ich war noch nie einem richtigen Ausländer begegnet. Es faszinierte mich, daß er anders war. Von da an war Pedro mein Freund, obwohl ich die meiste Zeit kein Wort von dem verstand, was er sagte.

Mom ging ganz im häuslichen Leben auf und war glücklicher als jemals zuvor. Alles war normal, es gab regelmäßig Essen, und sonntags machten wir

Ausflüge. Wenn Vincent am Wochenende arbeitete, krochen wir alle vier unter ihre große Steppdecke und sahen uns, unter Kreischen und Lachen Horrorserien im Fernsehen an. Mom spielte Verstecken mit uns, und manchmal half sie auch bei den Malbüchern; da war sie wirklich gut und malte nie über den Rand hinaus.

»Komm, Jessica, deck den Tisch«, rief Mom mir zu.

Mom ging nach draußen und kam mit der Schüssel zurück. Wir setzten uns alle.

»Spiel nicht mit deinem Essen, Jessica«, sagte Vincent zu mir.

»Verdammt noch mal, Dillon, nimm deine Ellbogen vom Tisch«, fuhr er Dillon an.

Ich sah, wie in Dillon der Ärger hochkam. Wie Vincent ihn behandelte, machte mich oft wütend, und Dillon tat mir leid. Für Vincent war Dillon anscheinend ein rotes Tuch. Allmählich war ich mir doch nicht mehr so sicher, ob es gut war, einen Vater zu haben. Dillon hatte recht, jetzt waren es zwei, die uns kommandierten.

»Seid ihr schon im Bett, Kinder?« rief Mom später am Abend zu uns herauf.

»Ja«, antworteten wir im Chor.

Klammheimlich kam Dillon auf allen vieren über den Flur und in mein Zimmer.

Er saß am Boden, sah mich ein paar Sekunden lang an, während ich noch still an die Zimmerdecke starrte. Rasch gab er mir einen Kuß auf die Stirn und kroch dann nach drüben zu seinem Bett zurück. Ich hörte ihn prusten. Jetzt lagen wir beide in unseren Betten und kicherten übermütig, bis wir eine tiefe Stimme von unten vernahmen.

»Schlaft jetzt, Kinder!«

Ich lachte um so mehr.

»Ich sage euch das nicht noch einmal!« brüllte Vincent.

Vincent begriff allmählich, was es bedeutete, sich eine Familie zuzulegen. Als in unserem alten Viertel, nur ein paar Blocks von Grandma, ein Haus zu mieten war, zogen wir einfach wieder hin.

Zwar wohnten wir nun wieder im armen Teil der Stadt, aber ich war sehr erleichtert über unsere Rückkehr in die Gegend, in der ich mich wohl fühlte, und die letzten paar Schulwochen vor den Sommerferien ging ich wieder auf die Grundschule in Smithfield.

Mom und Vincent blieben zusammen, aber soviel ich weiß, war von Heirat nie wieder die Rede. Ich nannte Vincent weiter bei seinem Vornamen, und ihm schien das recht. »Dad« war einfach zu peinlich. Abbey sagte es – sie mochte ihn wirklich, aber Dillon und ich verabscheuten ihn jetzt.

Je schlechter es zwischen Mom und Vincent ging, desto mehr Leben kehrte in unser Haus zurück. Die alten Freunde waren wieder da.

Es wurde mehr getrunken, und überhaupt gab es mehr von allem. Dillon sagte, Vincent sei wie ein Knallfrosch mit zu kurzer Zündschnur und wir seien das Streichholz für ihn.

Einmal kam Vincent früher als sonst zum Mittagessen. Wir Kinder spielten unten im Keller Bettenhüpfen und waren so glücklich dabei, daß wir seine Ankunft überhaupt nicht bemerkten. Unser Cousin Duke machte mit. Dillon war der Evel Knievel des Bettenhüpfens – er war der Superhüpfer. Er stellte die Betten alle auseinander und dann sprang er, vom einen zum anderen, die ganze Reihe. Manchmal sprang er zu kurz und landete mit einem Knall auf den Knien und schlug mit dem Kinn auf die Bettkante. Dillon setzte gerade zu einem Rekordsprung an, als unser unbemerkter Zuschauer losbrüllte:

»Was zum Teufel treibt ihr hier? Ihr wißt genau, daß ihr nicht auf den Betten hüpfen sollt! Verflucht noch mal!«

Ich war gerade im Sprung und blieb tatsächlich vor Furcht mitten in der Luft hängen, genau wie in Matrix.

»Hose runter, und stellt euch in einer Reihe auf«,

schnauzte er uns an und riß sich den Lederriemen aus der Hose. »Wer kommt als erster?«

Wir flehten ihn an. »Es tut uns leid«, versicherten meine Schwester und ich ihm unter Tränen.

Als erstes zerrte er Dillon über den Stuhl. Dillon weigerte sich, die Hose runterzulassen, und das machte Vincent nur um so wütender. Die beiden rangelten, bis Vincent ihm die Hose abgestreift hatte. Dann legte er Dillon übers Knie und versetzte ihm mehrere Schläge mit dem Riemen, aber Dillon schrie nicht, und das machte Vincent immer wütender. Bei jedem Schlag fuhren meine Schwester und ich zusammen. Dillon zog seine Hose hoch und blickte Vincent finster an.

»Setzen«, sagte Vincent zu Dillon und zeigte auf die Wand. Uns sah er an und sagte: »Hose runter, hab ich gesagt.«

Abbey und ich zögerten, bis er uns noch einmal anbrüllte. Aus Angst gehorchten wir. Meine Schwester und ich hielten uns aneinander fest, nackt von der Taille abwärts, und sahen mit an, wie Duke seine Tracht Prügel bezog. Duke schrie, aber anders als Dillon bekam er nur einen einzigen Hieb. Dann war ich an der Reihe. Ich stand da, Finger im Mund, und wollte ihn mit Worten beschwichtigen. Er legte mich übers Knie und versohlte mir den nackten Hintern.

»Wie – oft – habe – ich – dir – schon – gesagt, du sollst nicht auf dem Bett hüpfen?«

Es war, als wollte er mit einem Brenneisen die Worte auf meinen Hintern brennen. Zum Glück waren die Pobacken nach dem ersten Schlag ein wenig taub. Ich zog die Hose wieder hoch und setzte mich neben die Jungs, den Kopf auf den Knien.

Abbey bekam nur eine kleine Abreibung, denn er wußte ja, daß wir die Bösewichter waren. Sie setzte sich neben mich, und wir umarmten uns und weinten. Vincent schimpfte noch den ganzen Weg nach oben, bis er zur Haustür hinaus war.

Wir drei schnieften weiter, aber Dillon saß ganz ruhig da und sagte mit eisiger Stimme: »Ich hasse diesen Scheißkerl.«

Vincent und Mom stritten sich auch weiterhin, mal mehr, mal weniger. Manchmal hielt ich mir abends die Ohren zu, damit ich einschlafen konnte. Manchmal betete ich, daß ich am Morgen aufwachen würde und er wäre einfach fort. Aber meine Gebete wurden nie erhört, denn jeden Morgen wachte ich auf, und er war immer noch da.

Zum Glück wurde ich krank und bekam so hohes Fieber, daß ich für neun Tage ins Krankenhaus mußte. Eine schwere Virusinfektion setzte mich außer Gefecht. Im Krankenhaus bekam ich soviel Schokoladeneis, wie ich haben wollte, und drei warme Mahlzeiten am Tag ohne Abwaschen. Die Krankenschwester wiegte mich in den Schlaf und sang für mich.

Ich freundete mich mit dem kleinen Jungen am anderen Ende des Zimmers an, der Sand in die Augen bekommen hatte und davon blind geworden war. Er tat mir leid. Ich hatte keine Ahnung gehabt, daß Sand so gefährlich war. Ich war zu schwach zum Gehen, aber die Schwester setzte mich in einen Rollstuhl und fuhr mich hin. Manchmal fühlte ich mich so schuldig, weil ich sehen konnte, daß ich mir ein Tuch über die Augen legte, wenn ich mit ihm redete. Er lächelte immer, aber er sprach kaum. Ich war sicher, daß er traurig war.

Mom und Vincent kamen mich besuchen und brachten mir eine neue Puppe, und aus der Schule schickten sie mir eine Menge selbstgebastelter Karten, sogar eine von der Lehrerin.

Bevor ich wieder in die Schule durfte, mußte ich mich zu Hause erholen, und natürlich langweilte ich mich zu Tode. Einmal übernahm ich am Abend das Bügeln. Mom gab mir einen Korb Deckchen, Handtücher und Socken. Ich bügelte, und sie sah fern und legte die Wäsche zusammen.

Vincent kam hereingeschlurft, setzte sich auf das Sofa vor mir und wollte ebenfalls fernsehen. »Jessica, räum das Zeug weg. Du stehst mir im Bild.«

Ich gehorchte, aber Mom sah mich nur an und sagte: »Mach weiter.«

Vincent riß mir das Eisen aus der Hand und die Schnur aus der Steckdose und fuhr mich an: »Du sollst das wegräumen, habe ich gesagt!«

Mom stand auf und nahm ihm das Eisen aus der Hand. Er schnappte es wieder und hielt es mir hin, und dabei spritzte das heiße Wasser mir über die ganze Hand, daß es zischte.

Der Schmerz war ein Schock. Und jetzt war ich mir ganz sicher, daß ich keinen Dad wollte, und haßte ihn genausosehr wie Dillon.

Mom ließ kaltes Wasser über meine Hand laufen und schmierte dann Butter drauf, und ich schrie. Vincent ging, und das war das Ende dieses Streits. Wir stiegen alle ins Auto und fuhren zu Grandma. Sie hatte einen schönen Gazeverband für meine Hand, Braten mit Möhren und Schokoladenkuchen. Wir fuhren zurück, satt und glücklich.

Als wir am Haus anlangten, sahen wir, daß der alte Holzzaun umgefahren war. Im Haus erwarteten uns zerrissene Sachen, auf den Boden geworfene Blumentöpfe mit Erde überall, Glasscherben und zerbrochene Bilder.

»Schon in Ordnung, Kinder. Ihr geht einfach ins Bett, und ich bringe das in Ordnung«, sagte Mom und kämpfte gegen die Tränen an.

Dillon fing an, die Scherben aufzulesen. »Ins Bett, hab ich gesagt!« brüllte Mom.

Die ganze Nacht malte ich mir aus, was Vincent als nächstes tun würde. Als ich am nächsten Morgen aufwachte, ging ich in die Küche und machte mir noch ganz verschlafen eine Schale Rice Krispies zurecht. Ich saß da ganz allein und lauschte dem Geräusch beim Kauen, und plötzlich ging mir auf, daß meine Gebete erhört worden waren. Der Spaßverderber war nicht mehr da. Nie hatten Rice Krispies so gut geschmeckt.

## *Ein starker Abgang*

Jetzt, wo Vincent weg war, zogen wir wieder zu Grandma. Aber das Haus mit den zwei Schlafzimmern war für uns vier und Grandma doch zu klein. Also machte Mom aus dem Wellblech-Gartenhaus ein schickes kleines Zimmer, das sie ganz für sich hatte. Sie legte ein Verlängerungskabel für die kleine Lampe und den Fernseher und kaufte einen Heizlüfter, den sie anmachen konnte, wenn es abends kühl wurde. Sie verkleidete eine Kiste mit einem Tischtuch und stellte Kerzen und Räucherstäbchen darauf. Auf dem Bett lag ein besonders dicker Quilt von Grandma, daneben stand ein kleines Bücherregal. Die Aluminiumwände verschwanden hinter dünnen Vorhängen, die Fußbodenfliesen unter einem geflochtenen Teppich, und fertig war ein Schlafzimmer wie im Hollywoodfilm. Aber was als nächstes passieren sollte, war ja auch wie im Film.

Es war Freitagabend, und wie so oft sah ich zu, wie Mom ihr Make-up auftrug, die dicken schwarzen Wimpern tuschte, die mandelförmigen Augen schwarz umrandete und den vollen Lippen einen Tupfer mit dem rosa Lippenstift gab. Sie nahm die Lockenwickler heraus und sprühte ein wenig Haarspray aufs Haar, damit es nicht zerzauste. Zum krönenden Abschluß sprühte Mom eine Parfümwolke in die Luft und ging durch sie hindurch, so daß der Duft an ihr haftenblieb. Sie gab jedem von uns dreien einen Abschiedskuß, und dann war alles, was von diesem Abgang eines Filmstars noch zurückblieb, ein Hauch von Sandelholz und Gewürzen.

Sekunden später flog die Tür auf, und Mom war zurück, in heller Aufregung. »Ruft die Polizei!« schrie sie. »Ruft die Polizei!«

Sie lief zum Telefon in der Küche. »Vermittlung, geben Sie mir die Polizei. Schnell!«

»Was ist los, Cassandra?« fragte Grandma.

»Schließt die Tür ab!«

Grandma ging zu Haus- und Hintertür und schloß beide ab.

»Hallo, ja, ich möchte einen Mann in unserem Vorgarten melden. Können Sie bitte sofort kommen? Er hat mich angegriffen, als ich aus dem Haus wollte«, rief sie.

Grandma zog sämtliche Jalousien herunter und schickte uns Kinder in ihr Schlafzimmer.

»Das ist dieser Wichser Vincent«, sagte Dillon und setzte sich auf Grandmas Bett.

Die Polizei war im Nu da. Mom war völlig aufgelöst. »Alles ging so schnell, ich habe sein Gesicht kaum gesehen.«

Sie erzählte den Polizisten von der Trennung von Vincent und daß der Mann in Schwarz sicher er gewesen sei, und die Polizisten sagten, sie würden mal hinfahren und ein Wörtchen mit ihm reden.

Moms Make-up war ganz verschmiert. In aller Eile packte sie ein paar Sachen zusammen.

»Also, Kinder. Ich bleibe für ein paar Tage bei einer Freundin. Macht euch keine Sorgen. Die Polizei behält das Haus im Auge.«

Und schon war sie weg.

In dieser Nacht schlief ich bei Grandma. Ich bemühte mich, wach zu bleiben, damit ich den Kampf mit Vincent aufnehmen konnte, während Grandma ihren Rosenkranz betete. Aber bald gewann der Schlaf die Überhand, und als ich am nächsten Morgen aufwachte, war ich noch am Leben. Ich war erleichtert.

Nach ein paar Wochen beruhigten sich die Gemüter, und Vincent ließ sich weder blicken noch von sich hören – und ebensowenig der Mann in Schwarz. Nach einer Weile wurde Mom ihre neue

Freiheit ein wenig langweilig, und sie sehnte sich nach Vincent und flüsterte am Telefon.

Natürlich sagte sie nie ein Wort darüber, schon gar nicht zu Grandma. Nach allem, was Vincent getan hatte, wäre es nicht leicht gewesen, ihn jetzt noch als den tollen Burschen hinzustellen, für den wir ihn am Anfang gehalten hatten. Keiner wußte davon, daß sie sich heimlich wieder trafen, nur ich.

Das Kopfende des Bettes stand an der zweiflügeligen Schuppentür, und wenn Mom und ich uns schlafenlegten, blickten wir hinauf zu den Sternen. Die Nacht wurde kühl, aber mir war warm unter dem großen Quilt. Schon halb eingeschlafen, hörte ich Rascheln im Gras und zwischen den Blättern waren – kleine nächtliche Geschöpfe.

»Mom, schlafen die Käfer eigentlich nie?«

»Das sind wahrscheinlich Mäuse, Jessie.«

»Iiiiiih, Mäuse!« schrie ich.

Mom lachte. »Pssst, Jessica. Schlaf jetzt.«

Schließlich döste ich ein. Im Traum hörte ich Mom flüstern, aber ich wachte erst auf, als das Bett sich hin und her bewegte unter seltsamen Lauten –, und ich hörte Vincents Stimme.

Ich wußte nicht, was sie da machten, aber es gefiel mir nicht. Ich hielt mir die Ohren zu und hoffte, daß ich es dann nicht mehr hörte. Ich fand, ich sollte nicht dabeisein, ich fand, sie sollten nicht bei mir sein, ich fühlte mich betrogen und schuldig zugleich, weil ich (obwohl ich es ja gar nicht wollte) zuhörte. Ich schämte mich, weil ich dabeiwar, vor allem aber verachtete ich die beiden, um so mehr, je lauter das Stöhnen wurde und je mehr das Bett schaukelte, bis sie dann mit einem erleichterten Seufzer still wurden. Ich schlief wieder ein, auf einem Kopfkissen, das naß war von Tränen der Wut.

Am frühen Morgen weckten die Stimmen mich von neuem. Ich rieb mir die Augen, hoffte, daß das schaukelnde Bett in der Nacht nur ein Traum gewesen war, aber dann sah ich Vincent, der sich verabschiedete und auf Zehenspitzen den Schuppen verließ. Ich zog meine Pantoffeln an und marschierte zum Haus, und meine Mutter flüsterte mir nach:

»Hör mal, Jessica, davon sagen wir nichts zu Grandma, klar?«

»Klar«, sagte ich verächtlich.

Es war eines der wenigen Male, daß ich ihr ohne Strafe ein Widerwort geben durfte. Am liebsten hätte ich mich umgedreht und sie angebrüllt. Sie sollte wissen, daß ich die ganze Nacht wach gelegen hatte. Aber dann schämte ich mich auch wieder zu sehr, um es ihr zu sagen.

Von da an ließ sich Vincent wieder häufiger blikken. Einmal kamen wir vom Schwimmbad zurück und sahen seinen Wagen nicht weit vom Haus stehen. Vincent duckte sich rasch hinter das Lenkrad, als ob wir ihn dann nicht bemerken würden. Dillon machte zum Spaß ein großes Theater, damit Vincent auch wußte, daß wir ihn entdeckt hatten. Als er schließlich mit quietschenden Reifen davonfuhr, warf Dillon den gelben Tennisball hinterher, den er auf dem Nachhauseweg hatte hüpfen lassen.

Ich war starr vor Schreck und hoffte nur, daß er nicht getroffen hatte.

»So ist's recht, Blödmann, hau nur ab!« brüllte Dillon ihm nach.

Ich wurde ein wenig traurig, als ich Vincent nachsah, wie er in der Ferne verschwand. Nicht weil er mir fehlen würde, sondern weil mit ihm auch die Hoffnung auf einen Dad dahinging, den ich bewundern konnte. Er und die Hoffnung waren genausoschnell wieder verschwunden, wie sie gekommen waren.

## *Indianerspiele*

Die meisten von Grandmas Geschwistern lebten noch im Reservat oder nicht weit davon. Es lag mehrere Meilen außerhalb der Stadt, und es war gut, daß es ein Stück weit weg war, denn wir galten ja bei den gräßlichen Cousins und Cousinen nach wie vor als die Hippies. Es war aber auch schade, denn dadurch kam ich nicht so oft zu den Pferden, wie ich gerne gewollt hätte.

Auf der Fahrt ins Reservat hielt ich den Blick auf die Straße geheftet, damit ich auch nichts von dem, was dieses geheimnisvolle Land für mich bereithielt, verpaßte. Onkel Wes hatte mir versprochen, wenn ich ihm beim Brandmarken des Viehs helfe, dürfe ich Grey Eyes reiten, meinen Lieblingshengst, und ich könne reiten, solange ich wolle.

Meistens ritt ich, bis das Pferd sich weigerte weiterzugehen. Ich war Onkel Wes' Vorzeige-Cowgirl, und er war mein echter Cowboy-Onkel. Früher hatte er Pferde zugeritten, und er ging nie ohne Cowboyhut und Cowboystiefel aus dem Haus. Er hinkte, weil ihm einmal ein Wildpferd auf einem Rodeo ein Bein gebrochen hatte. Manchmal fragte ich mich, wer da wen zugeritten hatte.

Onkel Wes mit seinem glänzenden schwarzen Haar, der kräftigen Nase, der dunklen, glatten Haut sah man den Indianer deutlich an. Wie sein Dad trank er gern ein Glas, und wenn ich ihn ärgerte, schimpfte er mich zum Spaß auf indianisch aus. Er wohnte bei Grandma gleich nebenan, deshalb verstanden wir uns so gut. Einen besseren Onkel konnte ein Mädchen gar nicht haben. Heute sollte ich »den Eimer halten«. Ich hatte zwar keine Ahnung, was er meinte, aber ich fand es aufregend.

Dillon und Duke spielten Schnick, Schnack, Schnuck auf dem Rücksitz des Kombis, Abbey und ich schauten aus dem Fenster. Wir fuhren durch Ödland mit ein paar wenigen Bäumen. Als ein kleiner Bach auftauchte, war unser Ziel nicht mehr fern. Er führte durch offenes Weideland und war dann mit einem Steindamm zu einem großen Tümpel gestaut.

Da es heiß war wie in der Wüste, war das Wasser eine große Verlockung für die Kinder, die den größten Teil des Tages auf dem Rücken der Pferde zugebracht hatten. Das Wasserloch war ein Schwimmbad für arme Leute – bloß gab es da auch noch Schlangen.

»He, Duke, was hast du da am Ohr?« fragte ich und zog den geheimnisvollen Streifen mit einem Ruck ab.

Das tat weh. Duke rieb sich das Ohr.

»Klebeband«, sagte er.

Duke sah mich vorwurfsvoll und verlegen an, und ich wußte gar nicht, was ich darauf antworten sollte.

Grandma sagte immer, Duke habe zu große Ohren, und tat alles, damit sie möglichst klein wirkten. Eine Weile versuchte Grandma, sie anzukleben und hoffte, daß sie dann auch so wachsen würden, aber das funktionierte nicht. Sie hatte nur sein Bestes im Sinn, aber die Mittel waren nicht die richtigen.

Der arme Duke hatte eine seltsame Mutter mit einer Tochter und einem Sohn aus früherer Ehe. Oft waren sie grausam zu Duke. Er war ein merkwürdiger Junge, um es vorsichtig zu sagen, aber er hatte einen schrägen Humor, der mir die meiste Zeit großen Spaß machte.

Wir verziehen ihm seine Verrücktheit, denn wir wußten, daß es nicht seine Schuld war. Seine Eltern waren geschieden, und er war oft bei Grandma – seiner Zuflucht vor den bösen Geschwistern.

Wir fuhren zur Rückseite des Hauses, wo überall unter den großen Pappeln, die in der gewaltigen Hitze Schatten spendeten, Picknicktische standen.

Es waren so viele Tische, daß es aussah wie die Kantine meiner Grundschule. Wir hatten viele Verwandte.

Onkel Wes sagte zu mir: »Wenn du Indianer bist, dann sind alle in vierzig Meilen Umkreis deine Familie. Im Reservat darf man sich nie zu sehr betrinken, sonst landet man am Ende bei seiner Cousine und weiß überhaupt nicht, daß man verwandt ist, und dann kommen Babys mit drei Beinen und drei Augen.«

Das würde ich mir für später merken, denn ein Kind mit drei Beinen und drei Augen wollte ich auf keinen Fall.

Meine geheimnisvollen Verwandten aus dem Reservat waren halb Indianer, halb Cowboy. Irgendwie mischte es sich immer. Manche sahen wie echte Indianer aus, aber die meisten hatten nur ein paar Spritzer von dem besonderen Blut. Grandma sagte, die Indianermädchen seien zu Rendezvous mit den französischen Trappern gegangen… und viele von ihren Leuten hatten noch Weißere geheiratet. »Sieh doch, was passiert, wenn du deinen braunen Kakao mit weißer Milch vermischst – das Schokoladenbraun wird verdünnt.« Das ist das ganze Geheimnis unserer Familiengeschichte.

Ich wäre gern viel indianischer gewesen, als ich war. Ich sonnte mich, bis ich ein schönes Rotbraun bekam, damit ich mich mehr wie eine Rothaut fühlen konnte.

Eigentlich sahen meine Verwandten ziemlich gut aus. Sie sahen aus wie Italiener in Filmen, mit zurückgekämmtem Haar und wie gemeißelten Gesichtszügen; aber es gab nirgends Maschinengewehre, nur Flinten, mit denen die Kojoten abgeschossen wurden, wenn sie Hühner stehlen wollten. Und keiner sprach wie in Brooklyn, sondern alle sprachen, weil sie so nahe am Reservat lebten, ein ziemlich gebrochenes Englisch, zu dem noch ein paar indianische Worte kamen, wenn die Erwachsenen nicht wollten, daß wir verstanden, wovon sie redeten. Es gab auch keine schicken italienischen Anzüge, nur Cowboyhüte, Stiefel und Jeans. Es gab keine Geheimgesellschaften, nur Verwandtentratsch beim Kaffee, darüber, wer wem Vieh stahl und wer wen betrog. Keine schwarzen Limousinen, aber jede Menge Pferde und Trucks.

Wir Stadthippies kletterten aus dem Kombiwagen wie im Zirkus, wo alle zusehen, wie immer mehr Leute aus einer unmöglich kleinen Kiste kommen.

Ich mußte bis zuletzt warten, denn meine Großtante Sophie war beim Aussteigen so träge, daß es mir vorkam, als ziehe sie Fäden, wie Honig. Die Cousins und Cousinen starrten mich an, aber ich beachtete sie gar nicht und hielt mich ganz an Onkel Wes. Mein Onkel hatte eine Aufgabe für mich, die meine ganze Aufmerksamkeit erforderte.

»He, Jessica«, sagte Duke.

Ich drehte mich um, und er reichte mir eine Tüte.

»Hier. Dad sagt, du kannst meine alten Cowboystiefel haben.«

Aufgeregt öffnete ich die Tüte. Das waren die schönsten alten Stiefel, die ich je gesehen hatte. Sie waren spitz und schwarz und mit bunten Nähten verziert, die oben am Schaft das Bild eines Adlers ergaben. Und sie glänzten noch.

»Zieh sie an«, sagte Duke. »So, dann hältst du diesmal den Eimer, hm?«

»Ja«, sagte ich und streifte die Stiefel über, und sie paßten perfekt. Ich lief zu den Pferden, weg von den Prärieverwandten. »Danke, Duke!« rief ich.

Onkel Wes winkte mich zum Rinderpferch hinüber, wo die jungen Kälber auf das Brandmarken warteten. Er reichte mir einen silbernen Eimer.

»Komm hier rüber, kleines Cowgirl«, sagte Onkel Wes.

Er und die anderen Männer packten ihr erstes Kalb, warfen es auf die Seite und drückten ihm das glühende Eisen in die Flanke, das Zeichen des Besitzers. Es gab ein brutzelndes Geräusch, und ich zuckte zusammen und spürte den Schmerz des armen wehrlosen Tiers. Onkel Wes versicherte mir, daß es für das Tier im Handumdrehen vorbei sei, aber ich fragte mich, wie er das wissen konnte, schließlich konnte das Kalb ja nicht sprechen. Das sei eben ein notwendiges Übel, wenn man eine Rinderfarm habe, erklärte er mir. Ich wisse doch von Grandma, daß viel Vieh gestohlen werde, und nur mit so einem Zeichen könne man wirklich beweisen, was wem gehöre.

»Komm, Jessica, bring den Eimer.«

Ich ging zu ihnen hin, und da stand ich mit einem nagelneuen, glänzenden Eimer in der Hand, das Haar zu zwei langen Zöpfen geflochten, und die neuen Cowboystiefel schmiegten sich um meine aufgeregten Füße. Einer der Männer packte das Geschlecht des Kalbes, und Onkel Wes schnitt es ab. Der Mund stand mir offen, die Augen sprangen mir aus den Höhlen beim Anblick von so viel Grausamkeit. Der ganze Kuhpferch begann sich zu drehen, und ich hielt verzweifelt den schimmernden neuen Eimer fest.

»Plop, plop!« – das war das Geräusch von zwei Hoden, die in meinen neuen Eimer geworfen wurden. Verblüfft starrte ich hinein, und zwei Fleischkugeln starrten zurück.

»Du mußt ein bißchen Wasser reintun, Jessica, sonst halten sie sich nicht«, sagte Onkel Wes und gab dem kleinen Kalb einen Klaps, damit es Platz für das nächste Opfer machte.

»Wofür?« fragte ich fassungslos.

»Die gibt's heute zum Abendessen.«

Ich ließ den Eimer fallen, stürzte hinter die Scheune und übergab mich. Es war nahe genug, daß ich das Lachen der Männer noch hören konnte. Ich fand eine Pumpe und spritzte mir Wasser ins Gesicht. Ich trank sogar von der alten Pumpe, wollte den scheußlichen Geschmack wegspülen, den ich allein von dem Gedanken, ich könnte die Hoden essen, im Mund hatte.

Mein Bruder kam um die Ecke und lachte. »Hast du denn nicht gewußt, was für ein Eimer das ist?«

»Woher soll ich so was wissen?«

»Na, jetzt lachen sie über dich. Geh lieber wieder hin, bevor die Mädels sich auch noch über dich lustig machen.«

»Wollen sie die heute abend wirklich essen?« fragte ich. Ich hoffte immer noch, daß es ein Witz war, denn ich hatte großen Hunger.

»Ja. Man sagt Rocky-Mountain-Austern dazu, und sie sind wirklich gut«, sagte Dillon.

Ich hatte davon gehört, aber ich hatte gedacht, sie wären aus dem Meer. Ich hatte nicht gewußt, daß es Rinder-Eier waren. »Wie schmecken sie?« fragte ich.

»Wie Hühnchen.«

Warum hieß es bei allem, was eklig war, es schmecke wie Hühnchen? Ich mochte gern Hühnchen. Na, jedenfalls riß ich mich zusammen und ging zurück zum Pferch. Ich nahm wieder den schimmernden Eimer, in dem sich inzwischen ein paar weitere Rocky-Mountain-Austern angesammelt hatten, füllte ihn mit Wasser und versuchte, möglichst nicht hinzusehen. Zu allem Unglück lief der Eimer über, und ein paar von den Hoden wurden herausgespült.

»Gott, auch das noch«, sagte ich und starrte sie an, wie sie da auf der Erde lagen. Ich überlegte, ob ich die kleinen Fleischkugeln einfach verbuddeln konnte, aber es waren noch so wenige, das wäre aufgefallen. Also sammelte ich die schleimigen Dinger ein und hielt die Luft an, damit es mir nicht hochkam.

Ich schüttelte mich, wischte mir die Hände an der Hose ab. Igitt, igitt! Mein ganzer Körper zitterte vor Ekel, aber ich nahm mich zusammen und ging wieder zu dem Pferch, denn Onkel Wes hatte ja versprochen, daß ich Grey Eyes reiten durfte.

Onkel Wes erklärte mir, wenn ein Bulle nicht kastriert wird, ist sein Fleisch weniger wert, weil es als nicht so schmackhaft gilt. Die armen Burschen verlieren ihre Eier, damit sie besser schmecken. Unglaublich so was.

Es war ein langer Tag mit dem Eimer. Endlich durfte ich ihn, voll mit Rocky-Mountain-Austern, zu den Frauen in die Küche bringen.

Onkel Wes hatte Grey Eyes schon gesattelt. Er half mir hinauf.

»Merk dir eins, Jessica«, sagte Onkel Wes streng. »Wenn du absteigst, steig auf keinen Fall auf der rechten Seite ab. Immer links, so ist er es gewohnt. Sonst wird er bockig.« Er gab dem Pferd einen Klaps auf den Hintern. Wie der Blitz schoß Grey Eyes davon, und ich mußte mich an die Zügel klammern, damit ich nicht hinunterfiel.

Ich galoppierte in Richtung der Sonne, die in der Ferne schon hinter den Bergen versank, hinter mir Staubwolken, die aussahen, als stünden sie in Flammen. Die Stimmen verschwanden in der Ferne, und jetzt hörte ich nur das Schnauben von Grey Eyes und das Zirpen der Grillen, die sich in den Grasbüscheln versteckten. Ich sah die Männer, die unter Pfiffen das Vieh zusammentrieben, das am nächsten Tag markiert werden sollte, und ein Hund jagte bellend einem Kalb nach, das Reißaus genommen hatte, mit erhobenem Schwanz zum Zeichen des Ungehorsams gegenüber seiner Kuhmutter. Ich ritt, bis

Gott seine Nachttischlampe, den Mond, anschaltete.

»Was hat Onkel Wes gesagt, auf welcher Seite sollte ich absteigen?« fragte ich Dillon, als ich wieder am Haus ankam.

»Auf der rechten«, sagte Dillon.

»Bist du sicher?«

»Ja«, sagte er mit einem fiesen Grinsen.

Ich kannte dieses Grinsen. »Bitte, geh rein und frag Onkel Wes«, flehte ich.

Dillon ging ins Haus und kam zurück. »Die linke Seite.«

»Du lügst.«

Dillon lachte. »Nein, tue ich nicht.«

Jetzt wußte ich überhaupt nicht mehr, ob er die Wahrheit sagte oder nicht. Ich sah mich um und überlegte. Es gab da eine große Stange zum Festmachen der Pferde, etwas, was aussah wie der Stufenbarren im Sportunterricht. Es war der Eingang zum Garten hinter dem Ranchhaus. Er hatte drei Stäbe, einen auf jeder Seite, und der höchste davon hatte genau die richtige Höhe für mich. Von da konnte Dillon das Pferd nach vorn wegführen, und Grey Eyes würde überhaupt nicht merken, daß ich heimlich abstieg. Ich beschrieb Dillon meinen Plan.

»Aber du mußt schnell sein, Dillon. Ich hab einmal hinter diesem Gaul gestanden, als er wild war, und er hätte mir fast meinen Kopf weggekickt wie einen Fußball.«

»Okay, Jessie, wenn du meinst«, sagte er.

Dillon nahm die Zügel und führte das Pferd in die Mitte des Gestells.

»Gut, jetzt halt«, sagte ich.

Ich packte mit beiden Händen die dünne Stange und machte einen Klimmzug. Nun konnte Dillon das Pferd wegbringen, und ich konnte mich ohne Gefahr weit nach vorn fallen lassen.

»Und los!« rief ich.

Dillon führte Grey Eyes ein Stück vor und blieb stehen.

»Weiter, Dillon!« zischte ich aufgeregt und versuchte, nicht in Panik zu geraten, obwohl ich mitten in der Luft und direkt hinter dem Pferd hing.

Dillon hielt sich den Bauch vor Lachen, er ließ sich auf den Boden fallen und zeigte mit dem Finger auf mich. Ich hing da, vor Schrecken starr.

»Dillon, ich falle gleich. Steh auf, bitte«, flehte ich. Meine Hände wurden immer feuchter. Bald würden sie den Halt verlieren. Verzweifelt versuchte ich meine Beine stillzuhalten, damit ich dem Pferd nicht in den Hintern trat.

»Steh auf, du Blödmann!«

Dillon konnte sich vor Lachen nicht rühren.

Mit einem dumpfen Plumps ging ich zu Boden. Grey Eyes begriff, was gespielt wurde, schlug aus und bäumte sich auf. Ich spannte meine Beine und legte mit einem Sprung einen Blitzstart hin, und als ich mich in der Staubwolke umdrehte, sah ich, daß die Hufe genau da niedergingen, wo ich noch vor einer Sekunde gekauert hatte. Ich rannte zum Zaun und kletterte keuchend hinauf.

»Ruhig, Junge.« Dillon beschwichtigte den Gaul.

Ich sprang vom Zaun und klopfte mir den Staub ab, damit keiner sah, daß ich doch kein echtes Cowgirl war. Onkel Wes sollte es nicht merken. Dillon brachte Grey Eyes auf die Koppel, und noch auf dem ganzen Weg zum Picknick konnte ich ihn lachen hören. Ich war sicher, Grey Eyes lachte auch.

Beim Abendessen saßen Dillon, Abbey und ich mit Unmengen von gräßlichen kleinen Cousins und Cousinen von Greatgran Idas Beerdigung zusammen.

»Mmmm«, sagte Dillon, »das Gulasch ist gut.«

»Ich habe gar nicht gesehen, daß welches dawar«, sagte ich enttäuscht, denn Gulasch mochte ich besonders gern.

»Hier, nimm was von mir«, sagte Dillon.

Es kam genausoschnell wieder heraus, wie ich es in den Mund gesteckt hatte. Ich spuckte und suchte nach etwas zu trinken. Es schmeckte genauso, wie man sich das von Kälberhoden vorstellen konnte – wie Scheiße. Und alle lachten, auch Onkel Wes.

»Das schmeckt aber nicht wie Hühnchen«, sagte ich und lachte, damit ich nicht weinen mußte.

»Ich mag sie auch nicht«, sagte Patsy, die gräßliche Cousine, die bei der Beerdigung die Maus geworfen hatte.

Sie steckte mir ein Stück Kaugummi zu, als keiner hinsah. Ich lächelte und verstaute es in meiner Hosentasche für später.

Nach dem Essen spielten wir zu viert Football mit den gräßlichen Verwandten, die jetzt plötzlich doch nicht so gräßlich waren. Zum erstenmal wären wir gern noch länger geblieben, als es Zeit zum Aufbruch war.

Auf der Rückfahrt sah ich den Mond über der großen Ranch stehen, und ich fand, er schien heller als irgendwo sonst.

Wenn Menschen anders sind, bekommt man Angst. Manchmal muß man einen Tag im Reservat zubringen oder Kalbshoden essen, damit man das begreift. Aber das ist nicht schlimm; Hauptsache man begreift es, bevor es zu spät ist.

## *Für Äpfel verboten*

Heute war der Tag, an dem ich Angie Eagle in den Hintern treten würde. Das war mehr als überfällig. Vor ein paar Wochen hatten Frank Black Shield, Star Field Deer und ich auf dem Schulhof Tetherball gespielt, eine Art Volleyball, bei dem der Ball mit einem Seil an einer Metallstange hängt. Man wirft den Ball von einem zum anderen. Ich hatte ausgesetzt, und als ich wieder mitmachen wollte, sagte Angie zu mir: »Für Äpfel verboten.«

Ich wußte nicht, was das sollte, und ging wieder an meinen Platz. Angie kam und stellte sich vor mich. »Ich hab gesagt, für Äpfel verboten«, sagte sie mit ihrem gemeinen Gesicht.

»Ich bin kein Apfel«, antwortete ich. Ich wußte nicht, was sie meinte.

»Doch, das bist du.«

»Was soll das heißen, ein Apfel?«

Sie kam noch näher ran, damit ich auch ja mitbekam, was sie zu sagen hatte. »Du bist ein Apfel, außen rot und innen weiß. Du bist kein Indianer.«

Ich sah meine Freunde Frank und Star an, und sie verkniffen sich das Lachen.

»Ich bin Indianer.«

»Bist du nicht«, sagte sie und schubste mich weg. »Du bist ein mexikanischer Apfel.«

»Und Indianerin.«

»Bist du nicht.«

Nach der Schule ging ich zu Grandma und brachte ihr die schreckliche Nachricht. Ich war keine Indianerin, sondern ein Apfel. Aber sie reagierte ganz anders als erwartet. Sie war nicht am Boden zerstört, sondern fand es lustig, daß ich ein Apfel war.

»Jessica, zu meiner Zeit, da hat keiner gefragt, wieviel Indianer du warst. Da konntest du ein Achtel von einem Achtel sein, ein Viertel oder die Hälfte. Da war man Indianer und damit basta. Die hat keine Ahnung. Kümmere dich nicht um sie.«

Aber wie immer, wenn man sich nicht um etwas kümmern soll, was man direkt vor der Nase hat, wurde es größer und größer, bis ich überhaupt nichts anderes mehr sah. Jeden Tag wurde Angie größer. Darüber dachte ich auf dem kurzen Weg nach Hause nach – schon wieder ein neues, gerade frisch gemietet.

Es war ein schnuckliges gelbes Haus mit einer

Veranda wie aus dem Bilderbuch, und das Beste daran war, daß es in derselben Straße wie das Haus von Grandma lag. Es war zweistöckig mit einer winzigen Holztreppe, wo ich gleich wieder unten landete, wenn ich auf Strümpfen hochlaufen wollte. Mom bewohnte die untere Hälfte, und wir Kinder bekamen den ganzen ersten Stock. Im Garten standen Obstbäume und streckten die Äste nach oben, als flehten sie um Sonnenstrahlen. Das neue Haus versprach viel für unsere Zukunft – ohne Vincent.

Das Wochenende verging wie im Fluge, und ich fürchtete mich vor dem Montagmorgen, denn dann würde Angie mich von neuem quälen. Beim Tetherball ging es wieder los. Der Ball kam zu ihr, und sie schlug ihn mit solcher Wucht zu mir, daß er mich an der Stirn traf wie ein Stein. Wir starrten uns finster an.

Ich schlug den Ball zurück, und sie verfehlte ihn mit Absicht, so daß ihre eiskalte Hand mitten in meinem Gesicht landete. Ich sagte es der Lehrerin, und sie schickte mich ins Krankenzimmer und Angie ins Büro des Direktors, aber Angie behauptete, es wäre ein Unfall gewesen. Sie kam vorbei, als ich noch auf der Liege im Krankenzimmer lag.

»Petze«, sagte sie und zeigte mir die Faust, und dann war sie weg.

Jetzt war es aus mit mir, jetzt wo ich sie bei der Lehrerin verpetzt hatte. Ich sprang vor dem Spiegel in die Höhe und begutachtete meine Beule, aber so schlimm, daß sie mich nach Hause schicken würden, sah sie nicht aus. Also rieb ich sie mit der Hand, bis sie rot und dick war.

Ich war gerade wieder zurück auf der Liege, da kam die Krankenschwester und sagte: »Oje, Jessica, was hast du denn gemacht? Ist dir schwindelig?«

»Ja«, sagte ich.

Grandma kam und holte mich, gemeinsam gingen wir nach Hause, und bald vergaß ich die gefälschte Beule am Kopf.

Später am Vormittag kam ich in die Küche und sah Grandma, wie sie Bierdosen, immer zwei auf einmal, aus dem Kühlschrank holte und draußen ins Gras warf. Ein paar von den Dosen, die schon vorher auf dem Beton der Terrasse landeten, platzten. In aller Ruhe stellte sie wieder die Lebensmittel in den Kühlschrank und setzte sich dann. Manchmal, wenn Onkel Wes bei Grandma war, nahm er das Essen heraus, damit er Platz für sein Bier hatte.

»Wenn du Hunger hast, Jessica, da sind noch Speck und Corn-flakes auf dem Tisch. Du mußt dir nur Milch holen«, sagte Grandma bester Laune, saß auf ihrem hölzernen Thron und nippte an ihrem Kaffee.

Ich schüttete Corn-flakes in ein Schälchen und beobachtete Onkel Wes, als er in die Küche kam, die Kühlschranktür aufmachte und Saft herausholte. Er nahm sich ein Glas aus dem Regal. Als er draußen die geplatzten Bierdosen sah, brummte er nur »Hmmm, scheint ja ein schöner Tag zu werden« und trank seinen Saft.

Grandma hatte ihren Kommentar ohne Worte abgegeben, er lag draußen im Garten, aber Onkel Wes hörte ihn laut und deutlich. Kein Wort fiel mehr über das Bier, und der Tag nahm ganz normal seinen Lauf. Onkel Wes ging aus, wahrscheinlich in eine Bar.

Grandma und ich vertrieben uns mit ihrem Puppenhaus und dessen kleinen Bewohnern die Zeit. Sie ließ mich nur bei besonderen Anlässen mit ihnen spielen, wenn sie ein Auge darauf haben konnte, weil bei mir alles verlorenging. Ich spielte mit dem Puppenhaus, eine blaurote Beule auf meiner Stirn, und Grandma saß still dabei und sah zu.

Das Telefon klingelte. Grandma ging ran. »Hallo?« Und dann: »Was, Cassandra?« Dann hielt sie sich die Hand vor den Mund, riß sich zusammen, damit sie nicht weinte. »Das ist nicht wahr!«

Ich konnte Moms Stimme aus dem Telefonhörer hören. Sie schrie, aber ich verstand nicht, was sie sagte.

Grandma hörte zu, dann sagte sie: »Ja, sie ist hier. Cassandra, jetzt beruhige dich. Hallo? Hallo?«

Grandma zögerte einen Moment, dann sagte sie: »Such die Puppensachen zusammen, Jessica. Komm, wir räumen sie weg.« Eilig steckte sie alles in die Schachtel.

»Was ist los, Grandma?«

»Räum einfach nur auf«, sagte sie und half mir. »Wenn jetzt gleich deine Mutter kommt, dann gehst du ins Badezimmer und schließt dich ein. Du machst nicht auf, ganz egal was passiert, klar?«

»Warum?«

»Tu, was ich sage.«

Das Bad war der einzige Raum im Haus, der über den Luxus einer Tür verfügte, von Schlössern ganz zu schweigen. Moms Auto bog in die Auffahrt, und als sie ausstieg, sah sie mich wütend an.

»Los, Jessica.«

Ich ging ins Bad und schloß die Tür ab. Die Haustür wurde zugeschmissen, und Mom brüllte Grandma an. Ich preßte mein Gesicht auf den Boden und wollte durch die Ritze unter der Tür sehen, aber ich sah nur Füße, die sich bewegten. Dann sah ich einen Blumentopf zu Boden gehen.

»Cassie, beruhige dich«, sagte Grandma.

»Was denkst du dir eigentlich?«

Mom hörte überhaupt nicht mehr auf zu brüllen.

Ich fragte mich, ob es meine Schuld war. Grandma und ich hatten darüber geredet, daß Mom diese komischen Zigaretten rauchte, oder vielleicht ging es darum, daß Grandma mich gefragt und ich ihr gesagt hatte, daß Mom zwei Tage lang nicht zu Hause gewesen war.

Ich war schon eine jämmerliche Gestalt. Meine Schwester hatte ich in die Arme des Schwarzen Manns getrieben, und jetzt hatte ich meine Grandma in Schwierigkeiten gebracht. Ich wußte nicht, was ich tun sollte, also hielt ich mir einfach die Ohren zu und weinte. Dann hörte ich eine andere Stimme. Das war Carley, Moms neuer Freund.

»Cassandra, laß das sein. Was machst du da? Komm, wir fahren«, sagte Carley, aber Mom brüllte weiter.

Dann hörte ich eine andere Stimme, und auch dic drängte zum Gehen. Vorsichtig kam ich aus dem Bad und konnte gerade noch um die Ecke sehen. Carley und ein anderer Mann führten Mom nach draußen, und Mom rief zum Haus zurück: »Du Dreckstück! Du Dreckstück!«

Carley kam noch einmal herein, um Grandma zu beruhigen. Ich sah die schönen Blumen an, die jetzt auf dem Boden lagen, und überall die Erde, in der sie gewachsen waren. Ich hob einen umgeworfenen Stuhl auf. Ich konnte die Zerstörung, an der ich schuld war, nicht mit ansehen, und bei dem Gedanken, was ich erst anrichten würde, wenn ich älter war, lief es mir kalt den Rücken hinunter.

Ich ging ins Wohnzimmer und sah Grandma, wie sie dasaß mit ihrer ein wenig schiefen Brille und sich schneuzte, und sogar ihr Haar war wirr, was sonst so gut wie nie vorkam.

Carley kniete neben Grandma und fragte, ob alles in Ordnung sei.

»Sie nimmt Drogen, nicht wahr?« schluchzte Grandma. »Sag es mir, Carley!«

»Tess, sie ist einfach nur wütend. Das ist gleich vorbei«, sagte Carley. »Geht's wieder, Tess?«

Grandma nickte. »Ja.«

Nun da Grandma sich beruhigt hatte, ging Carley, und der Kies spritzte in der Auffahrt, als der Wagen davonschoß.

Ich stand einfach nur da und starrte Grandma an und wußte nicht, was ich tun sollte. »Es tut mir leid«, sagte ich zu Grandma.

Aber sie machte nur eine Handbewegung, ich solle ruhig sein, und sah mich nicht an.

Über Nacht blieb ich bei Grandma, und vor dem Schlafengehen kniete ich mich hin und betete.

Ich schloß fest die Augen. »Gott segne Grandma, Mom, Dillon, Abbey, Onkel Wes, meine Lehrerin, Elvis Presley, Shelley und … und … und …?«

»Das reicht jetzt, Jessica«, schimpfte Grandma, und wir gingen zu Bett. Grandma betete den Rosenkranz und befühlte jede einzelne Perle, und sie betete besonders lange in dieser Nacht. Der Streit zwischen ihr und Mom wurde nie wieder erwähnt, und ich habe nie erfahren, worum es gegangen war.

Am Morgen ging ich wieder in die Schule, und plötzlich hatte ich keine Angst mehr vor Angie. Ich wartete nur auf die Pause, dann würden die Fäuste fliegen. Natürlich stellte Angie sich genau mir gegenüber hin, damit ich auch ja genug abkriegte. Ich behielt sie ständig im Auge, wie eine Katze die Maus. Sie machte den Volleyball zur Kanonenkugel, und ich war das Ziel.

Ich holte aus und warf den Ball zurück, so fest ich konnte. Meine Konzentration war so groß, daß ich den Pfosten direkt vor mir nicht sah, und die ganze Macht, mit der ich Angie erledigen wollte, prallte an diesen Pfosten und auf mich zurück. Mein Arm schwoll sofort an, und mein ganzer Körper vibrierte wie eine Stimmgabel. Ich schrie vor Schmerz.

Grandma konnte nicht kommen, und so mußte ich den ganzen Schultag absitzen und in meiner Verlegenheit so tun, als wäre es ein Tetherball-Unfall gewesen, den Arm in eine improvisierte Schlinge gesteckt, ein Tuch aus der Schulküche.

Kein Mensch hat je einen so endlosen Tag lang ein Geschirrtuch getragen. Unglücklich stapfte ich schließlich nach Hause.

Als ich am nächsten Morgen in die Küche kam, stand alles voll mit Kartons.

Mom blickte nicht einmal auf, sie sagte einfach nur: »Jessica, geh und pack deine Sachen. Ich habe ein paar Kartons für dich oben hingestellt.«

»Wohin ziehen wir?« fragte ich, obwohl ich es eigentlich gar nicht wissen wollte.

»In ein Haus, das weit genug weg von deiner Großmutter ist… sie macht mich wahnsinnig«, sagte Mom, atemlos von der Hast, mit der sie packte.

Es brach mir das Herz. Ich hatte mich an die wunderschöne Veranda gewöhnt, mir gefiel die Schule, und ich war glücklich, daß ich immer zu Grandma gehen konnte. Als ich wieder in unser Zimmer kam, lag Abbey auf dem Bett und weinte.

»Was ist?«

»Ich hab was angestellt, und jetzt kriege ich heute abend keinen Obstpudding«, schluchzte sie.

Das war hart. Obstpudding war Moms Spezialität. »Himmel, was hast du gemacht?« fragte ich.

»Violet und ich haben bei Mr. Anderson gespielt, und er hat uns gefragt, ob wir baden wollen.«

»Und… was?«

»Na, da haben Violet und ich gebadet«, sagte Abbey, den Blick zu Boden gesenkt. Sie wußte genausowenig wie ich, was daran so schlimm sein sollte.

Mr. Anderson war ein miesepetriger alter Nachbar, der immer schimpfte, wenn wir über sein Grundstück rannten. Mom mußte wirklich schlechte Laune haben, wenn sie Abbey bestrafte, nur weil sie gebadet hatte.

Und das war's. Wir zogen um. Ich warf einen letzten Blick auf das Haus mit der wunderschönen Veranda und haßte es dafür, daß es mir vorgegaukelt hatte, mein Leben könne besser werden, und ich verfluchte die Obstbäume, weil sie keine einzige Frucht getragen hatten, seit ich hier eingezogen war.

## *On the move*

Nun zogen wir wieder in den besseren Teil der Stadt – in eine Mietwohnung im Untergeschoß, anderthalb Zimmer. Wohnzimmer- und Küchenfenster waren gerade über dem Erdboden, und man sah Gras oder blickte direkt bis zum Horizont. Für uns Kinder gab es einen tollen Garten mit einer einzelnen Pappel, zwei Apfelbäumen, endlos viel Wiese, und nur ein paar Schritt weiter war ein McDonald's mit den schönsten Golden Arches, die ich je gesehen hatte. Für Mom gab es einen schönen Mann, der aussah wie Jesus, und er wohnte in einem winzigen Gartenhäuschen am Ende eines langen Kieswegs.

In der ersten Nacht lagen Dillon, Abbey und ich in unserem neuen Zimmer wach. Abbey und ich hatten ein Etagenbett, Dillon schlief auf einem Feldbett neben dem Wasserboiler und einem bollernden Heizkessel. Durch den Fensterspalt kam der Fettgestank von Fritten und Burgern.

»Mann, Klasse«, flüsterte ich. »Immer wenn wir

genug Geld beisammenhaben, können wir einfach rübergehen und uns Schokoladenshake holen.«

Schließlich taten Mom und Nick, der Jesusknabe am Ende der Auffahrt, sich zusammen; und das war auch die Zeit, da ich dahinterkam, daß meine Mom mich nicht mochte. Manchmal schlug sie mir einfach mit dem ersten, was sie zur Hand hatte, ins Gesicht. Am schlimmsten war die Haarbürste. Und es war die Zeit, da es im Haus fast immer nach diesen komischen Zigaretten roch. Und das Jahr, in dem Abbey zum Krümelmonster wurde.

Wir gingen immer häufiger zu Nick. Einmal machte Mom uns richtig fein, und wir fuhren zu Nicks Eltern, unseren zukünftigen Halb-Großeltern. Mom war ziemlich aufgeregt, sie lief durch unsere Kellerwohnung und stellte alle möglichen dummen Fragen. »Habt ihr auch eure Zähne geputzt, Kinder? Kinder, habt ihr die Katze gefüttert? Kinder, habt ihr euch die Ohren gewaschen?«

»Ja«, antworteten wir jedesmal.

»Setzt euch einfach aufs Sofa, und wartet auf mich. Macht euch nicht die Kleider schmutzig.«

»Abbey, bring dein Haar in Ordnung. Jessica, hast du dich überhaupt gekämmt?« Sie packte die Bürste und riß mir hektisch an den verfilzten Haaren, bis sie sie mir büschelweise ausriß.

Wir gingen zu unseren neuen Großeltern. Alles war vom ersten Augenblick an ziemlich krampfig, und es roch nach Parfüm und Kaffee. Über einen endlos langen Teppich ging es ins Wohnzimmer. Es war so ziemlich das größte Haus, das ich bis dahin gesehen hatte. Wir drei Kinder saßen brav auf einer geblümten Couch. Ich hielt die Luft an.

Mom, Nick und seine Eltern unterhielten sich über belangloses Zeug, und meine neue Großmutter kratzte sich von Zeit zu Zeit an den merkwürdigen Locken, die sie, mit Haarspray und Nadeln fixiert, über den ganzen Kopf verteilt hatte. Nervös nahm sie Schlucke aus ihrer kleinen Kaffeetasse, und auf der anderen Hand hatte sie die Untertasse wie auf einem Tischchen. Ein Signalton kam, und die neue Grandma verschwand in die Küche. Ich hörte das Zischen von ihren Nylonhosen noch, als sie schon aus dem Zimmer war. Dann kam sie mit einem Teller Schokoladenplätzchen zurück, frisch aus dem Ofen, und stellte ihn auf die Glasplatte des Couchtisches.

Abbey, Dillon und ich streckten im selben Moment die Hand nach den Plätzchen aus. Ich schlang sie hinunter und holte sofort Nachschub, bis Mom mich anstieß, und ich mußte still dasitzen, gefoltert vom Duft der geschmolzenen Schokolade.

»Und was machen Ihre Eltern?« fragte Nicks Mom.

»Meine Mutter ist Rentnerin; mein Vater ist schon vor Jahren gestorben.«

»Oh, das tut mir leid«, sagte Nicks Mom.

Es folgte peinliches Schweigen, eine ganze Ewigkeit lang. Schließlich ging die Befragung weiter.

»Und, Cassie, was war es doch gleich, was Sie machen?« fragte Nicks Mom.

»Ich bin Abteilungsleiterin bei Sears«, sagte Mom mit einem steifen Lächeln.

Nach einer Weile war das Vorstellungsgespräch zu Ende, wir stiegen alle ins Auto und fuhren wieder nach Hause.

Am nächsten Tag machten wir mit Nick und Mom Picknick. Wir fuhren in die Hügel. Ein paar von ihren Freunden kamen dazu. Die Sonne schien, wir liefen über die Felder mit dem langen Gras, und die Erwachsenen kümmerten sich um das Barbecue.

Als wir zum Picknickplatz zurückkehrten, saßen Mom und Nick auf der Heckklappe des Pickups und lachten laut. Ihre Freunde reichten eine neue Pfeife herum, wo wieder das stinkige Zeug drin war. Das war so cool. Unten war ein Glas mit Wasser, und man konnte sehen, wie der Rauch durch das Wasser blubberte, wenn der Raucher daran zog. Fasziniert sahen wir zu.

»Jessica, komm her«, sagte Mom.

»Was?«

»Mach den Mund auf«, sagte sie.

Sie beugte sich vor, als ob sie mir einen Kuß geben wollte, und blies mir den Rauch in den Mund.

»Behalt es drin«, sagte sie.

Es schmeckte eklig. Ich spuckte es aus, und alle lachten.

»Abbey, komm her«, sagte Mom.

Mom küßte auch sie und blies ihr Rauch in den Mund.

»Drinbehalten!« sagte sie.

Abbey wurde rot im Gesicht.

»Ausatmen, ausatmen, sonst wirst du ohnmächtig«, rief Mom.

Abbey keuchte, so fest sie konnte, und wieder lachten alle. Mom fuhr Abbey mit der Hand über den Kopf. Ich wünschte, ich hätte es genausolange drin behalten können, dann hätte sie mich auch gestreichelt. Ich ging allein zurück zu dem Feld. Als ich nach einer halben Stunde wiederkam, waren Abbeys Augen so rot, daß es aussah, als ob sie bluteten.

»Ich bin das Krümelmonster«, sagte sie und stolperte mit ausgestreckten Armen zwischen den anderen umher wie Frankensteins Ungeheuer.

»Gebt mir eure Kekse.« Sie sah sich um, wer die

Oreos hatte. Sie fand sie in Nicks Hand und rannte damit weg. Sie stopfte sie sich beim Laufen in den Mund. Wir verfolgten sie, wollten ihr die Kekse abnehmen, aber sie hielt sie fest, als hinge ihr Leben davon ab. Ihre Zähne waren schwarz, die Augen weit aufgerissen.

»Ich bin das Krümelmonster«, quietschte sie. Es sollte gefährlich klingen. Sie aß die ganze Tüte.

Dann, eines Morgens, war Nick fort, und sein Haus am Ende der Auffahrt war leer. Eine Weile war Mom traurig. Manchmal hörte ich sie nachts weinen.

Einmal, an einem Samstagmorgen, waren nur Abbey und ich in der Wohnung, als Kurt, Dillons Dad, kam. Er und Benny wollten etwas zu essen.

»Jessica, was hast du im Haus?«

»Nichts. Mom hat gesagt, heute abend gehen wir einkaufen.«

»Mann, wir haben Hunger«, sagte Benny und wühlte im Schrank. »Aha!« rief er, als sei er gerade auf Gold gestoßen.

»Hast du überhaupt eine Ahnung, wie nahrhaft eine Dose Katzenfutter ist?« sagte Benny.

»Da hast du recht, Mann«, sagte Kurt und griff schon nach Senf und einem Stück Brot. »Man hört nie, daß Katzen Erkältung oder Grippe kriegen.«

Ich blickte von meinem Malbuch auf. Der Schnapsgestank war inzwischen so stark, daß mir davon schwindelig wurde.

»Hmmm, so eine Art Fischpastete«, sagte Kurt.

Kurt rührte Senf, Salz und Pfeffer hinein, und dann strichen sie die Fischpastete auf zwei Scheiben Brot. Die Katze sprang auf den Tisch, wurde aber gleich wieder weggescheucht.

»O Mann, das ist gut. Weißt du, Jessica, du solltest wirklich ein wenig aufgeschlossener sein.«

Ich sah den beiden nur mit großen Augen zu, und meine Katze funkelte sie finster an.

Am nächsten Tag kam ich in die Küche. Abbey und Dillon waren schon draußen.

»Jessica, ich hatte dir doch gesagt, du sollst die Katze füttern!« schimpfte Mom.

»Hab ich vergessen.«

Schon flog eine Dose Katzenfutter an meinem Kopf vorbei – es ging rasend schnell, im nächsten Moment lag ich am Boden. Sie schlug mir ins Gesicht und packte die Dose.

»Das ist das Scheiß-Katzenfutter! Damit fütterst du die Scheiß-…«

»Ja, schon gut«, rief ich und versuchte, mich mit den Händen zu schützen.

Sie lief zu ihrem Zimmer, weinte, brüllte immer

weiter. Sie raffte ein paar Sachen zusammen und lief zur Tür.

»Es tut mir leid, es tut mir leid, es tut mir leid«, rief ich immer und immer wieder, bis sie zur Tür hinaus war.

Ich lief zu Jasmina, meiner Babypuppe, und warf mich mit ihr in meine Koje. Ich sah sie an. Ich weinte. Plötzlich schlug ich sie, so fest ich konnte, und warf sie auf den Boden. Da lag sie, hilflos, ihr Plastikgesicht eingeschlagen.

Schon im selben Moment tat es mir leid. Ich sprang aus dem Bett, drückte meine Babypuppe an mich und entschuldigte mich tausendmal. Ich blies in das Loch in ihrem Fuß, aus dem sie den quietschenden Ton von sich gab, wenn sie weinte, und versuchte, ihr Gesicht wieder auszubeulen.

Nun wußte ich, wie Mom zumute war. Es tat ihr leid, aber sie konnte es nicht ungeschehen machen. Bestimmt hätte sie gerne Luft in meinen zerbeulten Kopf geblasen.

Ich machte mich mit meinen Buntstiften an die Arbeit. Ich malte Bilder von mir und Mom, und über uns strahlte die Sonne am Himmel. Ich malte Bilder mit Herzen drauf und Bilder, auf denen »Ich hab dich lieb« stand, und ich hängte sie überall in der Küche auf und wartete, daß sie nach Hause kam.

Schließlich kam sie, und ich kam zur Begrüßung

aus dem Zimmer. Sie sah die Bilder und mußte weinen und riß sie alle von den Schranktüren und warf sie in den Müll und ging in ihr Zimmer und machte die Tür hinter sich zu. Sie sagte kein Wort mehr dazu, und jetzt war ich mir sicher, daß sie mich nicht mochte.

Dann passierte etwas, was mir zu denken gab. Abbey und ich saßen an einem Samstagmorgen vor dem Fernseher und sahen uns Fat Albert an.

Abbey und ich standen im selben Moment auf.

»Wo willst du hin?« fragte ich.

»Aufs Klo.«

»Da wollte ich gerade hin«, sagte ich.

Beide rannten wir los. Ich lag um eine Nasenlänge vorn, und als wir ins Wohnzimmer kamen, vergrößerte ich meinen Vorsprung noch. Dann spürte ich Abbeys Faust im Rücken wie einen Dolch, und ich schlug auf die metallene Ecke vom Couchtisch. Die scharfe Spitze bohrte sich mir zwischen die Augen. Damit war das Wettrennen zu Ende, aber stattdessen lief Blut und hörte nicht wieder auf zu fließen.

Auch auf dem Weg ins Krankenhaus floß das Blut immer weiter. Mom steuerte mit einer Hand und preßte mir mit der anderen einen kalten Waschlappen auf die Stirn.

»Keine Sorge, Jessie, das wird wieder gut. Das

wird wieder gut, mein Schatz«, sagte sie, und dann weinte sie.

Vielleicht mochte sie mich ja doch.

## *Matratzenklau*

Dillon weckte uns schon früh. Zusammen mit zwei Nachbarskindern wollten wir uns ein paar Matratzen aus den verlassenen Häusern ein Stück die Straße hinunter holen, wo es vor einer Weile gebrannt hatte.

»Jessie, du und Kelly, ihr geht zu dem weißen Haus mit den schwarzen Läden, und Roland und ich gehen zu dem grünen. In ein paar Minuten treffen wir uns wieder hier.«

Kelly und ich krochen unter dem gelben Band hindurch, mit dem das Haus abgesperrt war. Von den schwarzen Läden hing nach dem Feuer nur noch ein einziger. Wir klammerten uns aneinander; wir hatten Angst, obwohl es heller Tag war.

»Meinst du, es spukt hier?« fragte ich Kelly.

»Wahrscheinlich schon«, flüsterte Kelly. »Da waren immer zwei alte Leute hier. Wer weiß, was aus denen geworden ist.«

Wir gingen ins Haus. Der Hartholzboden war krumm und schwarz wie Holzkohle.

»Und wenn sie immer noch hier sind?«

Kelly lachte. »Jetzt hör aber auf, Jessie.«

Ich sah etwas in der Ecke liegen und rannte hin. Ich wischte den Dreck und die Überreste von dem Feuerwehrschaum ab und hatte einen Baseballschläger, der noch vollkommen in Ordnung war. Ich schwang ihn ein paarmal, Staub flog, und unser Lachen hallte von den armen verbrannten Wänden.

»Toll! Sieh dir das an, Kelly.«

»Ja, ich glaube, die hatten auch einen Enkel.«

»Da kann man das Grausen kriegen«, sagte ich.

Aber so grausig war es dann auch wieder nicht. Ich nahm den Schläger mit. Aneinandergeklammert durchsuchten wir die anderen Zimmer. Wir stiegen eine verkohlte Treppe hinauf.

»Was ist, wenn sie einbricht?«

»Sag doch nicht dauernd so was, Jessie.«

»Womöglich liegen da oben Leichen, und sie haben sie nicht gefunden.«

»Laß das, Jessie.«

»Wer weiß.«

Oben war es nicht so verbrannt wie im unteren Stock. Wir sahen das Bad an; ein Stück Seife lag noch in der Dusche, und ein Handtuch hing einsam hinter der Tür. Ich konnte die alten Leute vor mir sehen. Wir zogen weiter zu einem Schlafzimmer.

Es war nur noch das Bett da und ein kleines altes Schränkchen mit einem Spiegel.

Wir hielten uns aneinander und an dem Baseballschläger fest und gingen zu dem schönen alten Kommodenspiegel. »Willst du ihn haben?« fragte Kelly.

»Spinnst du? Jedesmal wenn ich da reinsehe, erscheint wahrscheinlich die Alte. Nimm du ihn«, sagte ich.

»Jetzt nicht mehr, wo du das gesagt hast!«

»Was war das für ein Geräusch?« fragte Kelly und drückte sich noch fester an mich.

»Kelly, laß uns von hier verschwinden.«

»Nein, das ist wahrscheinlich nur ein Vogel oder so was«, sagte sie und lachte, weil wir uns selber angst gemacht hatten. Über den knarrenden Holzboden gingen wir zum anderen Zimmer, aber das war vollkommen leer. Wir überlegten, wer da wohl gewohnt hatte. Kelly ging zur Wandschranktür und machte sie auf.

»O Gott«, brüllten wir beide, zu Tode erschrokken. »O Gott.«

In dem Schrank standen Dillon und Roland, steif wie zwei Tote.

»Ihr Blödmänner!« schrie ich und ging auf sie los.

Sie kriegten sich gar nicht mehr ein vor Lachen.

»Eure Gesichter hättet ihr sehen müssen. Ihr hattet die Hosen voll!« Sie lachten, bis ihnen die Tränen kamen. Als Dillon und Roland genug gelacht und Kelly und ich unsere herausgesprungenen Herzen wieder an ihren Platz gesteckt hatten, zerrten wir die Matratze vom Bett und die Treppe hinunter. Endlich hatten wir sie unten und ließen uns darauffallen, und jetzt lachten wir wieder alle. Dillon fand einen alten Bierkrug aus rostfreiem Stahl.

»He, das ist cool«, sagte er, als wir mit Bierkrug, Baseballschläger und Matratze abzogen.

Wir legten die Matratzen unter das steile Blechdach. Wir stiegen auf das Dach und rutschten auf alten Decken über das Wellblech, das fast senkrecht in die Tiefe ging. Dillon baute eine Sprungschanze für die Fahrräder, und wir fuhren mit unseren Rädern drüber und sprangen auf die Matratzen. Manchmal nahmen wir sie auch einfach als Trampolin und sprangen, so hoch wir konnten.

In dem Sommer haben wir viel im Fluß gebadet. Dillon erzählte uns, vor ein paar Jahren hätte es ein Stück weiter im Norden eine große Überschwemmung gegeben. Die Leichen seien nie alle gefunden worden, und ab und zu komme eine unseren Fluß herunter. Wir wußten nicht, ob das stimmte oder ob er uns etwas vorflunkerte, aber Angst hatten wir doch.

Wir zogen los, die Schwimmreifen um den Hals, und gingen meilenweit, damit wir so weit flußaufwärts wie möglich anfangen konnten, und dann ließen wir uns treiben, während wir nach Leichen Ausschau hielten. Wenn Dillon ein Brett oder so etwas sah, rief er: »Schau nur, Jessie. Ein Arm!«

Das reichte meistens aus, daß ich schreiend die Flucht ergriff und hysterisch paddelte, so schnell ich konnte, egal wohin.

»He, Leute, seht mal da«, sagte Dillon mit aufgeregter Stimme und starrte ins Wasser.

Wir stiegen von unseren Reifen und gingen hin.

»Was ist da?« fragten wir alle, denn es war nichts zu sehen. Je unruhiger Wasser ist, desto dunkler wird es, und wir wußten ja auch nicht, wonach wir Ausschau hielten.

»Seht doch hin.«

Also beugten wir uns alle noch tiefer, und Dillon tauchte Rolands Kopf unter Wasser. Ich und die anderen Mädchen quietschten, weil da etwas war, was aussah wie kleine Füße. So schnell wir konnten, sprangen wir ans Ufer.

»Du Blödmann«, sagte Roland und wischte sich das Gesicht.

Alle sahen zu, wie Dillon eine Plastikpuppe aus dem Wasser zog. Wir waren wütend, aber auch erleichtert.

So verging der Sommer. Die ausgebrannten Häuser wurden abgerissen, neues Gras wuchs, und damit verschwanden die Bilder von den züngelnden Flammen.

## *Die Welt, wie C.C. sie sah*

Auftritt Hammer, Silk und C.C., die Männer aller Männer. Immer kamen sie im Dreierpack. Wo sie waren, waren Spaß und Ärger nicht weit. Hammer war ein taffer Norweger, Muskeln wie ein Wikinger, mit breiten Schultern und blondem Pferdeschwanz. Früher hatten die Zeitungen ihn Pontiac Jack genannt, nach einem Überfall auf eine Garage, wo er schicke Wagen klauen wollte. Als er aus dem Gefängnis kam, konnte er den Namen nicht mehr hören. Als er seinen Kumpels erzählte, daß seine Familie aus Lillehammer kam, nannten sie ihn Lil' Hammer und bald nur noch Hammer. Vielleicht kam es auch von der Art, wie er bei Prügeleien zuschlug. C.C. war ein großer, massiger, dunkler Grieche aus Sizilien mit schwarzem Haar, wasserblauen Augen, die funkelten, und mit einem schwarzen Spitzbärtchen. Er hatte eine Aura, man hätte denken können, er sei mindestens zwei fünfzig groß, und genausogroß war sein Lachen. Es gab drei Dinge, ohne die man C.C. nie sah, und das waren die merkwürdige Mütze, die er aufhatte, der lederne Trinkbeutel mit Wein drin und die goldene Halskette mit einem Anhänger in Form des italienischen Stiefels. Ursprünglich war C.C.s Spitzname Sicily gewesen, aber einmal hatte ihn jemand nach seinem Namen gefragt, und er hatte im betrunkenen Zustand etwas gelallt, was wie C.C. klang, und dabei war's dann geblieben. Er und Hammer hatten Cadillac Eldorados, beide das gleiche Modell, mit so langen Nasen, daß man hätte denken können, sie gehörten eher auf einen See als auf die Straße. Und Silk war der schönste Indianer, den ich je gesehen hatte, mit seinen hohen Wangenknochen, dem langen schwarzen Haar, den Zähnen, die weißer waren als Schnee, und einem Charme, der einem Mädchen die Schmetterlinge im Bauch flattern ließ. Mom sagte, die einzigen Haare, die Silk am Körper habe, seien die Wimpern und die Augenbrauen. Seine Haut war so glatt wie Seide – daher der Name. Jedes Mädchen, das auch nur bis auf ein paar Schritte an ihn rankam, verfiel seinem Zauber, und er lächelte immer und ließ mich den Schaum von seinem Bier trinken. Silk war der dritte in diesem Gaunertrio.

Während einer kleinen Party bei uns im Haus ging ich zu C.C.

»Was ist das?« fragte ich.

»Das? Das ist eine echt lederne Weinflasche mit dem besten Wein der Welt, und sie hält ihn immer leicht gekühlt«, sagte er mit seiner leicht belegten Stimme, genau wie ein Mafiaboß im Film.

Er nahm sie ab und gab sie mir. Sie war weich und kühl.

»Willst du probieren?«

»Okay.«

Ich schraubte den Deckel ab und wollte trinken.

»Nein, nein, nein!« rief C. C. erschrocken. »Bist du verrückt? Ich will deine Kinderbazillen nicht an meiner Flasche. Komm mir ja nicht mit deinen Lippen an meine Weinflasche.«

Ich kicherte, als er sie mir aus der Hand nahm.

Er zeigte mir die Kunst, aus einer ledernen Weinflasche zu trinken. »Man hält sie ein Stück weit von den Lippen ab, und dann drückt man ganz leicht drauf und läßt den Wein in den Mund fließen, ohne daß man die Flasche berührt.« Er ließ einen langen Weinstrahl fließen. Dann lehnte er sich vor und sagte: »Sieh dir doch die Leute hier an. Meinst du, ich will von denen die Bazillen? Igittigitt!« Er machte ein angewidertes Gesicht dazu.

Ich lachte, und er reichte mir wieder die Flasche.

»Versuch's noch mal; aber diesmal ohne Kleinmädchenbazillen.«

Ich hielt die Flasche in die Höhe, öffnete den Mund und drückte. Rotwein floß mir ins Gesicht und in die Augen, überallhin, nur nicht in den Mund. Wir lachten beide, als ich mir den Wein aus den Augen wischte.

»Gib sie wieder her«, sagte C.C. und schnappte die Flasche. »Was ist denn bloß los mit dir, Mädchen? Verschwendet meinen guten Wein. Hier, sperr den Schnabel auf.« C.C. goß mir den süßen Wein geradewegs in den Mund. Ich mußte husten, als ich ihn runterschlucken wollte. »Und jetzt geh dich umziehen, bevor deine Mutter mir die Hölle heiß macht.«

Damit war das erledigt. Ich verliebte mich auf der Stelle in C.C.

Nach einer Weile wurden Mom und C.C. ein Paar, und bald zog C.C. bei uns ein. Ich weiß nicht, ob Mom einen neuen Freund bekam oder noch ein Kind, aber wir Kinder bekamen auf alle Fälle einen Kumpel.

Familientag. Wir fünf machten einen Ausflug. Es gab ein Outdoor-Konzert im Wald samt großem Besäufnis. C.C. roch, als hätte er in Rasierwasser gebadet, und Mom hatte sich besonders schön gemacht. Die Freunde trafen sich am Haus, und die anderen fuhren auf der Interstate hinter uns her. C.C. drehte das Radio bis zum Anschlag auf und sang aus vollem Halse mit, »You treat her like a lady« von den Cornelius Brothers. Ich kurbelte das Fenster des dicken Eldorado runter und hielt den Kopf nach draußen wie ein Hund. Das machte Spaß, bis ein Käfer mir bei sechzig Meilen die Stunde ins Gesicht flog. Dillon und Abbey kriegten sich gar nicht mehr ein, als ich mir die zerspritzten Überreste abwischte.

Beim Konzert nahm Silk mich auf die Schultern und trug mich durch die Menschenmenge, und Hammer war gleich hinter uns. Wir gingen ganz nach vorn, und ich applaudierte die ganze Zeit zu dem Jam der namenlosen Rockband vor der Berglandschaft als Bühne.

»Kann ich auch mal hoch?« fragte Abbey.

Silk setzte mich mit seinen starken Armen ab und hob nun Abbey in die Höhe. Ich blickte zu ihr auf, und sie grinste über sämtliche Backen. Silk ging mit ihr bis ganz an die Bühne, nahm sie von den Schultern und stellte sie auf die Bühne.

»Tanz, Abbey«, rief Silk und klatschte mit den Händen.

Abbey sah hinaus zu den Hunderten von Leuten und fing an zu weinen.

»O nein, nicht«, rief Silk und holte sie gleich wieder von der Bühne. »Tut mir leid«, sagte er und gab Abbey einen Schluck von seinem Bier, und mich sah er mit großen Augen und einem »Ach je«-Blick an und zuckte mit den Schultern.

Ich machte mich mit Abbey auf die Suche nach Mom, die weiter hinten stand, und ließ sie bei ihr. Die Weinflasche hatte es mir angetan. Ich experimentierte mit verschiedenen Entfernungen und zielte immer genau mit dem Strahl. Bei Partys hatte C.C. die Flasche immer um den Hals hängen, und er merkte es gar nicht, wenn ich von Zeit zu Zeit den Deckel abschraubte und einen roten Schluck nahm. An diesem Sommertag war es so heiß, daß ich immer wieder an die Flasche ging. Ich ging wieder nach vorn und suchte C.C. Ich tanzte und tanzte und lachte und lachte.

»Alles in Ordnung?« fragte Dillon immer wieder.

»Ja.« Ich klatschte in die Hände und tanzte umher, und Dillon sah mich nur verwundert an.

Den Geruch von Bier mochte ich nicht, es roch wie Hundepisse mit abgestandenem Apfelwein, aber ich mochte den Schaum obendrauf. Silk war abgelenkt und hatte ein frisches Bier in der Hand, und ich mopste ihm einen Schluck nach dem anderen, während er mit einer großen Blondine redete, die mehr Körpersprache hatte als eine Taubstumme. Keine Frage, die wollte mir meinen Freund abspenstig machen. Ein paarmal trank ich nicht nur

Schaum, sondern auch von dem ekligen Bier, weil ich Durst hatte, und ich behielt die blonde Raubkatze im Auge.

Ich war nun mitten in der Menge und paßte auf, daß ich immer an Silks Seite blieb. Die Körpersprache der Blonden hatte ich auf Augenhöhe, und sie sprach deutlicher denn je, jetzt wo sie ihr Geschlecht an Silks Hüfte preßte und rieb und tat, als ob sie tanzte. Allmählich wurde es mir zwischen diesen Riesen zu eng. Und das war der Punkt, an dem mir schlecht wurde. Ich rannte ins Freie und starrte auf den Boden. Das Gras drehte sich rund um mich. Es war, als wäre ich zu lange Karussell gefahren. Alles drehte sich, und mehr wußte ich nicht. Ich fiel einfach um. Ich rappelte mich auf und versuchte, mir das Gras von der Hose zu wischen, aber ich konnte nicht mehr gerade stehen.

Dillon kam herüber. »He, was ist?«

Ich stolperte von ihm weg und scheuchte ihn fort.

»Mensch, Jessie, du bist betrunken. Das erzähle ich den anderen.« Er rannte davon. Dann kam die schreckliche Mischung aus ekligem Bier und süssem Saft wieder heraus. Das war eine Erleichterung, aber das Gras drehte sich immer weiter.

C. C. kam und packte mich von hinten und legte mich um seine Schultern und trug mich zum

Auto. Von da an verschwimmt alles. Ich weiß noch, daß Dillon mir ins Gesicht blickte, direkt über mir, und sagte: »Du bist total besoffen, Jessie«, und er lachte und johlte mit seinem tanzenden Gesicht.

»Meinst du, das kommt vom Autofahren?« fragte Mom.

Aus weiter Ferne hörte ich C.C. sagen: »Schon in Ordnung. Laß sie einfach ihren Rausch ausschlafen«, und dann sank ich in tiefen Schlaf.

Vom Rest des Konzerts bekam ich nichts mehr mit und wachte erst am späten Abend wieder auf, als alle zur Rückfahrt ins Auto stiegen. Ich war gerade erst neun, aber jetzt wußte ich, was zuviel Sonne und zuviel Schaum und zuviel Wein mit einem kleinen Magen anstellen konnten.

Sie schleppten mich zurück zum Haus, und die ganze Nacht war mir elend.

C.C. kam ins Zimmer, hielt sich mühsam ernst und fragte: »Na, geht's wieder?«

»Halt den Mund«, antwortete ich mit bebenden Lippen.

C.C. setzte sich aufs Bett, und ich sah, wie er sich in der Nase bohrte und etwas mit den Fingern wegschnippte.

»Schmeiß deine Popel nicht in mein Zimmer.«

»Soll ich ihn lieber in den Mund stecken, wie deine Freunde?«

Da lachten wir beide, und er machte das Licht aus. Ich fragte mich, ob C. C. wohl gerne mein Dad wäre.

## *Der Mord an Pinky*

Damals war Deanne meine beste Freundin in der Schule. Eines Tages jedoch kam eine Neue dazu, Mary Kay, ein Mädchen wie aus dem Bilderbuch, mit blauen Augen, langem goldenem Haar und einer Handvoll winziger Sommersprossen, strategisch über Wangen und Nase verteilt. Sie war Einzelkind, und ihre Eltern waren ein wunderschönes Paar, das in einem tollen Haus ganz oben auf dem Hügel wohnte.

Alle wollten Mary Kays Freundin sein, sie war ja so cool, und Deanne und ich freundeten uns mit ihr an, und von da an waren wir zu dritt.

C.C. nannte uns immer die drolligen Drillinge. Eins hatten wir gemeinsam, und das war die Liebe zum Tanz. Wir dachten uns Tanzfiguren aus, und die tanzten wir dann ununterbrochen. Deanne und Mary Kay nahmen Unterricht, aber bei uns gab es kein Geld dafür, und nach ihren Stunden brachten sie mir immer bei, was sie gelernt hatten. Manchmal ließ die Lehrerin mich zusehen, aber mitmachen durfte ich nie. Am Ende des Schuljahrs sollte es eine große Talentshow geben, und wir setzten uns in den Kopf, daß wir gewinnen wollten. Oft war ich bei Mary Kay oder Deanne zu Hause, und wir alberten herum oder sie riefen Jungs an und ich hörte am anderen Telefon mit. Ich hatte immer zu etwas dazugehören wollen, und jetzt gehörte ich zu Deanne und Mary Kay.

Mary Kay schwärmte jeden Tag für einen anderen. Meine Schwärme waren eher wie Donny Osmonds Frisur – sie blieben immer gleich.

James und ich waren schon im Kindergarten Freunde gewesen, und er wohnte in der selben Straße wie Grandma. Er hatte dunkles Haar und große braune Augen und auf beiden Wangen süße Grübchen, sogar wenn er überhaupt nicht lächelte. Er mochte mich, und ich mochte ihn – ich habe nie gesagt, daß er mein Freund war, und er hat mich nie seine Freundin genannt, aber es war trotzdem klar, und alle wußten es …

… alle außer der Neuen, meiner neuen besten Freundin Mary Kay. Einmal saßen wir in der Pause in der Cafeteria und aßen unsere Erdnußbutter-und-Marmelade-Sandwiches, und plötzlich verkündete sie:

»Ich glaube, ich mag James. Der ist so süß mit seinen Grübchen und den großen braunen Augen.

Und anscheinend mag er mich auch. Heute hat er mich auf dem Flur angelächelt.«

Keiner am Tisch sagte ein Wort. Wie konnte denn Mary Kay, meine beste Freundin, nicht wissen, daß James zu mir gehörte? Er war der einzige Junge, bei dessen Namen ich ins Kichern kam, und der einzige, von dem ich erzählte.

Ich hatte keine Chance gegen diese Superamerikanerin, die selbst die Engel auf ihrer Seite hatte. Also tat ich gar nichts und nahm es hin. Außerdem ging die Freundschaft zwischen Mädchen ja viel tiefer als der Schwarm für einen Jungen.

»James, wie findest du meine neue Bluse?« Mary Kay verfolgte ihn gnadenlos. »Meine Mom hat sie mir aus New York mitgebracht.«

»James, magst du mein Haar?«

»James, kann ich dir den Hintern küssen?«

Einmal gingen wir zusammen zum Unterricht, und sie verlangte von James, daß er ihre Bücher trug. Er machte ein verblüfftes Gesicht, aber er nahm sie und folgte ihr, und zu mir drehte er sich um und zuckte mit den Schultern. Manchmal begreifen Jungs aber auch gar nichts.

Als wir auf den Schulhof gingen, war ich siegesgewiß. Nichts machte ich in den Pausen so gerne, wie mit den Jungs auf dem Schulhof Murmeln spielen. Das Taschengeld, das ich damit verdiente, daß ich nachmittags in der Nachbarschaft putzte, gab ich für exotische Murmeln aus, besonders für die Katzenaugen. Die begehrteste Murmel der ganzen Schule hatte Eddie. Es war ein perfektes Katzenauge in einem ganz besonderen Wasserblau mit perlweißen Wirbeln. Ich hatte eine Menge Murmeln bei dem Versuch verloren, die für mich zu ergattern. Diese Murmel verfolgte mich sogar im Schlaf.

Ich hatte gehört, daß Eddie die begehrte Glaskugel heute mitbringen würde. Er zog sie aus der Tasche, und James fragte: »Kann ich sie mal ansehen?« James hielt sie ans Licht und studierte sie. Ich stellte mich darunter, damit ich sehen konnte, wie sie im Sonnenlicht in allen Farben schimmerte und strahlte.

»He, das ist ja eine super Murmel!« sagte Mary Kay. »Kann ich mal sehen, James? Mann, ist die schön! Das macht euch doch nichts, wenn ich damit spiele?«

Die Jungs sahen sich an. »Nein, ist schon in Ordnung.«

Toll, dachte ich, zuerst will sie mir meinen Freund wegschnappen und jetzt auch noch die Murmel.

Wir spielten sehr konzentriert. James war schnell aus dem Rennen, und jetzt waren Mary Kay und ich dran. Ich beobachtete sie, wie sie ihre Murmel in den Kreis legte, den wir auf dem Boden angezeichnet hatten. Sie zielte lange und schoß dann daneben. Eddie erwischte ihre Murmel mit einem direkten Treffer, und alle applaudierten, als er sich die Murmel nahm. Jetzt waren nur noch Eddie und ich im Rennen, und nur noch eine einzige glitzernde Murmel war übrig. Ich zog einen Strich auf den Boden, damit ganz klar war, wo man antreten mußte, und lehnte mich vor, die magische Kugel im Visier. Ich schwöre, ich hatte einen Schweißtropfen auf der Stirn, als ich zielte. Ich atmete tief durch, warf meine Glücksmurmel, und sie verfehlte das Ziel. James stieß ein enttäuschtes Stöhnen aus, und Eddie zielte sorgfältig auf meine beste Murmel und erwischte sie. Das war's, und mit meinem Glück war es endgültig vorbei. Ich mußte mit ansehen, wie Eddie meine Murmel nahm und sie zusammen mit der übrigen Beute einsteckte.

Am nächsten Tag standen Deanne, Mary Kay und ich in der Pause an die Mauer gelehnt, da kam James zu uns.

»He, Jessie, ich hab was für dich. Mach die Augen zu, und streck die Hand aus«, sagte er.

Ich spürte, wie etwas Kaltes in meine Handfläche fiel, und ich bekam einen flüchtigen Kuß auf die Wange, und als ich wieder die Augen aufschlug, sah ich James, wie er über den Schulhof zu seinen Freunden lief. Ich blickte in meine Handfläche, und da war sie, die große, geheimnisvolle Murmel aller Murmeln. Ich hielt sie an die Sonne und bewunderte die meerblauen und weißen Wirbel, aber dann fiel mir wieder ein, daß ja Mary Kay hinter beiden her war.

Rasch steckte ich die Kugel ein und tat, als sei sie nicht weiter wichtig.

Beim Mittagessen hielten Deanne und Mary Kay mir sonst immer einen Platz frei. Jetzt stand ich da und sah, daß nichts frei war, nicht das kleinste Eckchen. Also ging ich ans andere Ende des Tisches, setzte mich zu anderen, die ich kannte, und aß schweigend.

»Ich mag James nicht mehr«, sagte Mary Kay laut.

»Ehrlich? Warum nicht?« fragte Deanne.

»Er stinkt, und er hat fettige Haare«, brüllte sie, als ob es normal wäre, daß man so laut mit jemandem redete, der direkt neben einem saß.

Nach der Schule ging unser Trio in betretenem Schweigen nach Hause. »Gut, wann treffen wir uns zum Training?« fragte ich ohne rechte Begeisterung.

Mary Kay blieb stehen und stellte sich direkt vor mich hin, und ihre Schulbücher hielt sie sich vor die Brust. »Oh, das habe ich vergessen zu sagen. Wir haben einen Ersatz für dich gefunden. Ein paar von den Tanzschritten kriegst du einfach nicht mit.«

»Spinnst du? Die Hälfte davon habe ich doch selbst erfunden. Was redest du denn da?« Ich wartete auf Bestätigung von Deanne, aber die sah mich nicht an. Deanne und ich waren Freundinnen gewesen, lange bevor Mary Kay auf der Bildfläche erschienen war, aber gegen Mary Kay hatte ich keine Chance. Und wo waren meine »Bezaubernde Jeanie«-Kräfte, jetzt, wo ich sie gebraucht hätte? Hätte ich jetzt meine Arme vor der Brust verschränken, den Pferdeschwanz in den Nacken werfen und die Augen zusammenkneifen können, dann wäre nichts von dem hier geschehen.

»Jetzt müssen wir aber los.« Und damit spazierten sie davon, Arm in Arm und lachend.

Ich schaffte es gerade noch bis zur Haustür von Grandma, dann explodierte ich. Ich warf meine Bücher auf den Boden, mich selbst aufs Bett und schluchzte los.

»Was ist?« fragte Grandma.

»Deanne und Mary Kay lassen mich nicht mehr beim Tanz für die Talentshow mitmachen. Ich glaube, Mary Kay ist wütend auf mich, weil James mir eine Murmel geschenkt hat, und sie mag ihn. Dabei will ich die Murmel überhaupt nicht mehr, und

James will ich auch nicht. Das ist es nicht wert, Grandma.«

»Na, vielleicht war es mit der Murmel ja gut so, und du hast gemerkt, was für Freundinnen das sind. Sei froh, wenn du das jetzt schon erfährst, Jessica. Mädchen können neidisch sein.«

Das verstand ich nicht. Worauf sollte denn Mary Kay neidisch sein? Sie hatte Geld, Tanzstunden, ein großes Haus, hübsche blaue Augen, goldenes Haar und einen Dad.

»Warum suchst du dir nicht jemand anderen, mit dem du zur Talentshow gehst?«

»Zu spät, und jetzt ist es mir auch egal.«

Aber es war mir nicht egal.

»Na, du hast ja ein paar Tage Ferien«, sagte Grandma. »Vielleicht geht es vorbei.«

Über die Ferien waren wir bei Grandma. Am Sonntag morgen fuhr Onkel Wes uns wieder nach Hause.

»Okay, Kinder, Zeit daß wir die Pferde satteln. Eure Mom will euch vor zehn Uhr zu Hause haben«, sagte Onkel Wes.

Wir zwängten uns alle auf den Vordersitz des Trucks. Onkel Wes hatte eine rundliche Frau mit roten Haaren und einer dicken Brille kennengelernt, die ihn sehr mochte und ihm schöne Sachen kaufte, und seit neuestem hatte er eine Rinderherde.

»Scheint fast, als ob ich heiraten würde«, sagte Onkel Wes. »Wenn ich weg bin, müßt ihr Kinder allein auf eure Grandma aufpassen.«

»Oh, kann ich Blumen streuen?« fragte ich.

»Nein, es gibt keine kirchliche Trauung. Godzilla will das nicht«, sagte er.

Onkel Wes nannte seine neue Freundin Godzilla, wenn er sich über sie ärgerte. Und das war wohl so ein Tag.

»Danke, Onkel Wes.« Ich küßte meinen Onkel auf beide Wangen, und wir stürzten alle aus dem Truck und stürmten zur Tür unseres Souterrains.

Dillon, Abbey und ich traten ein. Kein Ton war zu hören, und überall lagen die Überreste von Stofftieren. Der Ventilator lief, und manchmal flogen Flocken auf, wenn der Luftstrahl sie traf. Erst da fiel mir das weiche rosa Plüschfell auf, das in Fetzen auf Sofa, Stuhl, Fußboden und Stereoanlage lag. Zu den Opfern gehörten auch die Stofftiere, die C.C. beim Karneval für Mom gewonnen hatte. Pinkys Knopfnase fand ich auf dem Couchtisch, neben dem Weihrauch. Ich drehte die Nase zwischen den Fingern und kämpfte die Tränen nieder. Alle standen wir verdattert da. Pinky, ein großer rosa Pudel, war mein Lieblingsstofftier gewesen und hatte jede Nacht bei mir geschlafen und mich beschützt, wenn es dunkel war.

»Was zum Teufel ist hier passiert?« fragte Dillon.

Mom kam aus dem Schlafzimmer. Sie hatte ein blaues Auge.

»Mom, was ist los?« fragte Dillon.

»C. C. war ein bißchen wütend«, sagte sie und legte den Finger an die Lippen. Wir sollten leise sein.

»Scheiße, das kann man wohl sagen«, sagte Dillon und strich sich das Haar zurück. »Der hat sie nicht mehr alle.«

»Du sollst nicht fluchen, Dillon«, sagte Mom.

»Was hat er mit Pinky gemacht?« Sie sollte nicht merken, wie unglücklich ich war.

»Es tut mir leid, Jessica, er war einfach wütend.« Sie las die Fetzen auf.

Ich lief in mein Zimmer und weinte. Der arme Pinky, dachte ich. Ich malte mir die letzten Augenblicke seines Lebens aus, ohne mich. Ich drückte mein Gesicht in das Kissen. Seine Knopfnase hatte ich daruntergesteckt.

C. C. kam aus dem Schlafzimmer. Ich sprang aus dem Bett und ging an ihm vorbei, aber ich sah ihn nicht an.

»Mörder!« schrie ich. Dann warf ich die Badezimmertür hinter mir zu.

»Jessica, es tut mir leid. Ich mach's wieder gut.

Jetzt komm schon.« Er klopfte an die Tür. »Es war doch nur ein Stofftier.«

Ich machte die Tür auf. »Was hat er dir je getan?«

Ich nahm mein Fahrrad und fuhr so weit fort, wie ich nur konnte, weg von meinem Adoptivvater, dem Stofftiermörder. Binnen ein paar wenigen Tagen hatte ich eine Murmel bekommen, aber dafür Pinky verloren und meine besten Freundinnen und einiges an Respekt vor C. C.

## *Jahreszeiten*

Am nächsten Montag stand ich in der Pause da und blies Trübsal, und James kam zu mir herüber.

»Ich hab gehört, was Deanne und Mary Kay gemacht haben. Das ist ja 'ne Schweinerei. Willst du heute abend vorbeikommen? Ich muß meinen Kriegstanz für die Show üben, vielleicht kannst du ihn mal ansehen und sagen, was du davon hältst. He, den könnte ich dir doch auch beibringen.«

»Ehrlich?! Das wäre cool.«

James und ich probten den ganzen Tag. Manchmal hielt er kurz inne und küßte mich. Seine Lippen schmeckten besser als die Bäume vor Grandmas Haus, an denen ich Küssen übte. Und anders als bei den Bäumen kitzelte es ein wenig, wenn unsere Lippen sich berührten. Beide behielten wir die Augen offen und blickten bei dem Kuß überallhin, bewegten die Köpfe hin und her, damit es romantischer aussah, als es eigentlich war. Es war, als ob man das erste Mal an einem Autolenkrad sitzt und viel zu große Bewegungen macht, wie in einem Film, weil es echt aussehen soll, und in Wirklichkeit ist es vollkommen verkrampft. Aber kitzlig waren die Küsse schon.

Der Tag der Talentshow kam. Unter Qualen sah ich von den Kulissen aus zu, als James, sehr schick in seinem weißen Federkostüm mit Perlen und Glöckchen und Fransen, sich zu den tiefen Tönen der Trommel und zu indianischen Gesängen drehte. Das war so echt, und er machte es wunderbar. Ich klatschte so laut, daß ich mir fast die Hände dabei brach.

Deanne, Mary Kay und die Neue zeigten ihren Tanz, der zu drei Vierteln mein Tanz war, zu einem Song von Diana Ross, und ihre bescheuerte Gruppe hatten sie auch noch »Foxy« genannt. Leider kam es zu keinen spektakulären Stürzen, und niemand brach sich ein Bein. Hinterher tat ich, als applaudierte ich.

Der Schulleiter verkündete die Sieger: »Der diesjährige Preis geht an die neue Gruppe ›Foxy‹.«

So ein Mist. Wenn der Pokal nicht so groß gewesen wäre, hätte Mary Kay ihn wahrscheinlich das ganze Jahr lang um den Hals getragen, aber zum Glück war er zu groß dafür. Doch ich überlebte das Trio und ich überlebte die Talentshow, und hinterher fragte ich mich, wie etwas so Wichtiges binnen so kurzer Zeit vorbei sein konnte. Ich wußte, daß der Wettbewerb nie mein Leben verändert hätte, aber damals nahm er mich ganz gefangen. Er war das große Ziel. Ich war froh, daß die Jagd nach dem Ruhm vorbei war, genauso wie die Freundschaft mit der Gruppe namens Foxy. Manche Freundschaften sind nur für eine Jahreszeit, und die Saison dieser Freundschaft war vorüber.

Bald war es Frühling und damit Zeit für die jährlichen Schulpreise. Der beste Preis, den man in der Grundschule bekommen konnte, war das »Vorbild für alle«, und Schüler und Lehrer stimmten dabei gemeinsam ab. Man brauchte keine besondere Begabung dafür, man mußte nur anständig zu anderen sein und vielleicht ein bißchen beliebt. In diesem Jahr war Mary Kay die sichere Siegerin. Wir versammelten uns zur Preisvergabe.

»Also, Kinder, es wird Zeit, daß wir das Vorbild für alle in der vierten Klasse bekanntgeben«, sagte der Schulleiter. Er öffnete einen Umschlag, und Mary Kay reckte sich auf den Füßen, als mache sie sich bereit für einen Querfeldeinlauf, den Sprint zu ihrem Preis. Sie hatte ein neues Kleid an und war zurechtgemacht wie für die Oscar-Verleihung. So wie ich sie beobachtete, hätte sie ein Experiment im Physikunterricht sein können.

Der Schulleiter zog ein Blatt aus dem Umschlag. »Und die Gewinnerin in diesem Jahr ist… Jessica Santos!«

Die anderen applaudierten, aber ich blieb einfach sitzen. Das Mädchen hinter mir gab mir einen Schubs.

»Jessie, worauf wartest du?«

Da mußte doch ein Trick dabeisein? Trotzdem ging ich nach vorn, ließ mir vom Direktor die Hand schütteln, nahm meinen Preis entgegen und setzte mich wieder, und die Mädels ringsum klopften mir auf die Schultern.

Mary Kay saß nur da und starrte vor sich hin. Ich rechnete damit, daß sie jeden Moment laut rufen würde: »Nein, nein! Das muß ein Irrtum sein! Seht sie an und seht mich an! Seid ihr denn verrückt?« Statt dessen schrie sie es in sich hinein, und man sah es nur an den Wangen, die aussahen, als stünden sie in Flammen.

Nach diesem Preis ärgerten Leute mich mit falschen Telefonanrufen, mehrfach kam Pizza, die ich nicht bestellt hatte, und es regnete Gemeinheiten von Foxy, der gehässigsten Tanzgruppe aller Zeiten. Ich fragte mich, warum Mädchen, die einmal Freundinnen gewesen waren, nicht ohne tagelangen Kleinkrieg auseinandergehen konnten. Ich fragte mich, warum sie unbedingt gemein zu mir sein mußten; schließlich hatte ich den Preis ja dafür bekommen, daß ich freundlich zu anderen war, und ich fand es seltsam, daß ich bei ihnen nur Feindseligkeit dafür bekam.

## *Nichts wie weg!*

Nichts wie weg!
Wenn ich Glück habe, sind die
Füße schneller als die Sorgen.
Von Jessica Santos

Es war ein ungewöhnlich warmer Tag, wie geschaffen fürs Schienbeinschießen.

»Also, wie soll das gehen?« fragte C. C.

»Na, du rollst deine Hosenbeine hoch und läufst von Baum zu Baum, und Roland und ich schießen mit dem Luftgewehr auf deine Beine. Du mußt den Kugeln ausweichen«, sagte Dillon.

»Keine Schüsse höher als das Schienbein, oder?« fragte C. C. und rollte sich die Jeans hoch.

Dillon lachte. »Kommt natürlich drauf an, wie gut der Schütze ist.«

C. C. zögerte. »Gib mir die Knarre, du Klugscheißer. Dein Kumpel und ich, wir verpassen dir erst mal ein paar Salven.«

»Gut«, sagte Dillon und krempelte selbst seine

Hosen hoch, »aber ich bin ziemlich schnell.« Er nahm Aufstellung hinter dem ersten Baum, und C.C. und Roland luden ihre Luftgewehre. Wie ein Schimpanse sprang Dillon vom einen Baum zum nächsten, unverletzt, obwohl die Kugeln flogen.

Abbey und ich lachten und applaudierten, und Dillon kehrte zurück. »Jetzt bist du dran, C.C.«, keuchte er und nahm ihm das Gewehr aus der Hand.

C.C. stellte sich hinter den ersten Baum, und Dillon brüllte immer wieder »Los! Lauf!« Schließlich lief C.C. los, aber er war eine so große Zielscheibe, daß er keinen Fuß auf den Boden bekam, da hatten Dillon und Roland ihn schon mit Kugeln gepfeffert. C.C. hüpfte über das Gras und hielt sich die brennenden Knöchel und rief: »Autsch! Autsch! Dreckskerl!«. Er verschnaufte ein paar Sekunden, dann sprintete er zum nächsten Baum, und mitten im Lauf faßte er sich an den Hals. Eine Kugel hatte ihn dort oben getroffen. »Das hat weh getan, ihr kleinen Scheißer!« brüllte er. »Nicht oberhalb der Knie!« Den ganzen Weg bis zum letzten Baum mußte er auf einem Bein hüpfen, und wir lachten, bis uns die Tränen kamen. C.C. sah so ulkig aus, wie er durch den Garten rannte, unter Flüchen und mit hochgekrempelten Hosenbeinen.

Später wollte Mom mit ihren Freundinnen ausgehen; es war ein Wochenendabend, und C. C. sollte auf uns drei Kinder aufpassen – was meistens in einer großen Balgerei endete. Mom lief durchs Haus und machte sich zurecht, mit Lockenwicklern im Haar. Jedesmal wenn sie an mir vorbeistürmte, bekam ich eine Wolke von ihrem Moschusparfüm ab. Sie zog eine weiße Hose an und dazu eine seidene blaue Bluse mit Tupfen in verschiedenen Größen und mit Fledermausärmeln, und große weiße Ohrreifen. Ihr Make-up war perfekt.

»Da sind Hamburger im Kühlschrank«, rief sie.

»Mann, du siehst wirklich gut aus«, sagte C. C.

»Danke.«

»Und wo genau geht ihr hin?« fragte er mißtrauisch.

»Wir fahren von Joanne aus los. Megan kommt auch.«

»Kommen auch Männer mit?«

»Hm?«

C. C. marschierte hinter Mom her, Hände in den Taschen. »Ich wollt's nur wissen.«

»Neulich abends warst du auch aus. Ich habe nicht gefragt, mit wem.«

»Ich hab nur einfach schon lange nicht mehr gesehen, daß du dich so feinmachst, Cassandra ... und mit dem ganzen Make-up.«

Mom ging durch die Wohnung, mit C. C. hinter

sich, und plötzlich drehte sie sich um und riß sich einen schweren heißen Lockenwickler aus den Haaren. »Du Scheißkerl!« schrie sie und warf ihm den Wickler mitten ins Gesicht. Sie riß einen nach dem anderen heraus und nahm sie als Geschosse. »So, sieht das besser aus? Fühlst du dich jetzt wohler?«

Wir hielten alle die Luft an, als C.C.s Wut von den Zehen hoch zu seinen Fäusten stieg und er Mom mitten ins Gesicht schlug. Er packte sie an den Haaren und schlug zu, bis sie am Boden lag.

»Hör auf, C.C.!« brüllten wir drei Kinder.

Dillon sprang C.C. auf den Rücken und hieb auf ihn ein. Aber C.C. schüttelte ihn ab, und Dillon schlitterte über den Boden und krachte an die Kühlschranktür. Es war nicht das erste Rodeo mit C.C., aber bisher hatte er uns Kindern noch nie etwas getan.

Als nächstes sprang ich ihm auf den Rücken und wollte ihn wegzerren, aber er stieß mich genauso zu Boden wie Dillon.

»Hol die Bullen!« rief ich zu Dillon.

Wir liefen beide ans Telefon und schrien in den Hörer. »Kommen Sie schnell, er bringt sie um!«

»Die Adresse?«

Mom sprang auf und lief, C.C. warf sie wieder zu Boden und schlug sie, und sie schlug zurück.

Ich brüllte, so laut ich konnte. »Hört auf!«

C. C. stutzte einen Moment, und Mom sprintete. Sie schrie und ihr Gesicht war blutig. Sie rannte zur Tür hinaus und zum Apfelbaum und kletterte hinauf, und plötzlich konnte sie das wie eine Superheldin, wie Spiderwoman oder so jemand.

»Komm da runter, Cassandra!« brüllte C.C.

»Du kannst mich mal!« schrie Spiderwoman von oben aus dem Baum, so laut sie konnte, und Äpfel gingen nieder wie Granaten. (Nie im Leben hatte ich gehört, daß eine Superheldin solche Worte in den Mund nahm.)

Es dauerte nicht lange, bis Nachbarn vor die Tür kamen. Sie wollten das Spektakel sehen. Ich hörte Sirenen. Polizeiwagen fuhren vor. C.C. verdrückte sich ins Haus, und ich bettelte: »Mom, komm runter, sonst stecken sie dich noch ins Gefängnis.«

Die Bullen richteten ihre Suchscheinwerfer auf Spiderwoman, wie im Film. Einer ging zu meinem Bruder und fragte, was passiert sei. Noch mehr Streifenwagen mit Sirenen kamen. Eine Polizistin stieg aus, sie legte die Hände an den Gürtel und sah sehr wichtig aus. Sie kam zum Baum, stellte sich neben mich und blickte nach oben zu Mom. Ich hoffte nur, daß sie nicht auf die Idee kommen würde, Mom herunterzuschießen.

»Ma'am, würden Sie jetzt bitte wieder runterkommen«, rief sie nach oben. »Es ist alles in Ordnung.«

»Nein, er bringt mich um!« schrie Mom, und als sie sich bewegte, gingen weitere Äpfel zu Boden. Alle traten einen Schritt zurück, damit sie nicht getroffen wurden.

»Ist das deine Mom?« fragte die Polizistin.

Ich nickte. »Ja.«

»Wie heißt sie?«

»Cassandra.«

»Cassandra, könnten Sie jetzt bitte runterkommen?« fragte sie, und Mom rüttelte weiter an den Ästen. Das war das einzige, worüber sie im Augenblick in ihrem Leben Gewalt hatte: das Schicksal von unschuldigen Äpfeln.

»Ja, Mom, komm runter«, bat nun auch Dillon, aber sie rührte sich nicht. »Mann, so ein Unsinn!« schnaubte Dillon und ging weg.

»Ma'am, wir müssen Ihre Kinder unter Aufsicht stellen, wenn Sie nicht herunterkommen. Das wollen Sie doch nicht, oder?«

Ich wußte zwar nicht, was das für eine Aufsicht war, aber es klang nicht gut, und ich bettelte noch mehr. Die Polizisten riefen C. C.s Namen, und als er an die Fliegentür kam, hielten sie ihre Pistolen auf ihn gerichtet, und einer brüllte scharf: »Hände hoch!« Der Polizist machte einen Satz und legte ihm Handschellen an, und C.C. stand wortlos da, mit zerwühltem Haar, und die Tränen liefen ihm übers Gesicht und über die blanke Brust. Dillon ging zu ihm hin und schlug ihn in die Rippen. »Ich hasse dich, du Scheißkerl«, schrie er, »ich hasse dich!«

C.C. hatte anscheinend den Verstand verloren. Er sah Dillon nur an und lachte.

»Das ist alles meine Schuld, C.C.«, rief ich, als die Bullen ihn ins Auto verfrachteten. »Ich habe die Polizei gerufen. Es tut mir leid.« Ich sah ihm in die Augen, und mit einem Mal schien er wieder vernünftig.

»Tut mir leid, Kinder. Tut mir leid, Cassandra«, rief er zum Fenster hinaus.

»Bitte lassen Sie ihn frei«, bettelte ich, »ich hätte nicht anrufen sollen. Das wollte ich nicht.« Aber die Polizisten beachteten mich gar nicht und fuhren mit ihm davon.

C.C. blickte noch durchs Rückfenster des Polizeiwagens. Je weiter er in der Ferne verschwand, desto mehr tat es weh. Ich lief dem Wagen nach. Ich dachte, wenn ich nicht lockerlasse und wenn ich weine, hält der Polizist vielleicht an und läßt C.C. frei. Aber je schneller ich lief, desto größer wurde die Entfernung. Es hatte keinen Zweck, und bald waren das Auto und C.C. nicht mehr zu sehen.

Das würde gar nicht so leicht sein, vor der Sache davonzulaufen. Ich sprintete weiter, und mit jedem Schritt fragte ich mich: »Warum habe ich so eine Dummheit gemacht? Warum habe ich meinen Lieblingsdad ins Gefängnis gebracht? Warum, warum, warum? Ist mir egal, daß er mein liebstes Stofftier umgebracht oder meine Mom auf einen Apfelbaum gejagt hat. Ich will ihn einfach nur zurück. Bitte.« Meine Beine flogen; sie wußten genau, wovor sie wegliefen, aber sie hatten keine Ahnung, wohin – sie waren einfach nur in Bewegung. Ich lief, bis alles, was ich im Magen hatte, herauskam. Wäre es ein Wettrennen gewesen, wäre ich als Erste ans Ziel gekommen, und bei einem Wettbewerb für die meisten Tränen hätte ich auch gewonnen.

Ich stand da, Hände auf die Beine gestützt, und wartete, daß mein erschöpfter Körper wieder zu Atem kam. Ich überlegte, ob Mom wohl inzwischen vom Apfelbaum geklettert war – oder hatte die Feuerwehr sie mit ihrer großen Leiter wie ein verängstigtes Kätzchen heruntergeholt, das zu hoch hinaufgeklettert war, als es sich vor dem bissigen Hund in Sicherheit bringen wollte? Und ich fragte mich, ob sie wohl aufgehört hatte, den Baum zu schütteln. Ich hoffte es.

Als wir am Morgen aufwachten, ging Dillon in Moms Zimmer und wollte sehen, wie es ihr ging. Mit wütender Miene kam er in die Küche.

»Was ist?« fragte ich.

»Der Scheißkerl ist da.«

»Welcher Scheißkerl?«

»C. C., der liegt bei ihr im Bett.«

»Das war's dann. Wenn er sie umbringt, kann ich nichts machen. Ist mir auch egal. Scheiß auf alle beide.«

Die Streiterei ging weiter und auch das Drama.

## *Love on the Rocks*

Mom kündigte an, daß wir ein neues, eigenes Haus bauen würden, in einer anderen Stadt meilenweit fort. Es lag zwar mitten in der Prärie und war eine Siedlung für niedrige Einkommensschichten, aber uns kam es vor, als hätten wir das große Los gezogen. Für mich hieß das: schon wieder eine neue Schule, aber vielleicht waren die Mädchen dort nicht so gemein wie in der alten. Mom und wir Kinder fuhren hinaus zur Baustelle und sahen zu, wie aus einem Stück Ödland ein Zuhause wurde.

Es war ein Reihenhaus, und das nächste Haus begann gleich an der Garage; der Keller war nicht ausgebaut, und den Zaun zu dem großen Garten mußte man extra bezahlen. Mom hatte guten Geschmack und suchte ein braunes Marmorimitat für die Arbeitsplatten in der Küche aus, die Wände waren in kräftigen Farben gestrichen, und der Teppichboden sah eher aus, als ob er in ein schickes Kasino gehörte und nicht in ein Haus für arme Leute.

Es sah wirklich schön aus. Abbey und ich durften unseren Teppich selbst aussuchen und bekamen neue Bettdecken, und Dillon sollte endlich sein eigenes Zimmer bekommen, und in der Garage hatte er Platz zum Basteln. Wir konnten es gar nicht abwarten.

Ich vermißte C.C. so sehr, daß Mom mich manchmal zu Besuch zu ihm ließ. Er wohnte jetzt ein paar Stunden weg von uns in einem indianischen Touristenort, wo es mehr komische Leute als Bäume gab und keinen einzigen echten Indianer, nur einen falschen.

Häuptling Jumping Bull, wie er sich gern nannte, war ein wenig verrückt. Man könnte auch sagen, er hatte nicht alle Federn in seinem Kopfschmuck. Jumping Bull war eine harmlose Touristenattraktion – aber er war überzeugt, daß er der wiedererstandene Sitting Bull war, obwohl er so weiß wie ein Gespenst war und so blond wie Buffalo Bill. C.C. und Jumping Bull kannten sich, und C.C. nannte ihn immer Häuptling Bullshit. Er sagte es ihm sogar ins Gesicht. Jumping Bull/Häuptling Bullshit hatte einen großen Federschmuck auf dem Kopf, und beim Gehen bimmelte sein ledernes Kriegsgewand wie der Schlitten des Weihnachtsmanns. Manchmal machte er auch seinen alten Palomino, Hombre, als Indianerpferd zurecht, und er genoß es, wenn die Leute Fotos von ihm und dem Pferd machten. Ich blieb bei ihm, wenn C.C. in dem Lokal zu tun hatte, das er managte.

Bei meinen ersten Wochenendbesuchen bei C.C. vollzogen Jumping Bull und ich ein Ritual.

»Okay, Jessie«, sagte Jumping Bull dann. »Heute finden wir mehr Limonadenflaschen, als wir je in unserem Leben gefunden haben. Ich warte hier, und du suchst die Felder nach ihnen ab. Wenn du alle zusammenhast, bringst du sie her, und ich gebe dir fünf Cent für zwei Glasflaschen.«

»Abgemacht«, sagte ich und machte mich mit Jumping Bulls Handkarren auf Goldsuche.

Ich suchte die Felder und das Ufer des Bachs nach Flaschen ab. Wenn ich einen Mülleimer fand, der nicht allzu eklig aussah, warf ich einen Blick hinein. Ich füllte die rote Ladefläche mit schmutzigen Flaschen, bis es dunkel wurde; dann ritt Jumping Bull nach Hause, und C.C. kam von der Arbeit. Ich zerrte den Wagen zu Jumping Bull.

»Oh, das war ein guter Tag für *wincincala ska wastè wi* – das kleine weiße Mädchen. Wie viele hast du?«

»Dreißig.«

»Oh, das ist wirklich ein guter Tag für eine *wincincala*. Hmmm, was macht das, fünfzig Cent?«

»Nein, wenn ich fünf Cent für zwei Flaschen bekomme, dann sind das dreißig durch zwei; hmmm, mal überlegen ... fünfzehn mal. Warte.« Ich machte es schriftlich. »Fünfzehn mal fünf, das sind fünfundsiebzig Cent.«

Jumping Bull schien nicht gerade begeistert, daß es ihn noch einen Quarter mehr kostete. »Also gut, fünfundsiebzig Cent.« Er suchte seinen Lederbeutel nach Münzen ab.

»Und du hast mich für gestern nicht bezahlt, Jumping Bull. Da waren es fünfzig Cent.«

»Meine Güte, Jessica, du bist ganz schön geschäftstüchtig. Du denkst wohl, du kannst einen alten Indianer übers Ohr hauen.«

»Nein, tue ich nicht. Das war abgemacht.«

Jumping Bull legte die Hände auf die Knie und hob den Blick zum Himmel. »Also gut, ich gebe dir noch einen Quarter. Schließlich hast du ja meinen Wagen genommen, um die Flaschen zu sammeln.«

Ich überlegte. »Gut. Einverstanden. Aber nur wenn ich auf Hombre reiten darf.«

»Ach, *wincincala wastè,* es war ein langer Tag. Ich will nach Hause.«

Ich hatte kein Mitleid mit ihm und stand einfach nur da, die Arme verschränkt, und wippte mit dem Fuß.

»Gut, dann steig auf«, sagte Jumping Bull, jetzt

mit seiner weißen Stimme, aber dann schimpfte er mich in seiner Muttersprache (die vielleicht gar nicht seine Muttersprache war).

»Also, *wasichu wastè* – liebe Weiße –, dafür mußt du Hombre morgen Gras mit dem roten Wagen holen.«

»Nur, wenn ich dafür wieder reiten darf.«

»Mal sehen.«

Ich konnte es gar nicht erwarten, C. C. von meinem guten Geschäft zu erzählen. Ich fand C. C. und Silk in der Kneipe beim Training.

»He, Dad und Silk!«

Ich sprang in C. C.s Arme, und er trug mich die Straße hinunter. Ich hatte mir angewöhnt, ihn Dad zu nennen, und er zwinkerte mir jedesmal zu.

»Schau, was ich bekommen habe. Ich hab vier Quarter. Einen ganzen Dollar!«

»Wofür hast du den bekommen?«

»Ich hab Glasflaschen für Jumping Bull gesucht.«

»Oh – und wie viele hast du gefunden?«

»Dreißig. Aber ein Quarter ist noch für die, die ich gestern gefunden habe.«

»Und dafür hat er dir einen Dollar gegeben? Dieser falsche Indianer! Wenn du die in den Laden unten an der Ecke bringst, kriegst du fünf Cent pro Stück.«

»Ehrlich?«

»Das steht auf der Flasche, Jessica. Du hättest mindestens zwei Dollar bekommen sollen. Häuptling Bullshit hat dich übers Ohr gehauen.«

»Aber ich durfte auch auf dem Pferd reiten.«

»Jedesmal, wenn ich dich sehe, striegelst du den Gaul oder gibst ihm Wasser. Da könnte er dich auch mal kostenlos reiten lassen. Aber egal. Komm, wir holen uns ein Eis«, sagte C. C. »Ich lad uns ein.«

Silk packte mich und setzte mich sich auf die Schultern, und wir gingen schon voraus; C. C. blieb noch bei ein paar alten Freunden stehen, die er von zu Hause in Detroit kannte und die er zufällig im Touristenstädtchen wiedergetroffen hatte.

Am Eisstand setzte Silk mich wieder ab.

»Ich nehme Schokolade.«

»Für mich auch«, sagte Silk.

Ich lief zu C. C. »He, Dad, was für Eis willst du?«

C.C. schob mich sanft beiseite und redete weiter mit seinen Freunden. Die sahen mich mit großen Augen an, wie ich dastand und ungeduldig an seiner Hand zerrte.

»Das ist die Tochter von meiner Freundin. Sag hallo, Jessica.«

»Hallo.«

»He, Jessica, warum bestellst du mir nicht schon

ein Vanilleeis, und ich komm gleich rüber«, sagte C.C.

Ich lief zum Eisstand und bestellte für C.C.

»Süßes für die Süße«, sagte Silk, als er mir mein Eis reichte.

C.C. kam, nahm mich bei der Hand und zog mich hinter den Wagen.

»Jessica, mach das nie wieder.«

»Was?«

»Nenn mich nie wieder Dad vor anderen Leuten«, schimpfte er. »Das ist etwas, was wir zwei machen, wenn wir allein sind. Ist das klar?«

»Warum?« fragte ich.

»Das spielt keine Rolle. Tu, was ich sage.«

Anscheinend war er richtig böse auf mich. Ich warf mein Eis weg und lief zum Auto.

»Jessica, komm wieder her.«

Aber ich setzte mich ins Auto und schmollte. Es war, als hätte er mir eine Ohrfeige gegeben.

»He, Jessica, schau mal, was ich habe.« Vor dem Autofenster stand Silk mit einem großen Schokoladeneis und einem blöden Grinsen.

»Komm, nimm es... weil ich es bin.«

Ich kurbelte die Scheibe des Eldorado herunter, nahm das Eis und leckte meinen Kummer fort.

C.C. stieg ein. Er fuhr einhändig; in der rechten Hand hielt er das Eis.

»Komm schon, Jessica, sei nicht böse. Es tut mir leid.«

Ich starrte nur zum Fenster hinaus. Ich konnte verstehen, daß ich Ärger bekam, wenn ich schlimme Worte sagte oder meine Arbeit nicht tat, aber nicht deswegen, weil ich ihn Dad nannte.

»Jessica, ich habe eine Frau und eine Menge Kinder. Die Leute kennen meine Frau zu Hause, und das war wirklich nicht der Augenblick, mich Dad zu nennen.«

Jetzt war es vollkommen still im Auto. Keiner sagte mehr ein Wort, und für mich war es ein Schock, daß mein neuer Dad schon eine Familie hatte. Ich fragte mich, ob er sie wohl mehr mochte als mich. Wir fuhren spazieren, bis ich einschlief. C.C. trug mich zu seinem Trailer am Bach und steckte mich ins Bett. Ich tat, als ob ich schliefe, damit ich nicht mit ihm reden mußte. Er und Silk flüsterten miteinander, bevor sie das Licht ausmachten. Ich weinte noch ein wenig, dann sank ich in tiefen Schlaf.

Der Klang eines Topfdeckels, der an eine Bratpfanne geschlagen wurde, weckte mich, und C.C. rief in einem Singsang:

»Aufstehen, Jessica. Es gibt Pfannkuchen.«

Ich sah ihn an und rieb mir den Schlaf aus den Augen. »Warum läßt du dich nicht scheiden?«

C.C. kam und setzte sich auf meine Bettkante. »Das geht nicht. Ich bin katholisch. Als Katholik kann man sich nicht einfach scheiden lassen.«

»Meine Mom ist auch katholisch, und die ist schon dreimal geschieden.«

»Das ist etwas anderes, Jessica. Ich kann dir das nicht erklären; es ist zu kompliziert.« Er zeigte mir ein Bild von seiner Frau und den Kindern; sie sahen eher wie eine Baseballmannschaft aus als wie eine Familie.

»Vermißt du sie?«

»O ja.«

»Liebst du sie?«

»Sehr. Aber dich liebe ich auch.«

»Okay«, sagte ich und gab ihm einen dicken Kuß. Dann standen wir auf und aßen die besten Pfannkuchen aller Zeiten, und ich habe ihn nie wieder Dad genannt.

Jetzt wo die Beziehung zwischen Mom und C.C. sich abkühlte, versuchte sie ihn behutsam in die Kulissen zu schieben, aber C.C. war keiner, der so ohne weiteres von der Bühne ging, jedenfalls nicht von dieser.

Das Telefon klingelte. Mom nahm ab. »Hallo?«

»Ich hab euch euer Haus schon mal ein bißchen angewärmt. Guten Einzug.« Dann legte er auf.

Wir sprangen ins Auto und fuhren zu dem neuen Haus in der neuen Stadt.

Als wir ankamen, sahen wir, was er mit Anwärmen meinte. Garage und Schlafzimmer standen in Flammen. Die Feuerwehr sorgte gerade dafür, daß sie nicht auch noch auf den Rest des Hauses übergriffen. Die Stille wog so schwer wie die Botschaft, die C. C. uns geschickt hatte. Mom weinte, als sie die verkohlten Balken sah. Ich malte mir aus, daß C. C. gehofft hatte, ich schliefe in dem Haus und würde verbrennen. Auf der Rückfahrt sagte keiner ein Wort.

Das Telefon klingelte.

»Hallo. Hältst du das vielleicht für einen Witz, du Dreckskerl? Dafür sollst du in der Hölle schmoren«, brüllte Mom und legte auf.

Es klingelte wieder. Diesmal ging ich ran. »Wieso hast du das gemacht? Wolltest du mich umbringen?«

»Red keinen Unsinn, Jessica.«

Ich legte auf. Ich war fertig mit C. C. Natürlich konnten wir ihm nie etwas nachweisen.

Zum Glück ließ das Haus sich noch wiederherrichten – es würde wieder wie neu. Leider galt das nicht für uns Menschen. Was in unserem Inneren verbrannt war, das würde noch lange schwarz bleiben.

Und leider bedeutete das auch, daß ich noch ein weiteres Vierteljahr mit den gemeinsten Schulmädchen von ganz Amerika zusammen war.

## *Sin City in Geschenkpapier*

Als das verbrannte Haus wiederhergestellt war, zogen wir ein. Ringsum gab es weite grüne Felder, es gab Eisenbahngleise, Hügel, Feldwege, einen Wasserturm und Pferde. Unsere seltsame Siedlung bestand aus zwei langen Zeilen von neuen Reihenhäusern und einem Block Sozialwohnungen am anderen Ende der Wiese neben uns. Es dauerte nicht lange, bis wir mitbekamen, daß die Einheimischen diesen Block den Pappdeckelpalast nannten und unsere Häuser Villa Rigips, weil sie so billig gebaut waren. Mir gefiel unser Haus trotzdem, auch wenn es über eine Meile von der nächsten Ortschaft weg lag, wo es einen Laden gab, zwei Bars und eine Straßenkreuzung. Unser Haus war größer als das Postamt. Es war eine hübsche Stadt, Geschenkverpackung für das sündige Leben hinter den Vorhängen. Genau der richtige Hintergrund für den schlimmsten Schlamassel, in den wir bisher geraten waren.

An windigen Tagen war der kahle Garten eine

Staubschüssel, an regnerischen ein Schlammloch, aber die meiste Zeit war es Gelände für unsere Fahrräder. Wir schütteten Schanzen aus Erde auf, und Dillon machte die verrücktesten Sprünge. Ich habe es ein paarmal ausprobiert, aber meine Barbies fuhren gern im Korb mit und mochten es nicht, wenn sie hinausgeschleudert und überfahren wurden.

In der Siedlung gab es eine Menge Kinder. Schon am ersten Tag klopfte jemand an die Tür. Ich machte auf, und davor stand ein Mädchen mit hübscher brauner Haut, braunen Augen hinter dicken Brillengläsern und stumpfblondem Haar bis auf die Schultern.

»Hallo«, sagte sie und schob ihre Brille hoch, die viel zu groß war.

»Hallo«, antwortete ich und ging zu ihr vor die Tür.

»Ich bin Katie«, sagte sie aufgeregt.

»Ich bin Jessie.«

»Meine Brüder und meine Schwester wollen wissen, ob ihr vielleicht rauskommen wollt und mit uns Softball spielen.«

Ich machte die Tür wieder auf und rief nach drinnen: »He, Dillon, Abbey, wollt ihr nach draußen kommen und Softball spielen?«

Damit war das entschieden. Jeder schnappte seine Ausrüstung und ein paar Sachen, mit denen man Tore improvisieren konnte, und schon waren wir draußen bei unseren neuen Freunden.

Die Lockwoods aus dem Pappdeckelpalast wurden unsere Lieblingsnachbarn: ein versoffener Vater, eine achtlose Mutter und vier Kinder – Jack, Jeff, Renée und Katie. Bald waren wir sieben unzertrennlich.

Die Lockwoods zeigten uns die ganze Gegend, und an jeder Ecke fanden wir etwas zu tun. Wir konnten auf die Brücke über die Schnellstraße gehen und Tomaten auf die Autos werfen. Wir konnten in den Gärten Kohl stibitzen und die Blätter trocknen und Tabak daraus machen, und nachts konnten wir auf den Kühen auf der Weide reiten. Wir konnten Klingelmännchen spielen oder bei der Nachbarin zum Fenster reinsehen – wir waren sicher, daß sie eine Prostituierte war.

An einem heißen Herbsttag packten wir Snacks und Wasserflaschen ein und machten uns zu siebt auf den Weg zu einer Badestelle ein paar Meilen weg, mitten auf einer Kuhweide in einer Gegend mit ein paar Felsen. Wir kickten Steine über den Schotterweg und zogen querfeldein. Dillon hielt den Stacheldraht, damit wir drunter durchkriechen konnten und uns nicht weh taten. Manchmal ließ Dillon auch los, wenn Jeff und Jack gerade drunter waren. »Blödmann!« riefen sie dann und rieben sich den Rücken.

Mir lief der Schweiß. Ich freute mich auf das Wasserloch, von dem ich schon so viel gehört hatte. Aber Renée schwitzte noch viel mehr, sie hatte zwei riesige Brüste zu tragen, die tatsächlich so groß waren wie zwei reife Wassermelonen. Sie mußte sich anstrengen, daß sie mithielt.

»Wir hätten ein Maultier mitnehmen sollen«, machte Dillon sich über Renée lustig. »Das hätte die zwei Bazookas tragen können.«

»Lach nicht so blöd, Jessie«, sagte Jack. »Wenn du nicht aufhörst, sag ich von jetzt an, daß du flach wie ein Brett bist, und sage Flachmann zu dir.«

Ich kam jetzt schon in die fünfte Klasse, und es waren nicht mal Andeutungen von Brüsten zu sehen, und Renée war ja nur zwei Jahre älter als ich. Selbst wenn meine Brüste mein Leben lang wuchsen, würde ich Renée nicht mehr einholen.

Wir kamen wieder an einen Stacheldrahtzaun mit einem »Durchgang verboten«-Schild, das natürlich für uns nicht galt. Diesmal rächten sich Jeff und Jack und ließen bei Dillon den Draht schnippen.

»Saukerle!« schrie Dillon und wand sich von dem Stich.

Jetzt ging es zwischen großen Eichenbäumen zu einer Art Klippe, wo ein Stück Erde abgerutscht war, und wir standen alle am Rand und schauten hinunter zu etwas, was eher wie ein Schlammloch aussah.

»Ist das die Stelle, Dillon?«

»Ja«, sagte er und streifte schon das Hemd ab.

»Na, ein bißchen Wasser ist ja da«, sagte ich und sah es mir genauer an.

»Ihr müßt so weit in die Mitte springen wie möglich. Da ist es tief«, rief er und machte ein paar Schritte zurück, den Blick fest auf den Teich gerichtet. Dann atmete er tief durch, nahm Anlauf wie ein Flugzeug auf der Startbahn und sprang von der Kante in Richtung Schlammloch. Wir sahen zu, wie er unten eintauchte. Da, wo er untergegangen war, wurde das Wasser sofort braun, und am Teichrand erwachten die Schildkröten zum Leben. Dillon tauchte wieder auf, holte tief Luft und wischte sich lachend das Wasser aus dem Gesicht.

»Dillon, da sind Schnappschildkröten!«

»Ich weiß.« Er lachte.

»Ihr müßt nur weit genug springen«, sagte Jack und rannte los.

»Kommt schon, ihr Heulsusen.« Er sprang.

Typisch Jack, daß er Mädchen Heulsusen nannte. Ich hatte schnell gemerkt, daß Jack ein Feigling war und nur verwegen tat, um das zu verbergen; in Wirklichkeit war *er* die Heulsuse. Ich überlegte, ob seine großen Ohren wohl beim Sprung von der Klippe im Wind flattern würden.

»Katie, Abbey, kommt, wir halten uns an den Händen.« Wir warteten, bis die Schildkröten sich beruhigt hatten, und sahen genau auf die Mitte vom Teich. Wir faßten uns an den Händen, liefen los und sprangen – über die Schildkröten und den flachen Rand hinweg. Im Flug ließen wir uns los, strampelten mit Armen und Beinen und schrien, und Dillon und Jack sahen vom Rand aus zu. Das Platschen erstickte unsere Schreie, und ich spürte, wie meine Füße auf den Grund stießen. Die Zehen steckten im Lehm fest, und ich zappelte und war ziemlich in Panik, bis ich sie freibekam.

»Das war toll«, sagte ich.

»Das machen wir gleich noch mal«, sagte Katie.

Wir blickten nach oben und warteten auf Jeff und Renée. »Ich will nicht«, rief Renée von der Klippe. Und: »Ist es in Ordnung, Mädels?«

»Ja, komm schon«, rief Katie. »Wenn ich das kann, kannst du es auch.«

»Ich geb dir einen Kuß«, rief Dillon, und alle lachten. Sämtliche Mädchen schwärmten für Dillon, auch Renée, und mehr an Ermunterung brauchte sie nicht.

»Komm, ich spring mit«, bot Jeff, ihr kleiner Bruder, an.

Wir setzten uns alle, damit wir Renée besser beim Sprung zusehen konnten.

Sie kam an die Kante gelaufen und blieb stehen. Alle lachten.

»Komm schon, du kannst das«, riefen wir und machten ihr Mut.

Schließlich sprangen sie, sie und Jeff hielten sich an den Händen, und Renée schrie dermaßen, daß wir uns die Ohren zuhalten mußten. Und dann geschah es. Die Wassermelonen hüpften oben aus dem Badeanzug, klatschten Renée ins Gesicht und gingen dann rechts und links von ihren Ohren in die Breite. Wir sahen zu, wie die beiden Riesenbrüste wie in Zeitlupe wieder nach unten kamen, wie zwei Fallschirme, die sich öffnen. Ich dachte wirklich, sie bleibt in der Luft hängen und segelt davon. Es war ein Schock.

Keiner hatte sie je gesehen, sie gehörten zu den acht Weltwundern, und jetzt mußten wir nicht mehr überlegen, ob sie echt waren. Auf dem ganzen Weg zum Wasserloch mußte Dillon ein solches Wunder herbeigebetet haben. Als sie im Teich eintauchten, lachten wir alle los. Renée kam wieder an die Oberfläche und lachte mit.

»Heilige Einfalt, Renée«, rief Dillon, »die sind ja noch größer, als ich dachte. Wow!«

Sie wurde rot, als sie aus dem Wasser kam, aber

sie hatte nichts dagegen, daß Dillon sie ansah, und ging geradewegs auf ihn zu. Er stand nur da, seine blauen Augen vor Staunen starr und das Lächeln auf seinem Gesicht wie festgefroren.

»Wo bleibt mein Kuß? Du hast ihn versprochen.«

»O ja, ja natürlich«, stotterte Dillon. Alle sahen zu, als er sie küßte, und dann pfiffen und kicherten wir.

Wir gingen um den Teich herum, wieder hoch zur Klippe. Wir wateten durch den Bach, der das Wasserloch speiste, und ich schrie. Ich wäre beinahe auf ein Kalb getreten, das da im Wasser lag – schlief es? Die anderen starrten es nur an.

»Was ist mit ihm?«

»Sieht ziemlich jung aus«, sagte Dillon und sah es genauer an. »Wahrscheinlich gleich nach der Geburt ertrunken.«

»Wir müssen für es beten«, sagte ich.

Jack lachte. »Du spinnst.«

»Komm schon, Jessie«, rief Dillon.

Wir gingen weiter, und ich sprach mein Gebet für mich allein und verfluchte Jack in Gedanken, als wir wieder zur Klippe aufstiegen, weg von dem unschuldigen Kalb. Ich überlegte, ob ich einen Witz über Jacks Ohren machen sollte, aber ich wußte nicht, wie ich mich hinterher wehren sollte. Ich sagte mir, daß Jack eben ein Blödmann war.

Den ganzen Tag über sprangen wir und plantschten im Wasser und johlten, und das tote Kalb lag dabei, leblos in all dem Lachen, bis es Zeit für den langen Weg nach Hause war. Und der Weg wurde noch länger, weil Dillon und Renée alle paar Minuten stehenblieben und sich küßten. Noch Tage später hatte Dillon dasselbe Grinsen auf dem Gesicht – ein Grinsen, das sagte: Ich habe die dicksten Titten gesehen, die ich in meinem ganzen Leben sehen werde.

## *Der nette Onkel*

»Willst du mit zu meinem Freund kommen?« fragte Katie eines langweiligen Samstags. »Er wohnt die Straße rauf.«

»Sicher«, sagte ich, und schon hatte ich die Schuhe an.

»Manchmal darf ich seinen Golfkarren fahren.«

Das war lustig, weil es weit und breit keinen Golfplatz gab.

»Ehrlich? Die Nachbarn von meiner Grandma lassen mich manchmal fahren.«

Walters Haus lag mehrere Häuserblocks von unserer Siedlung, und wir gingen an der Bahnlinie entlang. Walter saß auf seiner Veranda und begrüßte uns, als habe er unseren Besuch schon erwartet. Er umarmte Katie. Walter war ungefähr fünfzig Jahre älter, als ich ihn mir vorgestellt hatte.

»Walter, das ist meine Freundin Jessica.«

»Herzlich willkommen, Jessica«, sagte er und schüttelte mir die Hand. »Was habt ihr Mädels heute vor?«

»Nichts.«

»Habt ihr Hunger?«

Beide schüttelten wir den Kopf. »Nein.«

»He, ich habe eine neue Lutschersorte, die solltet ihr probieren. Sagt mir, wie ihr sie findet.«

Er holte ein großes Glasgefäß mit allen erdenklichen Süßigkeiten, und obendrauf lagen Lutscher in leuchtenden Farben. Mir lief das Wasser im Mund zusammen. Er hielt uns das Glas hin, und wir griffen zu.

»Dürfen wir den Golfkarren fahren?« fragte Katie mit vollem Mund.

Es war mir peinlich, daß sie einfach so fragte, und ich zog an ihrem T-Shirt.

»Schon in Ordnung. Das macht ihm nichts.«

»Dann kommt«, sagte er, ging zur Garage und holte den Karren.

Ich bekam den Platz neben Katie, und mit einem Ruck fuhr sie los. Wir kurvten durch den Garten, bis der Tank leer war, und Walter füllte ihn eifrig neu.

»Jetzt laß Jessica mal ran«, rief Walter, als wir wieder losfuhren.

Katie zeigte mir, wo Vorwärts- und Rückwärtsgang waren, und dann fuhr ich, und wir lachten und strahlten, bis uns alles davon wehtat an diesem langweiligen Samstag.

»Kommt ins Haus, ihr zwei. Ich habe euch was zu essen gemacht. Ihr könnt die Limonade anrühren.« Wir verschütteten den Zucker und stritten uns, ob wir Punsch- oder Zitronenaroma wollten.

Walter nahm die zwei Brausetütchen und hielt sie hinter den Rücken. »Okay, Jessica, welche Hand?«

Ich wies auf Walters Linke, und es war der Punschgeschmack. Triumphierend nahm ich das Päckchen und schüttete das Pulver in den Wasserkrug. Walter folgte uns mit dem Spültuch und wischte sämtliche Pfützen auf. Wir setzten uns an den großen Tisch, und es gab Thunfisch und Pickles. Wir erzählten, wie langweilig die Schule und wie blöd unsere Lehrerin war, und Walter erzählte uns von dem Lehrer in seiner fünften Klasse, und wir lachten alle.

»So, wer will abwaschen, und wer trocknet ab?«

Katie und ich sagten gleichzeitig: »Ich trockne.«

»Tja, da haben wir ein Problem.«

Walter holte einen Zahnstocher aus dem Schrank und brach ihn in zwei Teile.

»Wer den kürzeren zieht, muß abwaschen.«

»Okay.«

Walter hielt uns die Faust hin. »Katie, such eine aus.«

Sie tat es mit geschlossenen Augen. Walter öffnete beide Hände, und Katie bekam das längere.

»Ba!« rief ich.

Wir gingen ans Spülbecken und machten uns an die Arbeit. Walter stellte mich auf einen Schemel, damit ich besser ans Wasser kam. Ich spülte mit Spülmittel und Lappen.

»Nein, nicht so, Jessica. An dem Lappen sind Bazillen und an dem Becken auch. Laß das Wasser ab, wenn du die Sachen eingeweicht hast, und spül sie mit der Hand.«

»Aber ist die denn nicht schmutziger?«

»Nein, das Tuch hat mehr Bazillen als deine Hand.«

Ich spülte mit der Hand, Katie trocknete ab, und Walter räumte weg. Er pfiff dabei.

Es war schon später Nachmittag, als wir uns von Walter verabschiedeten, und wir hüpften über den Schotterweg nach Hause. Und die nächsten Samstage gab es für uns drei Thunfischsandwiches, Pickles und Lutscher, und wir spülten mit bloßen Händen ab, und zum Abschluß machten wir eine Spazierfahrt mit dem Golfkarren.

Katie rief schon früh am nächsten Morgen an. »Willst du mit Walter und mir in die Kirche kommen?«

»Ich frag mal Mom und ruf wieder an.«

Ich zog ein Kleid an, das nicht richtig paßte, aber

ich fand, es war in Ordnung, und ich lief hinüber zu Walter.

Er umarmte mich, wie er es am Samstag mit Katie gemacht hatte, und ich war furchtbar aufgeregt und kam mir wie etwas ganz Besonderes vor.

Wir fuhren mit dem Kombiwagen zur Kirche und gingen schweigend hinein. Walter begrüßte alle, und wir suchten uns schon einen freien Platz. Wir sangen Kirchenlieder, und wir beteten. Katie und ich gaben uns Mühe, der Predigt zu folgen. Zum Glück zog Walter ein paar Buntstifte und ein Blatt Papier aus der Tasche, damit wir uns beschäftigen konnten. Katie und ich zeichneten und flüsterten miteinander, und ein paarmal sagte Walter »Psst!«, aber er zwinkerte dazu.

Nach der Kirche fragte Katie: »Darf ich fahren?«

»Spinnst du?« rief ich. »Du kannst doch nicht Auto fahren!«

»Sicher kann sie das«, sagte Walter. »Wir üben schon seit ein paar Monaten. Sie ist ziemlich gut.«

»Kannst du es mir auch beibringen?«

»Sicher.«

Katie und ich liefen zum Auto.

»Jessica, welche Größe hat das Kleid?«

»Keine Ahnung.«

»Warte, laß mich nachsehen.« Er hob mein Haar, damit er an das Etikett kam.

»Wer möchte zu McDonald's?«

»Ich!« brüllten wir beide.

»Wir müssen aber vorher bei euch zu Hause fragen. Das ist ja ein Stück zu fahren.«

Katie saß bei Walter auf dem Schoß und steuerte den schweren Wagen. Ich staunte. Das wollte ich eines Tages auch können. Vielleicht ließ Walter mich ja bald einmal fahren.

Wir hielten bei Katies Sozialwohnung, und ihre Eltern freuten sich, als Walter kam.

»Kommen Sie rein. Wir haben gerade Kaffee gemacht«, sagte Katies Mom.

Katie und ich zogen uns um. Ich wollte nicht extra nach Hause laufen, und Jeff, Katies Bruder, lieh mir Jeans und T-Shirt. Aber ich müsse sie zurückgeben. Frisch umgezogen, setzten Katie und ich uns an den Tisch. Ihr Vater war im Unterhemd, und sein Haar sah aus, als wäre die Katze über ihn hergefallen, und auch sein künstliches Gebiß hatte er noch nicht eingesetzt. Wenn er etwas sagte, dann zischte er wie Tigger bei Pu dem Bären. Katies aufgedonnerte Mutter saß sehr brav dabei mit frisch gemachten Haaren, mit perfektem Make-up und einer Brille mit runden Gläsern, passenden Ohrringen und langen bemalten Fingernägeln. An jedem Finger hatte sie einen auffälligen Ring, der wahrscheinlich mehr kostete als die ganze Wohnung.

»Komm, Walter, ich hab Hunger«, sagte Katie und zerrte Walter zur Tür hinaus und von ihren Eltern fort.

»Jessica, hast du deine Mom gefragt?« fragte Walter.

»Ja, ich hab angerufen. Sie sagt, das ist in Ordnung.«

»Ach, Walter, wenn Sie schon in der Stadt sind, können Sie da die Kleider mitbringen, die für Katie zurückgelegt sind?« bat Katies Mutter und gab ihm Geld. »Es ist gleich neben McDonald's.«

»Aber gern.«

Glücklich fuhren wir zu McDonald's, dann holten wir Katies Kleider. Wir zogen durch den Laden, und ich berührte jedes einzelne Kleid und jedes Shirt auf dem Weg nach hinten zur Theke. Katie und ich sahen begeistert die Kleider durch, während Walter sich die Sachen geben ließ.

»Sieh dir das an. Und das hier. Und hier.« Das war so aufregend, mitten zwischen all den neuen Sachen.

»Katie, sind das die richtigen?« rief Walter von der Theke.

Eine Jeans und drei Blusen für Katies Schuluniform. Sie hatten auch nicht viel Geld, und genau wie ich trug sie abgelegte Sachen von ihrem Bruder – zumal ihr die Blusen von ihrer großen Schwester niemals passen würden. Nagelneue Sachen extra für Katie, das war etwas Aufregendes. Beide bestaunten wir sie.

»So, ihr Mädels geht schon mal zum Auto, und ich komme gleich nach.«

Katie nahm ihre Sachen, und schon waren wir draußen. Als Walter kam, hatte er eine Schachtel in der Hand, aber er wollte uns nicht verraten, was drin war.

Am Abend zeigte Walter uns, wie man Hacksteak briet, wie man eine Dose Kartoffeln erhitzte und wie man das Gemüse aus dem Garten für unseren großen Schmaus zurechtmachte.

Nach dem Essen hüpften Katie und ich über den Schotterweg nach Hause, aber da war es viel langweiliger als bei Walter.

Am nächsten Tag wartete Walter mit dem Wagen an der Bushaltestelle. Ich freute mich und lief hin und begrüßte ihn, genau wie Katies Brüder. Ich kannte Walter erst seit ein paar Tagen, aber es war jetzt schon, als ob er zur Familie gehörte.

Ich lehnte mich zum Fenster hinein und gab Walter einen Kuß. »He, alles in Ordnung mit Katie? Ihr Bruder sagt, sie ist krank.«

»Ja, sie ist krank. Ich war gerade im Laden. Sie wollte Seven-up. Ich glaube, es wird eine Grippe. Aber in ein paar Tagen ist das vorbei. – Jessica, du hast gestern abend etwas bei mir vergessen – willst du mitkommen und es holen?«

»Okay.«

»Steig ein. Wie war die Schule?«

»Ach, die war in Ordnung. Ich kenn ja nicht viele von den Kindern. Das ist scheußlich, wenn man die Neue ist. Ich bin immer die Neue.«

»Ist doch besser, als wenn man der Alte ist«, meinte Walter, und wir lachten beide. »Warum bist du immer die Neue?«

»Wir ziehen oft um.«

»Ist dein Dad beim Militär?«

»Nein, ich hab keinen Dad. Na ja, eigentlich schon, aber ich habe ihn nur einmal gesehen, als ich fünf oder so war. Ab und zu ruft er an.«

»Und warum zieht ihr so oft um?«

»Wahrscheinlich haben wir noch nicht das richtige Haus gefunden.«

Walter lachte über den unfreiwilligen Witz.

»Wenn Mom einen neuen Freund hat, dann ziehen wir meistens um.«

»Oh, verstehe.«

Wir kamen zu ihm. Auf dem Tisch stand die weiße Schachtel. Walter nahm sie. »Das hast du gestern vergessen«, sagte er und reichte sie mir.

»Nein, die gehört mir nicht.«

»Doch, die gehört dir. Mach sie auf.«

Ich machte sie auf, und darin war eine blaue Paisleybluse mit Rüschen und eine passende Hose, die man daranknöpfen konnte; ich hatte sie im Laden bewundert.

»Das gehört mir? Das ist ja toll!« Ich lief zu Walter hin und umarmte ihn und drückte ihn, bis er blau war.

»Geh ins Bad und probier es an.«

Ich lief zum Badezimmer.

Als ich zurückkam, musterte er mich. »Dreh dich mal um. Hm-hm, sehr schön. Er hob die Bluse hoch und sah sich den Bund an. »Aber das machen wir noch ein bißchen enger, sonst rutscht dir die Hose runter. Gib mir die Hose. Wir machen es gleich.«

Ich wollte wieder ins Bad laufen.

»Nein, zieh sie einfach aus.«

Ich war so aufgeregt, ich zog die Hose aus und gab sie Walter, und dann lief ich ins Bad und holte mir ein Handtuch, das ich mir um die Hüfte wickelte. Damit kam ich wieder nach draußen und sah ihm beim Nähen zu. Er nahm mit einem Band an meiner Hüfte Maß und pfiff Melodien dazu, die ich noch nie gehört hatte.

»So, junge Dame, das sollte reichen. Probier sie gleich hier an, damit wir sehen, ob's paßt.«

Ich zog die Hose unter dem Handtuch an, und

dann nahm ich das Handtuch ab. »Ta-taa«, sagte ich. Walter hob noch einmal die Bluse, um zu sehen, ob der Bund auch wirklich paßte, und dann machte er mit dem Mund ulkige Geräusche auf meinem Bauch. Ich mußte kichern.

»Der Anzug ist wie für dich gemacht, Jessica.«

»Danke! Danke!«

»Frag deine Mom, ob du noch zum Abendessen bleiben kannst.«

»Mom ist nicht da, ich rufe Dillon an und sag ihm Bescheid.«

Ein älterer, schlaksiger Junge kam herein. Ich hatte ihn schon ein paarmal im Bus gesehen, aber er war ziemlich schüchtern und sagte kaum ein Wort. Er blieb sitzen, wenn wir von der Grundschule ausstiegen; das heißt, er war wahrscheinlich auf der Highschool.

»Hi, Dad.«

»Hallo, Patrick. Wie war die Schule?«

»War in Ordnung.«

»Hast du Hunger?«

»Nein, ich hab schon gegessen. Aber ich hab eine Menge Hausaufgaben.«

Er suchte die Schränke ab, nahm sich ein paar Kekse und verschwand in seinem Zimmer.

»Ich wußte gar nicht, daß du einen Sohn hast. Wo ist seine Mom?«

»Die ist schon lange weg. Komm, laß uns essen. Bist du hungrig, junge Dame?«

»O ja, sehr.«

So sehe ich Patrick heute noch vor mir – entweder in seinem Zimmer oder bei der Schularbeit. Er war freundlich, aber er blieb immer für sich. Ab und zu spielte er bei uns mit, aber nicht oft. Manchmal hatte man das Gefühl, daß er gar nicht da war. Walter sorgte für ihn und tat alles, was ein Vater tun soll. Walter machte sich viele Gedanken um Patricks Zukunft, aber in der Gegenwart war er eher bei Katie und bei mir. Für Patrick waren wir wie lästige Mücken. Und Patrick war wie eine trübe Wolke, die umherzog und sich das Leben auf der Erde ansah, und eigentlich wäre er lieber ein Baum gewesen.

Walter und ich kochten ein Essen, und später wuschen wir ab. Walter hob mich hoch und schleuderte mich, bis mir schwindlig war. Er sah mir zu, wie ich torkelte, und lachte darüber. Er setzte sich mit mir auf dem Schoß auf seinen Lieblingssessel, wir lehnten uns zurück und sahen fern. Ich schlief ein, Walter weckte mich, und ich döste weiter, als er mich nach Hause fuhr.

Katie war noch nicht wieder in der Schule, und ich lernte zwei neue Mädchen kennten, Pia und Jodi.

Auf dem Weg zum Bus, der mich zu unserer Siedlung brachte, sprachen Pia und Jodi mich an. »He, Jessie, mittwochs nach der Schule backen wir immer Kekse. Willst du morgen mitkommen und uns helfen?«

»Au ja. Aber ich muß erst meine Mom fragen.«

»Gut, dann sehen wir uns morgen.«

»Aber wenn ich den Bus verpasse, komme ich nicht mehr nach Hause.« Ich war ganz durcheinander vor Aufregung.

»Ich frag mal, ob meine Schwester dich nach Hause fährt«, sagte Jodi.

»Das wäre toll. Dann bis morgen.«

»Bis morgen.«

Ich saß im Bus und fürchtete mich vor dem nächsten Tag. An der Haltestelle für unsere Siedlung wartete Walter in seinem alten Golfkarren. Wir liefen alle zu ihm hin.

»He, Jungs, wollt ihr euch ein paar Dollar verdienen? Ich stelle meinen Gartenschuppen neu auf, und ein Stück Rasen muß umgepflanzt werden. Wer kommt mit und hilft?«

»Machen wir«, sagten Dillon, Jack und Jeff.

»Dann steigt ein.«

Dillon und Jack sprangen auf den Sitz hinten, und Jeff und ich saßen vorn bei Walter.

»He, Jessica, willst du fahren?« sagte Walter.

»Okay.«

»Wieso darf sie fahren? Das ist nicht fair«, fauchte Jack der Blödmann.

Walter packte mich und setzte mich auf seinen Schoß, und glücklich bogen wir in den Schotterweg entlang der Bahntrasse ein. Katie blickte zum Küchenfenster heraus, winkte uns traurig zu und zog die Vorhänge vor.

»Ist es schlimm?« fragte ich.

»Bald wieder auf dem Damm«, antwortete Walter. »Ich habe sie heute morgen besucht.«

»Ich darf nicht zu Leuten, wenn sie krank sind. Mom sagt, ich stecke mich immer so leicht an.«

»Hm-hm«, sagte Walter, und mein Haar kam ihm in den Mund und er versuchte es auszuspucken.

Die Jungs versetzten den Schuppen und pflanzten den Rasen um; sie fuhren ihn mit dem Schubkarren.

»He, Jessica, kannst du für die Jungen Limonade machen?« rief Walter.

»Klar.«

Ich nahm den Krug und die Pappbecher und trug sie hinaus zu den verschwitzten Männern.

»Hast du auch Zucker reingetan?« fragte Jack.

»Schnauze, Blödmann.«

»He, junge Dame, so reden wir hier nicht«, tadelte mich Walter.

Jack lachte.

»Und du, Jack, behandelst Jessica mit Respekt, wenn du hier bei mir bist«, brummte Walter. »Wenn nicht, dann kannst du nach Hause gehen.«

Jack schmiß seine Schaufel hin und ging. Jeff und Dillon sahen ihm nach. Dillon sah mich an. »Jetzt hast du's geschafft!« zischte er.

Die Jungs arbeiteten weiter, und Walter sah mich an, wischte sich den Schweiß von der Stirn und zwinkerte mir zu. Keiner hatte mich jemals so verteidigt, und das war ein tolles Gefühl. Fast so gut wie der Anblick von Jack, wie er davonstapfte, und ich lächelte. Eigentlich war mir eher nach einem schmutzigen Lachen zumute.

Anschließend kochte Walter für uns alle, gab den Jungs ihr Geld und schickte uns mit einer Tüte Kekse nach Hause.

»Wenn ihr morgen wieder Zeit habt – hier gibt's noch mehr zu tun.«

»Einverstanden«, sagten Jeff und Dillon.

»Und du, Jessica, kommst du auch wieder und machst den Männern die Limonade?«

»Oh, vielleicht gehe ich mit meinen neuen Freundinnen Plätzchen backen.«

»Freundinnen?«

»Pia und Jodi.«

»Ist Jodi eins von den Moore-Mädchen?«

»Ja.«

»Gute Familie.«

»Ich weiß noch nicht, ob ich mitgehe. Dann verpasse ich nämlich den Bus.«

»Oh, ich hole dich ab. Da mach dir mal keine Sorgen.«

»Ehrlich?«

»Klar. Wenn du mir ein Plätzchen aufhebst.«

»Sogar zwei!« Und ich lief Jeff und Dillon nach.

»Ich bin gegen halb fünf da. Da habt ihr Zeit genug«, rief Walter noch.

Am nächsten Tag machten Pia, Jodi und ich die besten Plätzchen, die ich je gegessen hatte. Wir mußten sie nicht einmal selber backen. Sie ließen mich ein neues Parfüm probieren, »Love's Baby Soft«, und spielten mir »Billy Don't Be a Hero« vor, von Bo Donaldson und den Heywoods. In dem Song bittet ein Mädchen seinen Freund, ihr beim Sterben zu helfen, weil sie so etwas noch nie gemacht hat. Wir hörten es uns immer wieder an, und jedesmal wischten wir uns hinterher die Tränen.

Pünktlich stand Walter in der Auffahrt. Ich winkte den Mädels zum Abschied und sprang in den Wagen. Walter nahm mich in den Arm und schnallte mich an.

»Hier, wie versprochen. Frisch gebacken.«

»Mmmm, die sehen gut aus. – Und was habt ihr Mädchen so gemacht?«

»Wir haben gesungen – und riech nur«, sagte ich und hielt ihm mein Handgelenk hin. »Das Parfüm gefällt mir. Das wünsche ich mir zu Weihnachten. Da ist ein Junge, Troy, ich glaube, der mag mich.«

»Ach, Jessica, du bist zu jung dafür, daß die Jungs an dir schnüffeln wie die Hunde. Aber ich kann mir schon vorstellen, daß du ihm gefällst. Du bist ja auch eine Schönheit.«

Und Walter, mein neuer bester Freund, Autobesitzer, fuhr mich nach Hause zu Pappdeckelpalast und Villa Rigips.

## *Die Geheimgesellschaft*

Es dauerte nicht lange, bis die drei Gauner C. C., Silk und Hammer wieder bei uns rumlungerten. Mom hatte sich eine Weile von ihnen freigenommen, besonders nach C. C.s Zündelei. Anscheinend hatte Mom jetzt ihr Herz für Hammer entdeckt, den großen blonden Wikinger, vormals bekannt als Pontiac Jack. Es würde nicht mehr lange dauern, bis die beiden ein Paar waren, aber zuvor würde es noch ein paar Zwischenfälle mit C.C. geben. Streichhölzer waren nicht das einzige, womit er seine Schwierigkeiten hatte.

»Ich bin immer so müde, und mir ist dauernd schlecht. Ich wußte, daß da etwas nicht stimmt«, sagte Mom am Telefon. Sie weinte.

Ich versteckte mich hinter der Küchenecke und horchte. Mom war schon seit ein paar Tagen krank, hatte gebrochen und geweint. Ich wußte, es war Krebs. Die Mutter von einer Schulkameradin war gerade daran gestorben, und die hatte auch keinen Vater. Die Klasse hatte ihr eine Beileidskarte geschickt und wir hatten alle unterschrieben, aber keiner konnte sich vorstellen, was sie durchmachte, weil wir alle unsere Mütter noch hatten. Niemand wußte, was aus dem Mädchen werden sollte oder wo sie jetzt wohnen würde. Als sie noch für ein paar wenige Tage in die Schule zurückkehrte, starrte ich sie nur an, aber ich konnte noch so sehr starren, ich begriff es nicht, und deswegen hatte ich auch nie etwas gesagt. Und jetzt würde ich das Mädchen sein, das alle anstarrten und für das sie die Karte schrieben.

»Megan, ich rufe dich an, wenn ich vom Arzt zurück bin. Ja, den Kindern sage ich noch nichts.«

Ich stand da und weinte, weil Mom sterben mußte. Mom kam um die Ecke und erschrak.

»Jessica! Wie lange stehst du schon da?«

»Mußt du sterben? Hast du Krebs?« fragte ich unter Tränen.

»Aber nein, Jessie. Es ist etwas ganz anderes. Ich kann jetzt nicht darüber reden.«

»Bist du etwa schwanger?«

Mom sah mich verblüfft an. »Wie kommst du darauf?«

»Ich hab dich gesehen, wie du neulich Eis gegessen hast, und du hast gesagt, du könntest gar nicht genug Pickles bekommen, und wenn du nicht krank bist, was soll es dann sein?«

Mom mußte lachen. »Du hast recht, Jessica. Ich bin schwanger.« Ich hüpfte vor Freude bei dem Gedanken an ein neues Baby und auch deswegen weil die Klasse mir jetzt doch keine Beileidskarte schikken mußte.

»Pssst, Jessica! Du darfst es den anderen noch nicht verraten. Ich muß erst sehen, was der Doktor sagt.«

»Heiratest du jetzt wieder?«

»Nein, aber ich behalte es trotzdem«, antwortete Mom, und jetzt klang sie unglücklich.

Das war eine merkwürdige Antwort. Natürlich würde sie es behalten, wo hätte es denn sonst hingesollt?

»Wer wird der Dad?«

»Leider ist es von C. C., und wir können einfach nicht zusammensein. Verstehst du das?«

Ich verstand es, ich hatte ja erst vor ein paar Wochen gesehen, wie er Mom zugerichtet hatte. C. C. hatte sie einfach mitten in der Einöde liegengelassen wie eine Tote, fast nackt, und sie hatte mir gezeigt, wo er ihre Brüste gequetscht hatte, und sie waren voller blauer und roter Flecke, und die Ohrläppchen hatte er ihr aufgefetzt, als er die Ohrringe herausriß. Wahrscheinlich hatte Mom mir das gezeigt, damit ich sah, was für ein schlechter Mensch C. C. war – auch wenn er bei mir immer so schön tat. Aber ich verstand nicht, warum Mom C.C. immer wieder verziehen hatte, wenn er sie schlug, und jetzt plötzlich sollte er so schlecht sein.

Am Abend im Bett stellte ich mir vor, daß ich selber ein Baby hätte. Ich würde es lieben und für es sorgen. Das würde sicher nicht leicht, die Geschichte für mich zu behalten.

Im Bus fiel mir auf, daß Katie traurig war. »Alles in Ordnung?«

»Ja, mir geht's gut. Was habt ihr alles gemacht, Walter und du, die letzten Tage?«

»Nicht viel. Einfach nur rumgesessen. Aber ich war drüben bei Pia und Jodi, und wir haben Plätzchen gebacken. Mann, waren die gut. Ich laß mir das Rezept geben.«

»Das sind eingebildete Gänse.«

»Nein, sind sie nicht, sie sind nett.«

Das war's. Katie wurde meine Freundin zu Hause, wir waren eher wie Schwestern, die in der Schule nicht viel miteinander zu tun haben wollten, und Pia und Jodi wurden meine Schulfreundinnen.

Walter holte Katie und mich von der Schule ab, damit wir nicht den Bus nehmen mußten. Katie freute sich so sehr, als sie ihn sah. Sie küßte ihm den kahlen Schädel. Ich mußte kichern.

»Du bist schon wieder grauer geworden. Und nachgefärbt hast du auch nicht«, sagte Katie.

Ich traute mich nicht, so mit Walter zu reden, aber ich hörte gern Katie zu. Bei Jungen war Katie immer schüchtern, aber wenn sie bei Walter war, war sie wie ausgewechselt und fühlte sich viel wohler in ihrer Haut. Bei ihm durfte sie so ziemlich alles sagen, weil sie es mit einem Kuß machte oder ihn dabei am Schnurrbart zog. Sie war zehn Jahre alt und schwärmte für ihn.

Wir nahmen unsere Barbies mit zu Walter. Er las die Zeitung und warf ab und zu einen Blick auf den Fernseher, wir spielten am Boden vor seinem Sessel mit den Puppen.

»Haben Jeff und mein Bruder die Gartenarbeit getan?«

»O ja, sie waren gleich nach der Schule hier und sind jetzt fertig.«

»Und Jack?«

»Der war auch da, aber etwas halbherzig.«

»Mach dir nichts draus, wenn er eklig zu dir ist, Jessie«, sagte Katie. »Wenigstens mußt du nicht mit ihm leben.«

»Na, solange er hier bei mir ist, wird er euch zwei anständig behandeln, sonst...!«

Katie und ich lächelten uns an, und wir fühlten uns geborgen, beschützt. Walter war unser Ritter in schimmernder Rüstung, mit silbergrauem Schnurrbart und mit einem Kombiwagen.

»Walter, meine Mom sagt, ich soll heute zum Abendessen zu Hause sein«, seufzte Katie.

»Dann mußt du mir aber wenigstens einen Kuß geben, bevor du gehst.«

Sie sprang Walter auf den Schoß und saß mit ihm im Fernsehsessel, und ich spielte mit den Barbies. Sie tuschelten und kicherten miteinander, und ich tat, als ob ich es nicht merkte, auch wenn es mich kränkte, daß sie Geheimnisse vor mir hatten. Walter streifte Katies Hemd hoch und kitzelte sie am Bauch, und sie lachte und lachte. Aber bald war es Zeit, daß Katie nach Hause ging.

»Ich muß los«, sagte sie.

»Jessie, ich habe gestern mit deiner Mom gesprochen; sie sagt, sie hat heute abend in der Stadt zu tun. Willst du zum Abendessen bleiben? Heute gibt's was ganz Besonderes aus der Tiefkühltruhe – ich habe dir dein Lieblingsgericht gekauft, Hacksteak.«

»O ja«, antwortete ich begeistert. Abendessen bei Walter waren ganz anders als die bei uns zu Hause. Zuerst ließ er sich immer berichten, was ich erlebt hatte, und er lachte sogar über meine Geschichten. Und mich faszinierte es, wenn er vom Krieg und von fernen Ländern erzählte.

Gut gelaunt heizten wir den Ofen vor und deckten den Tisch; Walter hatte eine Platte mit Trompetenmusik aufgelegt und redete.

»Jessie, du bist ein reifes Mädchen für dein Alter.«

»Nein, bin ich nicht«, sagte ich und kicherte. »Ich bin albern.«

»Albern, aber trotzdem reif. Und ich mag das Gold in deinen Augen.«

»Ich hab kein Gold in meinen Augen. Das sind ganz normale braune Augen.«

»Hier, ich zeig's dir.« Er holte die beleuchtete Lupe und hielt sie mir dicht vors Auge. »Und jetzt schau in den Spiegel.«

»Tatsächlich. Da sind goldene Kringel. Verrückt – seit zehn Jahren sehe ich meine Augen an, und das habe ich nie gesehen.«

Wir lachten, als Walter mir vormachte, wie eine Dame ihr Hacksteak mit dem Messer ißt.

Dann kam wieder der Abwasch. Ich spülte, Walter trocknete ab und räumte weg und pfiff dazu.

Er schnappte mich, hob mich von meinem Schemel und fragte: »Hast du Hausaufgaben?«

»Nein, heute nicht.«

Wir setzten uns in den Fernsehsessel, er kippte ihn und kitzelte mein Gesicht mit seinen Koteletten, genau wie er es vorhin bei Katie gemacht hatte. Die borstigen Haare kitzelten.

»Weißt du, Jessica, wenn du irgendwann mal etwas auf dem Herzen hast und nicht weißt, mit wem du reden sollst – dann komm zu mir! Ich behalte alle deine Geheimnisse für mich.«

Konnte er Gedanken lesen? Tatsächlich platzte ich ja fast, weil ich niemandem von dem neuen Baby erzählen durfte.

»Bist du viel allein, Jessica?«

»Na ja, manchmal schon.«

»Jessica, du kannst immer hierherkommen, und wenn du dich nicht traust, dann ruf mich an, und ich komme dich holen.«

Und in dem Augenblick kam das große Geheimnis, das ich in meinem Herzen hatte, plötzlich nach oben, in meinen Mund, und mußte einfach heraus. »Meine Mom ist wieder schwanger«, plapperte ich, »wir kriegen noch ein Baby.« Dann hielt ich mir die Hand vor den Mund, als wäre es mir so herausgerutscht. Mein Mund hatte gegen meinen Willen gesprochen. »Sag es keinem Menschen. Meine Mom bringt mich um. Nicht mal Katie«, sagte ich durch die Hand hindurch.

»Ist das dein Ernst?«

»Ja, das wird toll.«

»Wer ist der Vater?« fragte Walter, und er klang kein bißchen froh.

»C. C.«

»Ist das nicht der Kerl, der eure Garage abgebrannt hat?«

»Woher weißt du denn das?« fragte ich.

»Das hier ist eine Kleinstadt, Jessica. Also wenn du mich fragst, das ist kein Grund zum Freuen. Was sagt deine Mutter dazu? Aber das geht mich nichts an.«

Ich drehte mich einfach nur um und sah fern, und er kraulte mir den Bauch dazu, ganz sanfte Bewegungen. Sonst schlief ich immer dabei ein.

»Na, ich freue mich jedenfalls, daß wir unsere Geheimnisse haben. Nur für dich und mich.«

Ich nickte heftig, zog an meinem Mund einen imaginären Reißverschluß zu und drehte den Schlüssel im Schloß. Dann zeigte ich mit dem Finger auf Walter. Er lachte und machte es mir nach.

»Meine Güte, Jessica, du hast zuviel gegessen. Dein kleiner Bauch sieht aus, als ob er jeden Moment platzt.«

Ich sah meinen Bauch an und lachte.

»Komm, knöpf die Jeans auf, die sind viel zu eng. Dein Bauch braucht Luft.« Er machte mir die Hose auf und gab mir einen dicken Kuß auf die Wange. Sein sanftes Kitzeln hatte mich längst beruhigt, aber diesmal gingen seine Hände ein Stück tiefer. Walter befummelte mich da auf dem kratzigen karierten Fernsehsessel, an einem frischen Herbsstag in dem kleinen Haus an der einsamen Bahntrasse. Ich zuckte ein wenig, aber Walter sagte nur »Psst«, als er mit den Fingern über mein kleines Mäuschen fuhr. Es fühlte sich nicht anders an als auf meinem Bauch. Ich hätte gern gefragt, was er da macht, aber das wäre nicht richtig gewesen, weil er doch nur mein Bestes wollte. Außerdem hatte ich schon gesehen, daß er Katie in ihrer Hose streichelte, und sie wurde nie wütend und mochte ihn trotzdem gern. Vielleicht merkte er ja gar nicht, was er da tat. Ich sah einfach fern und ließ die Verwirrung nicht hochkommen, dann ging es mir besser.

Walter war ja kein gewöhnlicher Kinderschänder. Er war nicht das Ungeheuer, der Vergewaltiger, vor dem uns alle warnten. Er war eher wie ein tödliches Leck in der Gasleitung – unsichtbar, leise und sehr gefährlich. Das wäre schön gewesen, wenn Walter nach faulen Eiern gestunken hätte, nach dem Schwefelaroma, das die Gaswerke dem Gas beimischten, damit man gewarnt war, wenn der lautlose Killer zuschlug. In winzigen Dosen verströmte Walter sein Gift. Er kam nicht ins Zimmer gestürmt und verkündete lauthals, daß er ein Kinderschänder sei. Für ihn war es eher wie ein Schachspiel, er überlegte sich strategisch jeden Zug und stärkte damit seine eigene Position. Sein Mitspieler merkte überhaupt nichts, bis er plötzlich rief: »Schachmatt! Deine Seele gehört mir.«

Walter sah auch nicht wie der Schwarze Mann aus. Er hatte die schönsten Zähne, das graue Haar war immer perfekt gekämmt und wurde einmal die Woche nachgefärbt – ein halbherziger Versuch, sein Alter zu verbergen, sich attraktiver zu machen für seine Freunde, die zwölf oder jünger waren. Der gepflegte Schnurrbart verbarg dieses Lächeln, sein Körper war fit von der Militärzeit, und er konnte mit den jungen Leuten gut mithalten. Ein hochdekorierter Soldat mit eiserner Disziplin, einem makellosen Zuhause, die Hemden perfekt gefaltet, Schachteln und Konservendosen in Reih und Glied. Er war gebildet, er konnte sich gut ausdrücken, er bezog eine gute Rente. Er war beliebt in der ganzen Gemeinde. Wo immer jemand in Not war, half er aus. Und er belästigte ja auch nicht jeden. Man mußte sein Typ sein, sauber, unschuldig, verletzlich, meist vaterlos, todunglücklich und ein wenig schüchtern. Auf diese Anzeige antwortete ich, und das freiwillig. Liebe und Aufmerksamkeit gesucht, sofort.

Das war der Anfang unserer Geheimgesellschaft.

## *Natur*

Walter und Katie waren nun meine ganze Welt, abgesehen von ab und zu einem Nachmittag Plätzchenbacken mit Pia und Jodi. Aber gleichzeitig träumte ich von dem neuen Geschwister, das insgeheim in Moms Bauch heranwuchs.

Die Assistentin des Schulleiters kam in die Klasse:

»Jessica, du sollst diese Nummer hier anrufen. Ein Notfall. Kommst du gleich mit?«

Ich sprang aus meiner Bank auf und lief. Das mußte etwas Wichtiges sein. Es kam nicht alle Tage vor, daß ich aus dem Unterricht ans Telefon geholt wurde. Ich kannte die Vorwahl, es war eine Kleinstadt in der Nähe. »Wer hat angerufen?«

»Deine Mom.«

Ich nahm den Hörer ab und wählte die Nummer, siebenmal drehte ich die Scheibe bis zum Anschlag – eine Ewigkeit.

»Hallo?« meldete sich Mom.

»Mom, was ist los?«

»Jessie, ich bin im Krankenhaus. Ich habe das Baby verloren«, schluchzte sie.

Mir drehte sich alles, und ich ließ mich in den Stuhl des Schulleiters fallen. Ich fühlte mich entsetzlich elend. »Heißt das, es ist fort?«

»Ja.«

»Wann?«

»Vor einer Weile. Es war ein Mädchen mit meinem goldenen Haar und C.C.s blauen Augen.« Mom weinte.

»Es tut mir leid«, sagte ich.

»Schon gut, Jessica. Ich komme drüber weg. Ich wollte es dir als erster erzählen – ich weiß doch, wie du dich auf das Baby gefreut hast. Ich muß auflegen, die Schwester will meinen Blutdruck messen.«

»Gut, dann… mach's gut. Alles in Ordnung?« rief ich.

»Ja, mir geht's gut, Jessica«, sagte Mom traurig. »Aber jetzt muß ich los.«

Einfach so – meine neue Schwester war fort, und ich konnte gar nicht begreifen, wie ich etwas so vermissen konnte, was ich gar nicht gekannt hatte.

»Alles in Ordnung, Jessica?« fragte die Sekretärin des Schulleiters.

»Ja«, antwortete ich und ging zurück in meine Klasse, zu meinem Pult, und da saß ich schweigend in einem Raum, der sich in ein paar Minuten von einem freundlichen, vertrauten Ort zu einem langweiligen, häßlichen, stinkenden verwandelt hatte. Worauf sollte ich mich jetzt noch freuen?

Auf dem Weg zum Schulbus kam ich an einer Horde kichernder älterer Mädchen vorbei, mit denen mein Bruder jetzt herumhing. Die Schönste von ihnen, mit großen braunen Augen und langen lokkigen goldbraunen Haaren und einer Stupsnase mit Sommersprossen, lächelte freundlich zu mir herüber – und ich starrte sie einfach nur an. Als ich einsteigen wollte, zog sie mich sanft am Arm.

»Entschuldige – fehlt dir etwas?«

Eine Wildfremde war die einzige, die gemerkt hatte, wie unglücklich ich war. Als ich in ihre mitfühlenden Augen blickte, brach ich in Tränen aus und konnte einfach nicht mehr aufhören zu weinen, und sie stand nur hilflos da und legte den Arm um mich und tätschelte mir zum Trost den Rücken.

»Was ist?« wollte sie wissen.

Ich sah sie an. »Das kann ich dir nicht sagen.«

»In Ordnung.«

»Jetzt komm schon, Jessica«, rief der Busfahrer ungeduldig. »Wir müssen los.«

»Komm mit«, schlug meine neue Freundin vor. »Ich fahr dich später nach Haus.«

Ich legte den Kopf auf ihre Schulter und nickte, »Ja«, und sie gab dem Busfahrer ein Zeichen.

Sie nahm mich bei der Schulter, und wir gingen zu ihr. »Übrigens, ich heiße Heidi.«

Ich wischte mir die Tränen aus den Augen und lachte. »Und übrigens, ich heiße Jessica. Schön, daß du da bist.« Wir reichten uns die Hände und hakten uns ein, und dann gingen wir weiter. Das war die Art von Geschichte, mit der eine echte Freundschaft anfing.

»Ich hab dich oft allein gesehen und habe mich immer gefragt, wer du wohl bist. Ich weiß, wir sind uns schon einmal begegnet«, sagte Heidi, »aber ich wußte deinen Namen nicht mehr.«

Ich hörte ihr einfach nur zu und blickte auf meine Füße, und Heidi führte. Es ging immer bergauf zu einer großen Blockhütte. So nett wie Heidi war auch das wunderschön zurechtgemachte Haus ihrer Familie. Wir kochten uns Kakao und saßen in der Küche und blickten zum Fenster hinaus, aßen Marshmallows und redeten stundenlang. Ich erzählte ihr alles von meinem Geheimnis, von meinem Schwesterchen und davon, daß wir es verloren hatten.

»Das ist so traurig. Ich könnte heulen«, sagte Heidi, die Stirn in Falten gelegt. Sie drückte meine Hand und hielt sie ein paar Sekunden lang. Wir tranken weiter Kakao und blickten hinaus zum Himmel und den Bäumen.

»Willst du noch mehr Marshmallows? Meine sind alle.«

»Gern«, sagte ich.

Der Wind weht und bläst das Herbstlaub wer weiß wohin. Mit ein kleinwenig Glück und wenn die Natur es will, kommen die Blätter immer wieder neu. Der Wind hatte etwas fortgeweht, aber er hatte mir Heidi geschickt.

## *Walters Erziehung*

Von da an zog Walter fast jeden Abend meine Hose herunter, steckte seine Finger in mein Mäuschen und streichelte mich. Ich hatte gesehen, daß Mom und ihre Freunde das beim Fernsehen auch machten, und ich saß dann auf dem Fußboden im Wohnzimmer und tat, als merkte ich nichts. Mom mochte es anscheinend, und jetzt fragte ich mich, warum. Hinterher duschte Walter immer, und er brachte mir bei, wie ich ihn abtrocknen sollte. Meist setzte er mich aufs Waschbecken und zeigte mir, wie ich mit der Schere seinen Schnurrbart stutzte. Ich sah ihm bei Männersachen zu, wie er sein Nasenhaar trimmte oder einzelne Haare ausrupfte.

Walter rief bei mir an. »He, lauf und hol Katie, und dann kommt her. Ich habe eine Überraschung für euch.«

Ich lief über das leere Grundstück und holte Katie. Wir rannten über den Schotterweg zu Walter. Aufgeregt klopften wir.

»Da seid ihr ja, Mädels.« Walter machte die Tür auf. »Kommt rein.«

Wir waren so außer Atem, daß wir nicht einmal »Hi« sagen konnten. Wir ließen uns nur am Küchentisch auf die Bank fallen, und Walter stellte uns Kekse und Milch hin.

»Hier, seht euch das an«, sagte er und faltete eine Landkarte auf. »Ich habe ein Grundstück gekauft und baue ein neues Haus.«

»Was«, fragte ich entsetzt, »du ziehst weg?«

»Schau auf die Karte. Schau dir an, wo das Grundstück liegt.«

»Oh, das ist ja das Feld zwischen Jessie und mir«, sagte Katie.

Ich sah es mir auch an. »He, das ist das leere Grundstück neben unserem Haus.«.

»Ja. Demnächst wohne ich bei Katie gegenüber, und wir werden Nachbarn, Jessica.«

Katie und ich machten Luftsprünge und umarmten Walter, bis er uns abstreifte.

Walter baute ein ganz gewöhnliches einstöckiges Haus mit Holzverkleidung, aber neben unserem sah es wie schierer Luxus aus. Alles war so sauber und nagelneu, und jetzt hatten wir doppelt so viel Fläche wie zuvor. Walters Gästezimmer war voll mit Büchern, und es hatte sogar ein Bett, auf dem Katie und ich jetzt die meiste Zeit verbrachten.

Walter einigte sich mit Mom und Hammer, zwischen den beiden Grundstücken einen Zaun zu bauen. Jetzt wo C. C. allmählich am Horizont verschwand, wohnte Hammer praktisch bei uns. Er und Walter waren sehr geschickte Handwerker, und wir bekamen einen prächtigen Zaun. Nicht einmal wenn ich sprang, konnte ich drübersehen, so hoch war er. Er hatte ein Törchen, so daß wir Kinder leicht zu Walter und den Lockwoods kommen konnten.

Nach dem Einzug beschloß Walter, daß er noch ein Spielzimmer haben wollte. Wir und die Lockwoods gingen jeden Tag hinüber und halfen beim Bau. Katie und ich saßen auf dem Dach und nagelten Asphaltschindeln an. Walter zeigte uns, wo die Nägel genau hinmußten. Langsam und gewissenhaft hämmerten wir sie ein, und es ging nicht ohne blaue Finger ab. Hammer war bei dieser Arbeit wie eine Maschine. Gebannt sah ich zu, wie er die Nägel in einer langen Reihe einschlug, jeden mit einem einzigen Schlag. Auch Dillon und die Lockwood-Jungen arbeiteten schwer und schafften die Baumaterialien heran.

Schließlich war der Anbau fertig. Der Lohn für unsere Arbeit waren ein großer Billardtisch und ein Brett zum Pfeilewerfen. Walter stellte strenge Regeln auf. Jeder, der Ärger machte, mußte das Zimmer sofort verlassen, und gespielt werden durfte nur mit Walters Erlaubnis.

Eine Menge Zeit verbrachte Walter damit, Katie und mir das Billardspiel beizubringen. Er zeigte uns, wie man sein Queue mit Kreide einrieb und die überschüssige Kreide dann wieder abblies, oder wie man einen Stoß mit einem Ding machte, das Großmutter hieß. Er brachte uns bei, wie man sorgfältig zielte und das Queue dabei zwischen dem mit Kreide eingeriebenen, gekrümmten Daumen und dem Zeigefinger gleiten ließ und wie man über die gestreifte, massive Kugel immer auf das Loch zielen mußte, in dem sie verschwinden sollte, damit man wußte, an welcher Stelle die weiße sie treffen mußte. Manchmal, wenn wir uns zu einem Stoß vorbeugen mußten, pikste er uns mit dem Queue am Mäuschen. Aber er machte immer ein paar lustige Laute dazu, damit wir wußten, daß es nur Spaß war.

An einem langweiligen Nachmittag zeigte Walter Katie und mir ein Lexikon. Die Bände waren ledergebunden und noch ganz steif, wenn wir sie aufschlugen. Wir saßen am Couchtisch, und jeder von uns blätterte in einem eigenen Band.

»Seht euch das an!« sagte Walter, der den Band A geöffnet hatte.

Katie und ich kicherten. Es war das Bild von einer nackten Frau.

»Lacht nicht. Das ist kein Witz. Das passiert mit dem Körper einer Frau«, sagte er und schlug ein durchsichtiges Blatt mit allen möglichen Adern und Organen um, das genau auf das Bild der Nackten paßte – wie die Kleider bei einer Anziehpuppe aus Papier. Mit jedem weiteren Blatt, das er umschlug, fügte Walter Teile aus dem Inneren der Frau hinzu.

»Was ist das da?« fragte Katie.

»Das zeigt, wie die Frau sich in der Pubertät verändert und ihre Eierstöcke sich entwickeln, und da wachsen dann die Eier, aus denen Babys entstehen.«

Katie und ich starrten es fasziniert an.

»Ihr Körper verändert sich, und sie bekommt Schamhaar und Brüste. Das geschieht gerade bei Katie; sie hat kleine Drüsen, die in ihrer Brust heranwachsen, und bald werden Brüste daraus.« Er kniff sie in die Backen und gab ihr einen Kuß auf den Mund. Katie kicherte und verschränkte die Arme vor der Brust.

Toll, dachte ich, und die Eifersucht war wie ein Stich, jetzt kriegt sie mehr Aufmerksamkeit, weil sie Brüste bekommt.

Walter blätterte weiter zu einem Bild von einem nackten Mann, und wir kicherten mehr denn je, und wir mußten immer nur den Mann ansehen, auf den wir immer mehr transparente Seiten draufblätterten.

»Das ist das männliche Glied, das kommt in die Scheide der Frau, wenn sie bereit ist.«

Katie und ich kicherten weiter, und Walter schien ein wenig ärgerlich, weil wir bei diesem Thema so unreif reagierten. Er redete weiter, aber ich hörte gar nicht mehr zu. Ich hatte nur den einen Gedanken im Kopf: Wo bleiben meine Brüste?

»Wieso kriege ich immer noch keine Brüste?« platzte ich heraus.

»Ach, Jessica, es hat noch nie eine Frau gegeben, die keine bekommen hat. Sie kommen, wenn sie soweit sind. Ich bin sicher, früher oder später kommen sie«, sagte Walter, mit Katie auf dem Schoß.

Auf Walters Regalbrettern stand auch eine Sammlung von National-Geographic-Heften. Als ich darin blätterte, stand mir der Mund offen.

»Seht euch das an. Die ganzen Frauen hier sind nackt.«

»Das ist vollkommen natürlich, nichts Schlimmes dran«, sagte Walter. »Das ist bei diesen Stämmen so üblich. Sie finden überhaupt nichts dabei, daß sie nackt sind.«

»Machst du Witze?«

»Jede Kultur ist anders. Jede Kultur glaubt an etwas anderes.«

»Was ist eine Kultur?« fragte Katie.

»Laß uns mal ein Beispiel suchen. Katie, was gibt es bei euch in der Familie für feste Gewohnheiten?«

»Du meinst so was wie zusammen zu Abend essen?«

»Ganz genau. Jessica, was wird bei euch regelmäßig gemacht?«

»Also meine Grandma sagt immer, der Sonntag ist für die Familie da, und freut sich, wenn alle zum Mittag kommen.«

»So ist das«, sagte Walter. »Das ist typisch für die Kultur, in der wir groß geworden sind.«

»Jetzt versteh ich's.«

»Manche Dinge, die wir verrückt oder häßlich finden, sind für andere Kulturen ganz normal. Es gibt Gegenden, da ist es üblich, daß eine Tochter zum ersten Mal mit ihrem Vater schläft, bevor sie die Ehe mit ihrem Mann beginnt. Es ist eine Ehre für den Vater und für die Tochter.«

»Wo ist das?«

»Irgendwo in Afrika«, sagte Walter. »Stellt es euch vor. Dem Vater kann sie vertrauen – er ist der beste Lehrer, den sie bekommen kann.«

Notiz in Gedanken: Ein Glück, daß ich nicht in Afrika geboren bin.

»Aber das bleibt unser Geheimnis. Eure Eltern wollen vielleicht nicht, daß ihr euch solche Bilder anseht, also erzählt lieber nichts davon.«

»Okay«, antworteten Katie und ich im Chor.

Nachdem das geregelt war, verkündete Walter: »He, Jessica. Katie und ich haben für heute nachmittag etwas vor. Vielleicht kannst du für eine Weile nach Hause gehen und später wiederkommen.«

»Was wollt ihr denn machen?«

»Ach, vielleicht fahren wir in die Stadt und erledigen ein paar Dinge«, sagte er und sah sich nach meiner Jacke um.

Ich blickte Katie an, aber die zuckte nur mit den Schultern.

»Bist du böse auf mich?« fragte ich.

»Aber nein, Liebes«, sagte Walter und gab mir einen Kuß. »Wir rufen dich nachher an. Sobald wir wieder da sind. Versprochen.«

Damit schob Walter mich zur Tür hinaus. Völlig verwirrt ging ich nach Hause. Schulferien waren gut und schön, aber ich langweilte mich. Walter und Katie waren meine Unterhaltung, und wenn sie nicht da waren, wußte ich nichts mit mir anzufangen. An dem Abend riefen sie dann doch nicht an, aber am nächsten Tag.

Ich packte sofort meine Barbies ein und ging hinüber zu Walter.

An der Tür umarmte er mich.

»Du hast mir ja so sehr gefehlt. Und wen hast du heute mitgebracht?«

»Das sind Skipper und PJ.«

Walter begutachtete sie. »Scheinen doch anständige Mädchen zu sein. Katie sieht sich im Wohnzimmer Cartoons an. Komm, setz dich dazu.«

Ich ging hin und legte mich auf den Teppich neben Katie und ihre Popcornschüssel, und gemeinsam sahen wir den Rosaroten Panther. Ich stellte PJ und Skipper neben mir auf, damit sie auch zusehen konnten. Katie sah aus, als sei sie gerade erst aufgestanden.

»He, du hast ja noch dieselben Sachen an wie gestern.«

»Ich bin über Nacht geblieben. Es war schon so spät, als wir zurückkamen«, sagte sie, den Blick starr auf den Fernseher geheftet.

Manchmal übernachteten Katie und ich bei Walter, aber meistens gemeinsam. Walters Sohn Patrick kam durchs Wohnzimmer und stieg über uns hinweg.

»Hi, Patrick«, sagte ich, aber er antwortete nicht.

»Brauchst du gar nicht versuchen«, flüsterte Katie. »Der hat miese Laune.«

Patrick ging lernen und schlug die Tür hinter sich zu. Walter packte mich an den Beinen und zog mich über den Teppich und rollte mich auf den Rücken und kitzelte mich am Bauch. Er setzte sich in seinen Fernsehsessel und tätschelte sich den

Schoß, zum Zeichen, daß ich kommen und mich daraufsetzen sollte.

»Katie, vergiß nicht, deine Eltern haben gesagt, du kannst nur über Nacht bleiben, wenn du am Morgen kommst und als erstes dein Zimmer aufräumst.«

»Ich weiß, ich weiß«, seufzte Katie. »Gut, dann bis später.« Nun schlug sie die Tür hinter sich zu.

Wieder wanderten Walters Finger in meine Hose. Ich konzentrierte mich ganz auf die Cartoons.

»So, jetzt ist es Zeit für dein Bad«, sagte Walter. Walter ließ mich oft baden, nachdem er mir die Hose heruntergezogen hatte. »Bring die Mädels mit«, sagte er.

Er tat immer eine Menge Schaum in die Badewanne. Ich wartete, bis er das Bad verlassen hatte, und dann zog ich zuerst mich aus und dann die Barbies, und dann stieg ich in die Wanne.

»Jessica, ich brauche etwas aus dem Schrank.«

»Okay«, sagte ich und versteckte meinen Körper unter dem Schaum.

Walter kramte im Medizinschränkchen.

»Wie ist das Wasser?«

»Gut.«

Er steckte die Hand ins Wasser, als wolle er es prüfen, aber dann kitzelte er mich am Bauch. Er bewegte seine Finger hin und her, und mit einemmal sprangen meine Barbies vom Wannenrand ins Wasser und schossen wieder heraus und ihm ins Gesicht.

Wir lachten, bis wir nicht mehr konnten.

Als ich ausstieg, hatte er ein frisches Handtuch für mich und zwei Waschlappen für die Barbies. Er trocknete mich ab und ich die Mädels.

Ich wollte meine Kleider wieder anziehen.

»Nein, warte, bis du richtig trocken bist. Das ist gut für dich, laß frische Luft an deinen Körper. Du siehst so süß in deinem Handtuch aus, und ich möchte meine neue Kamera ausprobieren. Bleib, wo du bist.«

Walter wollte immer, daß Katie und ich Cheerleader spielten, und in letzter Zeit hatte er nach unserem Bad, wenn wir noch im Handtuch waren, eine Menge Polaroidfotos von uns gemacht. Wir strahlten und führten unseren Tanz auf, und er machte Fotos. Beim letzten Mal war die Kamera heruntergefallen, und wir waren in die Stadt gefahren und hatten eine neue Polaroid gekauft. Sofort war Walter mit der neuen Kamera zurück, und ich stand da, nur mit dem Handtuch, und bibberte. »Ach, du bist so süß.« Das Blitzlicht zuckte, und ich sah Punkte. »So, und diesmal lächeln.«

Aber das Lächeln war nicht echt, weil mir kalt war.

»Ich weiß eine tolle Stelle, da siehst du noch besser aus. Komm mit.«

Wir gingen ins Schlafzimmer, und er setzte mich auf die Bettkante, wo die Sonne hinschien, und machte seine Aufnahmen vom Fußboden aus. Danach fand Walter noch alle möglichen Stellen im Haus, wo er Fotos machen konnte.

»Mir ist kalt«, sagte ich.

»Gut, dann komm.«

Wir gingen in die Waschküche. »Ich zeig dir einen Trick, wie man wieder warm wird«, sagte Walter. »Gib mir dein Handtuch.«

»Mmm-mmm.« Ich schüttelte den Kopf.

»Komm, vor mir brauchst du dich doch nicht zu schämen. Ich weiß doch, wie du aussiehst.«

Widerstrebend gab ich ihm das Handtuch, aber gleich war es mir peinlich. Ich bedeckte mich mit Händen und Armen und versteckte mich hinter den Kleidern, die zum Trocknen auf der Leine hingen. Walter steckte mein Handtuch in den Trockner. Er kam auf die andere Seite der Wäscheleine. »Ich halte dich warm«, sagte er und drückte mich so fest, daß ich kaum noch Luft bekam. Ich stand stocksteif in seinen Armen, bis mein großes Badetuch schließlich so warm war wie eine Heizdecke, und als ich es umlegte, fühlte ich mich wie im siebten Himmel. Dann setzte Walter mich auf seinen Schoß und fummelte unter dem Handtuch. Ich behielt das Tuch den ganzen Tag um, und Walter berührte mich mit dem Billardqueue an meinem Mäuschen.

Katie kam und klopfte an die Tür, und ich wollte aufmachen, aber Walter hielt mich fest.

»Nnnn-nein. Heute bleiben wir für uns.«

»Aber Katie kann doch mitspielen.«

»Heute ist es nur für dich und mich. Sie hat gestern abend allein gespielt.« Walter umfaßte mich von hinten und rieb seinen Bart an meinem Gesicht. Er wollte mich ärgern und rieb, bis ich um Gnade flehte. »Pssst«, sagte er. Ich war mir sicher, daß Katie mich gehört hatte.

Das war Walters Erziehung. Von dem Tag an spielten Katie und ich meist getrennt bei ihm.

## *Der Schaumstoff-Star*

Der Joint kam von weiter hinten, wo die Jungs saßen, zuerst zu Abbey, dann zu Katie und schließlich zu mir. Er qualmte und knisterte zwischen meinen Fingern, und alle sahen zu, wie der Rauch sich zur Decke kräuselte.

»Macht schon, Mädels, gebt ihn weiter. Nichts vergeuden«, sagte Jack und zielte bedächtig mit seinem Pfeil auf das Dartboard an der Wand hinter uns.

Der Rauch stand an diesem trägen Sonntagmorgen dermaßen dicht, daß ich die Jungs am anderen Ende des Raums kaum noch sehen konnte. Unser Keller war voll mit Leuten. Mom hatte neuerdings eine Arbeit in einem Blumenladen in der Stadt, und wir Kinder hatten das Haus für uns – oder jedenfalls dachten wir das.

Ich paffte einmal und reichte den Joint weiter zu Abbey, die nahm einen Zug und gab ihn an Katie. Wir saßen auf Dillons Bett im Keller, stoned von zwei winzigen Zügen, zusammen mit einem Dutzend weiterer Kids. Eigentlich mochte ich die Stimmung nicht, in die das Zeug mich brachte, und wußte gar nicht, warum ich es überhaupt rauchte; und ich bin sicher, Katie und Abbey ging es nicht anders, so wie sie dasaßen und mit stieren Augen in das Chaos ringsum blickten. Ein paar von uns spielten Twister, und ein paar spielten Darts. Unsere Familie hatte zwar nicht viel Geld, aber Spiele hatten wir immer. Darüber dachte ich nach, als ich da im Keller saß, und plötzlich hörten wir eine Tür über uns zuschlagen, gefolgt von einer vertrauten Stimme und Schritten, die die Treppe herunterkamen.

»Meine Scheiße, das ist Mom!« rief Dillon, griff zu seiner Flasche Eau de Cologne und sprühte verzweifelt kreuz und quer, und die Kids ergriffen die Flucht. Manche kletterten zum Kellerfenster hinaus, andere schubsten Mom beiseite, so eilig hatten sie es, zur Haustür zu kommen. Ich handelte sofort. Ich holte mehrere Blätter aus Dillons Kunstmappe und gab sie Abbey und Katie, die einfach nur wie erstarrt dasaßen, während ich verzweifelt nach Stiften suchte.

»Hier – tut so, als ob wir gar nichts damit zu tun hätten. Wir sitzen einfach hier und malen.«

Zu dritt saßen wir auf Dillons Bett und kritzelten eifrig, als Mom und Hammer in den Keller kamen.

»Was zum Teufel ist hier los?« rief Mom. »Keine anderen Kinder im Haus, wenn ich nicht da bin, das habe ich euch gesagt!«

»Das ist doch nur Katie«, sagte ich, als hätte Mom die anderen nicht gesehen, die an ihr vorbeigerannt oder aus dem Fenster geklettert waren.

Mom holte tief Luft. »Katie, du gehst jetzt nach Hause. Ich habe mit den dreien ein Wörtchen zu reden.«

Das mußte sie Katie nicht zweimal sagen. Wie der Blitz war sie verschwunden.

»Ihr wißt genau, was ich meine! Ich habe euch gesagt, keine Zigaretten im Haus; man kriegt den Geruch nicht mehr aus den Möbeln und den Kleidern. Als hätte ich euch das nicht gesagt!«

»Das sind keine Zigaretten, Mom, das ist Pot«, sagte Abbey, der Unschuldsengel.

Dillon und ich blickten zu Boden. Wir wußten, damit waren wir geliefert. Das war der erste Tag von zwei Monaten Hausarrest. Wenn Mom übers Wochenende verreiste, kamen wir zu Grandma. Und diesmal wurde uns nichts von der Strafe erlassen. Wir haßten Mom dafür. Daß es ihr Gras gewesen war, das wir geraucht hatten, ärgerte sie wahrscheinlich mehr als alles andere – und daß Nachbarskinder dabeigewesen waren. Selbst Walter war deswegen böse auf mich, und das tat wirklich weh.

»Ich will nie wieder hören, daß ihr dieses Zeug hier oder draußen vor dem Haus geraucht habt. Hast du verstanden, Jessica?«

Katie und ich waren jetzt im Basketballteam. Auf dem Spielfeld war das Leben einfach. Da war alles schwarz oder weiß. Es gab klare Verhältnisse, und ein Schiedsrichter sorgte dafür, daß fair gespielt wurde, und wenn nicht, wurde es mit einem Freiwurf oder einem Schiedsrichterball in Ordnung gebracht. Wenn ich so jemanden nur immer im Leben gehabt hätte, dann wäre alles leicht gewesen. Jemanden, der die Trillerpfeife geblasen hätte, wenn Walters Hände zu weit gingen. Oder dafür gesorgt hätte, daß meine Geschwister und ich einen Schiedsrichterball warfen, wenn wir uns in die Haare gerieten. Ich war ungeheuer stolz, als ich in die A-Mannschaft kam. Mom kam zu so vielen Spielen wie möglich, aber Walter war bei jedem dabei und ließ mich keine Sekunde aus den Augen. Zu den Auswärtsspielen chauffierte er mich sogar. Es war ein Riesenspaß. Einmal mußten ein besonders großes Mädchen und ich einen Schiedsrichterball werfen. Die Lange packte meinen Kopf und tat, als hätte sie aus Versehen den statt dem Ball erwischt. Es war ein Schock, und ich schlug sofort zurück und mußte auf die Bank. Walter war wütend und hielt mir auf der ganzen Rückfahrt Vorträge, aber ich fand, der Schlag, den ich dem Mädchen versetzt hatte, war Walters Ärger wert. Bei Fremden fiel es mir nicht schwer, mich zu verteidigen; aber gegen die, die ich mochte, konnte ich mich nicht wehren.

Nach dem Spiel ließ Walter für Katie und mich immer ein Bad ein. Wir waren ziemlich verschwitzt. Er machte die Wanne besonders voll, wenn wir beide dawaren. Wir hüpften in das Schaumbad und tauchten unsere Köpfe unter und wollten sehen, wer länger unten bleiben konnte. Ich mußte lachen, als Katie mit Schaum vor dem Gesicht wieder hochkam.

»Mädels, Mädels, plantscht mir nicht zu sehr.«

»Okay«, sagte ich.

»Alter Miesepeter«, sagte Katie und kicherte.

»Was sagst du da?« Walter kam und kitzelte sie. Sie tauchte unter, damit er sie nicht zu fassen bekam. Er goß sich Shampoo in die Hand.

»Jetzt streck mal den Kopf raus.«

Er schrubbte und schrubbte, und Katie verdrehte die Augen und zeigte die Zunge. Ich kicherte.

»Da gibt's nichts zu lachen«, sagte Walter. »Du bist als nächste dran.«

Er schrubbte und schrubbte, und als er fertig war, goß er ganz langsam warmes klares Wasser aus dem

Hahn über mein Haar. Den Teil mochte ich am liebsten.

»Leg den Kopf in den Nacken, Jessica. Deine Haare werden immer länger.«

»Ich weiß; sie sollen bis auf den Boden wachsen, wie bei Crystal Gayle.«

Walter trocknete Katie als erste ab, und ich wusch mir noch Ellbogen und Füße. Dann hielt er mir das Handtuch hin. Er cremte mich ein, und ich bibberte, weil es kalt war.

»Ich mache uns Popcorn, und heute abend sehen wir uns Filme an.«

»Au ja!« riefen Katie und ich.

»Wo ist Patrick?« fragte ich.

»Übers Wochenende mit Freunden unterwegs. Bleibt in euren Handtüchern.«

»Uns ist kalt«, sagte Katie.

»Ich muß euch etwas zeigen.«

Wir liefen beide ins Wohnzimmer, schnappten uns eine große Decke und zogen sie uns über den Kopf. Wir blieben unter der Decke und kicherten, und Walter machte Popcorn.

»Kriegen wir auch Kakao?« rief ich.

»Aber ja.«

Walter servierte uns Popcorn und Kakao unter der Decke.

»Hast du eine Taschenlampe?« fragte Katie.

Walter brachte eine Taschenlampe, und wir aßen unser Popcorn und tranken unseren Kakao unter der Decke.

»So, Zeit fürs Kino.«

Wir tauchten wieder auf und sahen Filme, die Walter aufgenommen hatte. Ich hatte keine Ahnung, wer die Leute waren, aber wir sahen sie uns trotzdem an.

»Katie, geh vor die Leinwand. Ich will euch einen Trick zeigen.«

Katie ging zur Leinwand und stellte sich davor.

»Sieh genau hin, Jessica. Das Bild ist immer noch da, und Katie sieht man fast gar nicht.«

»Katie, da sind Leute und ein Bürgersteig auf deinem Handtuch, und auf deinem Gesicht ist ein Baum.« Ich lag auf dem Bauch und stopfte mich mit Popcorn voll und lachte und ließ mich von Katie unterhalten.

»Katie, nimm das Handtuch ab. Sogar nackt können wir dich überhaupt nicht sehen!« sagte Walter.

Sie stand da und schüttelte den Kopf. Nein.

»Komm schon, Katie, es sind doch nur wir zwei.«

Katie ließ das Handtuch fallen.

»Siehst du, Jessica, du siehst überhaupt nichts von ihr, nur den Film.«

»Katie, du hast einen Film auf den Brüsten«, sagte ich.

»Sieht man die?« fragte sie.

»Eigentlich nicht; man muß schon ganz genau hinsehen.«

»Geh nach vorn, Jessica«, sagte Walter.

Ich ging zur Leinwand und stellte mich neben Katie. Sie nahm ihr Handtuch und legte es sich wieder um.

»Bleib da«, sagte Walter.

»Nein, ich will es sehen«, sagte sie.

»Gut, Jessica«, sagte Walter, »jetzt nimm du das Handtuch ab.«

Ich mußte kichern und schüttelte den Kopf. Nein.

»Komm, Jessica, jetzt bist du dran.«

Ich ließ mein Handtuch fallen, und Katie lachte.

»Geh wieder nach vorn, Katie.«

Walter legte ein paar alte Platten auf, und Katie und ich tanzten vor dem Projektor. Wir lachten glücklich, denn wir dachten ja, unser Körper sei von dem Filmbild bedeckt wie von einem Kleid. Walter hatte uns ein paar Schritte Jitterbug und Walzer beigebracht. Er kommandierte, und wir tanzten. Nach einer Weile war der Film zu Ende, und wir legten eilig unsere Handtücher um. Aber als der Projektor wieder lief, ließ Walter uns weitertanzen. Ob er uns dabei gefilmt hat? Schon möglich. Wir tanzten, bis wir um Gnade flehten.

»Wieso habe ich immer noch keine Brüste? Wieso hast du Brüste, Katie, und sie werden immer größer? Bei mir sieht man überhaupt nichts.«

Walter nahm mich in den Arm. »Du bist schön, so wie du bist. Mach dir keine Gedanken.«

»Aber die Jungs in der Schule machen sich lustig über mich.«

»Wer?« fragte Walter.

»Spielt doch keine Rolle. Die lassen mich überhaupt nicht mehr in Ruhe.«

Katie und ich übernachteten auf dem Fußboden in unseren Schlafsäcken. Walter deckte uns zu. Wir fühlten uns warm und geborgen in dem neuen Haus zwischen Katies Zuhause und meinem.

Am Samstagabend ging ich wieder zu Walter.

»Ich habe dir etwas gebastelt, Jessica«, sagte er und ging ins Schlafzimmer.

Er kehrte mit einem Schuhkarton zurück und öffnete ihn. »Schau!«

In der Schachtel lagen zwei Schaumstoffstücke, zu kleinen Brüsten geformt – sogar mit rotbraunen Brustwarzen, genau wie meine eigenen. Ich wußte nicht, was ich sagen sollte. Ich starrte die Brüste an und ich hatte das Gefühl, sie starrten zurück.

»Komm, probier sie an.«

»Das kann ich nicht. Ich…«

»Komm schon.«

»Ich habe keinen BH, wo ich sie reinstecken kann.«

Und schon zog Walter hinter dem Rücken einen nagelneuen BH hervor. »Hier. Sag deiner Mutter einfach, du hast ihn von Katie und er ist ihr zu klein geworden.« Er hielt mir den BH hin, an dem noch die Schildchen hingen.

»Okay«, sagte ich und nahm BH und Schachtel.

Ich war ganz aufgeregt. In der Mitte zwischen den beiden Cups war eine weiße Seidenblume mit grüner Stickerei. Ich bewunderte meinen neuen BH im Spiegel und steckte den Finger in die Cups – sie waren elastisch, damit die Brüste Platz hatten, wenn sie wuchsen. Ich steckte Walters Schaumstoffteile hinein; es mußte eine Riesenarbeit gewesen sein, die zu machen. Ich streifte meinen Pullover wieder über, und mit einem Mal hatte ich Kurven; ich bewunderte sie seitlich, von vorn, ich drehte mich. Es war unglaublich, jetzt sah ich wie ein Mädchen aus. Ich wurde rot.

»Klappt es, Jessica?«

»Bin gleich da.«

Ich kam heraus mit hochgezogenen Schultern und war sehr verlegen. Walter stand in der Küche. »Laß mal sehen. Oh, die sind perfekt!« sagte er und drückte mich und tätschelte mir den Po. »Die ziehst du in der Schule an, und dann macht sich kein Junge mehr lustig über dich. Morgen in der Pause komme ich dich besuchen.«

»Nein, das kann ich nicht machen.«

»Sicher kannst du das. Dafür hast du sie doch.«

»Okay«, antwortete ich zögernd.

Als ich nach Hause ging, sagte Walter noch einmal: »Vergiß nicht, morgen in der Pause komme ich vorbei. Zieh deine neuen Brüste an. Und keiner macht sich mehr lustig.«

Am nächsten Morgen zog ich meinen BH an, zusammen mit meiner neuen Weiblichkeit. Im Bus blieb ich für mich allein und achtete immer darauf, daß ich nicht die Brust herausstreckte. Die Begeisterung, mit der ich im ersten Augenblick in den Spiegel geblickt hatte, war schnell verflogen und nicht zurückgekehrt. Ich behielt meinen langen Pullover über dem T-Shirt an und verschränkte die Arme vor der Brust. »Bye«, sagte ich zu Dillon, als ich mit bedeckter Brust aus dem Bus ausstieg. Dillon war jetzt in der Junior High und blieb noch die ganze lange Strecke im Bus. Ich lief noch einmal zurück.

»Dillon, kannst du mir deine Jacke leihen?«

»Du hast doch einen Pullover, und es ist überhaupt nicht kalt. Was willst du denn da noch mit der Jacke?«

Mir kamen fast die Tränen. »Bitte, Dillon, nur den einen Tag.«

»Was ist denn los mit dir? Spinnst du?«

»Gib mir einfach die Jacke, ja?«

»Schon gut, kein Grund zur Aufregung.«

Ich stieg in einer sehr maskulinen karierten Jakke aus dem Bus, darunter den Pullover und die über Nacht gewachsenen Brüste. In der ersten Schulstunde lief mir der Schweiß.

»Was ist los mit dir, Jessica? Ist dir kalt?«

»Ja, furchtbar kalt. Danke.«

Die Lehrerin kam und befühlte meine Stirn. »Jessica, du hast Fieber.«

»Nein, nein, mir fehlt nichts, danke.«

Gleich kam die Pause, und ich wußte, Walter würde warten. Es kam öfter vor, daß er vorbeikam und Katie und mir Süßigkeiten und manchmal ein Mittagessen brachte. Das hieß, ich mußte Dillons Jacke ausziehen. Ich erkundete die Lage, und tatsächlich, gerade fuhr Walter vor. Pünktlich wie ein Uhrwerk. Ich versteckte mich hinter der Hausecke, klebte an der Wand wie Teer. Ich atmete einmal tief durch, zog die Jacke aus und legte sie neben die Tür, und dann lief ich zu Walters Wagen, der vor dem Spielplatz geparkt stand. Walter starrte meine neuen Brüste an, und ich redete über alles mögliche, damit das Thema nicht aufkam.

»Nimm mal die Arme von der Brust. Entspann dich.«

Ich gehorchte.

»Du siehst so süß aus, Jessica.«

»Danke. So, jetzt muß ich los. Ich habe Pia und Jodi versprochen, daß ich Boule mit ihnen spiele.«

Ich spielte Boule mit Pia und Jodi, immer mit einem Arm vor der Brust.

Walter blieb, bis die Pausenglocke klingelte. Ich hörte, wie er den Wagen anließ, und ich winkte zum Abschied und ging wieder hinein. Ich griff zu Dillons Jacke und zog sie wieder an, und den ganzen Tag über lief mir der Schweiß. Ich überlegte, ob ich die Brüste wegwerfen sollte – aber was würde ich tun, wenn die Schule dann nachforschte, von wem sie stammten? Ich war sicher, daß sie mich entdeckt hätten – daß der Angstschweiß, der mir aus allen Poren kam, mich verraten hätte. Ich konnte es gar nicht erwarten, bis ich nach Hause kam und meine neuen Brüste herausreißen konnte, und ich schwor mir, daß ich mir so schnell nicht mehr wünschen würde, daß sie von sich aus wuchsen. Keiner, der mich kannte, hätte mir geglaubt, daß sie an einem einzigen Wochenende von der bloßen Warze zum vollen A-Körbchen gewachsen waren.

Bei Walter war das anders. Er mochte sie und wollte oft, daß ich sie unter meinem Badeanzug und mit hochhackigen Schuhen trug. In dieser Aufmachung spülte ich Geschirr, in dieser Aufmachung wischte ich den Fußboden, in dieser Aufmachung sah ich mir Cartoons im Fernsehen an. Manchmal tuschten wir dazu die Wimpern und legten ein wenig Rouge auf. Wenn jemand zum Fenster hineingeschaut hätte, hätte er sicher gedacht, daß ich eine Nutte war, die auch als Haushälterin arbeitete, und in gewissem Sinne war ich das mit meinen elf Jahren ja auch, und eine gute Basketballspielerin dazu.

Es kam ein langer, kalter Winter. Ich baute Schneemänner, lief Schlittschuh und hütete Babys. Als Babysitter war ich sehr gefragt, denn ich spülte dazu das Geschirr und putzte das Haus, alles für fünfzig Cent die Stunde.

## *Die Fahrt mit dem Bus und der Duft einer Reise*

Grandma, Abbey und ich wollten eine Reise machen, zu Onkel Arthur und Tante Twila an der Südküste. Nach seiner Militärzeit hatte Onkel Arthur eine Frau von den Philippinen namens Twila geheiratet, die eine Schwäche für mich hatte, und ich freute mich auf jeden Besuch. Wir fuhren mit dem Bus, und ich liebte den Dieselgeruch – für mich war es der Duft von Reise und Abenteuer. Man brauchte fast ein Jahr, bis man da war. Na ja, eigentlich waren es nur ein paar Tage, aber mir kam es immer wie ein ganzes Jahr vor.

Ich sah einem Pärchen zu, das ein Stück weiter hinten auf den Sitzen knutschte, und die gingen ganz schön zur Sache.

»Jessica, starr nicht die Leute an«, schimpfte Grandma.

Als wir zur Mittagspause anhielten, beschwerte Grandma sich beim Fahrer über die beiden, und als wir wieder einstiegen, faßten sie sich nicht mal mehr an, die ganze lange Fahrt lang. Auf dem Weg in den Süden hielten wir immer an denselben Cafés an, und in jedem davon aßen wir jedesmal das gleiche. Das Muster änderte sich nie, und ich wußte immer genau, wann Grandma ein Roastbeefsandwich mit Kartoffelsalat und Kaffee bestellen würde, und jedesmal ließ sie ein paar Quarters als Trinkgeld da. Ich genoß es, wie Gras, Bäume und die Briefkästen der Bauernhöfe zu einem einzigen Streifen verschmolzen, wenn sie nahe genug am Highway standen, und was weiter in der Ferne war, blieb immer gleich, wie ein gemaltes Bild. Irgendwann schlief ich davon ein, und Grandma deckte mich immer mit derselben karierten Reisedecke zu, und der Bus brummte weiter vor sich hin. Obwohl sie ja nicht mehr die Jüngste war, hatte Grandma nie Mühe mit dem Schlafen auf den engen Sitzen, sie klagte nie, und die ganze Fahrt über blieb ihr Haar makellos frisiert und ihr Gesicht frisch wie der kühle blaue Himmel.

Onkel Arthur und Tante Twila holten uns am Busbahnhof ab. Eine ganze Woche lang zogen wir durch die Einkaufszentren, mit Mittagessen unterwegs und Abendessen mit Cousin und Cousine, und dann reisten Grandma und Abbey wieder ab – Grandma fuhr nach Hause, weil sie die Hunde nicht so lange allein lassen konnte, und Abbey flog an die

Westküste und besuchte ihren Dad. Ich durfte noch eine Woche bleiben; dann würde meine Cousine Jill zu Grandma fahren und mich mit zurücknehmen. Tante Twila und ich setzten Grandma und Abbey am Busbahnhof ab.

»Jessica, sei brav zu deiner Tante und deinem Onkel«, sagte Grandma zu mir. Und zu Tante Twila: »Wenn sie dir auf die Nerven geht, sag ihr einfach, sie soll den Mund halten.«

Tante Twila lachte. »Wir kommen schon zurecht«, sagte sie mit ihrem exotischen Akzent.

Tante Twila und ich gingen ins Eiscafé und redeten über alles Mögliche bei Eisbechern mit heißer Karamellsoße. Wir gingen sogar in den Vergnügungspark, und ich durfte ein paarmal Karussell fahren, und hinterher erzählte ich ihr, wie aufregend es gewesen war.

Am Abend sagte Tante Twila dann allerdings: »So kann das nicht weitergehen – tut mir leid. Ich muß auch mal an meine Arbeit denken.«

»Schon in Ordnung. Kannst du mir zeigen, wie man mit der Schreibmaschine umgeht? Vielleicht lerne ich's.«

»Das ist eine sehr gute Idee.«

Abends kochte Tante Twila immer ein tolles Essen in ihrem großen schönen Backsteinhaus, und Onkel Arthur und wir anderen warteten geduldig am Tisch. Später machten meine Cousine Jill und mein Cousin Conrad Ausflüge mit mir. Ich saß hinten auf dem Rücksitz des Volkswagens, glücklich wie ein Vogel auf dem Telegrafendraht. Tagsüber ging ich Conrad mit Bemerkungen über seine Freundin Andrea auf die Nerven.

Mein Zimmer lag im Keller, und manchmal kam Conrad betrunken nach Hause. Man hörte ihn rumpeln, und er warf Sachen um. Einmal hörte ich, wie er sich übergab. Es war ein Geräusch wie ein Vulkanausbruch, gleich neben meinem Zimmer, es machte mir angst, und ich versuchte, mich mit Lesen abzulenken. Schließlich schlief ich ein, mit meinem Lieblingsbuch *Das kleine Haus in der Prärie* und mit Conrad, der nebenan kotzte.

Damals schlief ich wie ein Stein, und es mußte schon der Mond vom Himmel fallen, bevor ich aufwachte. Später an dem Abend lag ich flach auf dem Bauch, und plötzlich spürte ich etwas, was sich an meiner Unterwäsche, zwischen Hintern und Beinen, zu schaffen machte – als ob jemand leckte. Ich dachte, es ist der Hund, aber als ich mich umdrehte, sah ich – Conrad zwischen meinen Beinen. Ich hielt den Atem an und drückte den Kopf ins Kissen. Ich war in Panik. »Was soll ich tun?«, fragte ich mich. Er sollte nicht wissen, daß ich wach war, denn das würde für uns beide peinlich. Ich tat, als schliefe ich, und veränderte meine Lage. Ich zog meinen ganzen Körper weiter zum Kopfende hinauf. Dann rieb er seinen Pimmel an meinem Po. Jemand hatte meine Stimme gestohlen, und wo vorher mein Mund gewesen war, war jetzt nur noch ein schwarzes Loch. Schließlich verlor Conrad das Bewußtsein, mit dem Gesicht zwischen meinen Beinen, und ich drehte mich um und schob ihn mit den Füßen an den Schultern zurück, bis er vom Bett fiel. Er blieb unten liegen und rührte sich nicht, und ich war mir sicher, daß er tot war. Ich zog das Bettzeug wieder hoch und streifte meine Unterhose ab, denn da war irgendein komisches Zeug dran, das sich eklig anfühlte. Ich hielt den Atem an, damit Conrad dachte, ich sei ebenfalls tot. Lange wartete ich lautlos. Dann kam ein Stöhnen vom Boden. Conrad war wohl doch noch nicht tot, er rappelte sich sogar auf und stolperte ins Bad, wo er weiterkotzte. Ich konnte nicht mehr einschlafen und nahm mir vor, daß ich ihn treten würde, wenn er zurückkam. Conrad sollte nicht wissen, daß ich wußte, was er getan hatte, denn sonst würde ich es auch mir selbst eingestehen müssen.

Am späten Vormittag kam Tante Twila ins Zimmer. »Aufwachen, Schlafmütze!« trällerte sie. »Was ist los mit dir?«

Aber ich wollte nicht aus dem Bett.

Tante Twila fühlte meine Stirn, die ich tief ins Kissen gedrückt hatte. »Fieber ist es nicht«, sagte sie gedankenverloren und hob zugleich meine Unterwäsche vom Boden auf.

Später am Tag hörte ich, wie sie mit Mom telefonierte. »Wenn sie wieder zu Hause ist, solltest du mal mit ihr zum Arzt gehen. Vielleicht ist es eine Infektion oder so etwas. Da ist irgendein seltsames Sekret auf ihrem Höschen, ich kann mir das nicht erklären. – Nein, Cassandra, ich glaube, für eine Pilzinfektion ist sie zu jung.«

»Muß ich sterben?« dachte ich bei mir.

»Jessica, Schatz, kann ich mal mit dir reden? Bei dir zwischen den Beinen, juckt es da oder so etwas?«

Ich zuckte mit den Schultern, verwirrt, fragte mich, was das heißen konnte, und die Wahrheit versteckte ich irgendwo tief in meinen Eingeweiden, weit weg vom Kopf.

»Hmmm, weil deine Unterwäsche fleckig war; vielleicht kommt bald deine erste Regel.«

»Stirbt man von Pilzinfektion?«

»Oje, Jessica, hast du am Telefon gelauscht?«

Ich grinste blöd, weil sie mich erwischt hatte.

Von da an ging ich Conrad aus dem Weg und machte keine Witze mehr über seine Freundin. Vielleicht hatte ich ihm mit der ganzen Hänselei ein falsches Bild von mir gegeben. Vielleicht hatte ich ihm zuviel Aufmerksamkeit geschenkt, weil ich immer wollte, daß er mich gern hatte, und irgendwie dachte er dann, ich wollte so etwas von ihm. Ich tat, so gut ich konnte, als wäre überhaupt nichts gewesen, und sah ihm nie wieder ins Gesicht, und ich habe auch nie wieder darüber nachgedacht, weil ich es tiefer versteckt hatte als fast alles andere. Um das wiederzufinden, hätte ich eine Reise in die Tiefe meines Gehirns machen müssen, eine ganze Million Meilen lang.

Als Tante Twila und ich im Garten die Blumen gossen, bat ich sie, mit meiner neuen Geburtstagskamera ein Bild zu machen. Sie machte ein Foto von mir in ihrem Garten.

Ich wollte das Bild, weil ich mich verändert hatte, und zum erstenmal im Leben waren mir die Worte ausgegangen. Ich wollte sehen, ob man mir das ansah.

Zu Hause ließ ich den Film entwickeln, und das Gras war wunderbar grün, und die Blumen waren wunderbar bunt, und mein Gesicht war so verschwommen, daß man kaum erkennen konnte, daß ich es war. Es war genau wie die Busfahrt in den Süden, als der Bus an den Bäumen und dem Gras und den Briefkästen vorübergefahren war, die zu nahe dran waren und deswegen alle ineinander verschwammen. Aber anders als die Bäume und Briefkästen war es hier nicht einfach nur verschwommen – es war verschwommen vor Verwirrung.

## *Sommercamp*

Der Spaß am Wasserloch war zu Ende, weil der Besitzer der Wiese Angst hatte, er müsse zahlen, wenn einer von uns zu Schaden kam. Also packte Mom uns in ihren Pick-up und fuhr mit uns zu einer Badestelle fünfzehn Meilen fort. Dort schwammen wir und ließen uns an einem Seil baumeln und sprangen ins Wasser. Es war ein verzauberter Tag, einer von denen, an die man später zurückdenkt und dann glaubt, die ganze Kindheit sei so gewesen. Kein Alkohol, kein Mann für Mom, kein Pot, einfach nur Kinder, die lachten und glücklich waren.

Abbey war bei ihrem Vater an der Westküste, und sie fehlte mir schrecklich. Walter sagte, Katie und ich könnten vier Freundinnen einladen und mit auf einen Campingausflug nehmen. Die Wahl fiel auf Verna, Tina, Valerie und Melissa. Wir bauten unser Lager auf der Flußwiese auf, weit genug weg von den Toiletten, damit wir nichts davon rochen, wenn der Wind von dort kam, aber noch nahe genug am Bach, daß wir schnell im Wasser waren. Abends gab es Hot dogs, und über der Glut des Lagerfeuers rösteten wir Marshmallows. Wir Mädels kicherten in unserem Zelt und erzählten uns Gespenstergeschichten und leuchteten uns mit der Taschenlampe ins Gesicht, damit es noch gruseliger wurde … bis Walter sich heranschlich und uns einen solchen Schrecken einjagte, daß wir uns alle ganz dicht aneinanderkuschelten. Dann zeigte er draußen Schattenfiguren, bis wir schimpften, er solle endlich aufhören, wir wollten über Jungs reden.

»Erzählt Walter nichts, aber Billy hat mich geküßt«, sagte ich.

Die Mädels kicherten. »Dich geküßt.« Melissa lachte.

»Billy hat mich angerufen und gesagt, ›Something in the Way She Moves‹ von den Beatles, das ist unser Song.«

Die Mädels quietschten, und wir lachten alle zusammen.

»Also mir gefällt dein Bruder«, sagte Tina.

»Mir auch«, sagte Verna und warf Tina einen schockierten Blick zu.

»Ich habe ihn vor dir gemocht«, sagte Tina.

»Hast du nicht«, sagte Verna.

»Da werden wir wohl ein indianisches Beinedrücken machen müssen«, sagte ich, »und wer gewinnt, bekommt meinen Bruder.«

Verna und Tina legten sich nebeneinander, Gesicht zu Gesicht, die Füße der einen am Kopf der anderen, Hüfte an Hüfte, die Arme verschränkt.

»Bereit?« fragte ich.

Beide nickten. »Ja.«

Ich zählte eins, zwei, und beide reckten das Bein, das der anderen am nächsten war, und auf drei trafen sich die Füße. Jede versuchte das Bein der anderen hinunterzudrücken, und beide kamen gefährlich ins Schwanken. Katie, Valerie, Melissa und ich feuerten unsere Favoritinnen an. Mit einem Triumphschrei warf Verna Tina um.

»Meine Damen, wir haben eine Siegerin«, sagte ich und hielt Vernas Arm in die Höhe. »Verna, mein Bruder gehört dir.« Alle prusteten los.

Im selben Augenblick kam Walter ins Zelt. »Komm jetzt, Katie, wir müssen schlafen, bevor die Sonne aufgeht. Ihr solltet euch auch ausruhen, Mädels – beim ersten Sonnenstrahl wird es heiß in dem Zelt.«

»Na gut«, seufzte Katie, die gerne noch geblieben wäre. Es war schon Spätsommer, nachts wurde es schnell kalt, und wir krochen alle in unsere Schlafsäcke. Die erste Nacht schlief Katie bei Walter, weil wir ja schon zu fünft in einem Viermannzelt waren.

In der zweiten Nacht war ich dann dran. Wir waren geschwommen und hatten gespielt und Burger gegrillt und waren erschöpft nach dem langen Tag. Ich sagte den anderen gute Nacht und kroch zu Walter ins Zelt.

»Ich kraule dir noch den Rücken, Jessica, damit du gut einschläfst«, sagte Walter.

Ich ließ mir furchtbar gerne den Rücken kraulen. Walter ließ sich viel Zeit, und als die Hand weiter zu meinem Po und meinem Mäuschen wanderte, fielen mir schon die Augen zu, und bald war ich tief eingeschlafen.

In der letzten Nacht wollten Katie und ich beide bei den anderen bleiben.

»Wie wär's mit uns beiden, Melissa?« fragte Walter. »Kommst du zu mir?«

»Okay«, sagte sie, sprang auf und war verschwunden. In den letzten Tagen hatte Walter sich kaum um Katie und mich gekümmert, seine ganze Aufmerksamkeit galt jetzt Melissa.

Am nächsten Morgen nieselte es, und es war noch kälter geworden, und so brachen wir das Lager ab und packten zusammen.

»Wie wär's mit Frühstück in der Ranch?« sagte Walter.

Wir schwärmten für die Ranch. Es war eine Blockhütte in den Bergen, und Walter hatte Katie und mich schon ein paarmal zum Sonntagsfrühstück dorthin ausgeführt, nach der Kirche.

»So, alle noch mal unter die Dusche, bevor wir losfahren«, sagte Walter, als wir die Zelte und Schlafsäcke eingeladen hatten.

Unter der Dusche gab es ein einziges Gekreische, denn das Wasser war eiskalt, aber Walter hatte das Auto schon für uns aufgewärmt, als wir hinterher hineinsprangen. Er packte Melissa und kitzelte sie und setzte sie neben sich auf die Vorderbank. Verna, Tina, Valerie und ich kamen nach hinten, und Katie durfte zwar nach vorn, mußte sich aber zwischen Melissa und die Beifahrertür quetschen. Katie zog eine Schnute; man sah, wie gekränkt sie war – es war immer dasselbe, jedesmal wenn Walter einen neuen Schwarm entdeckte – obwohl es meist nicht lange hielt. Ein paar Wochen zuvor bei Valerie war es auch so gewesen.

Das neue Schuljahr begann, und Katie und ich kamen auf die Junior High School; wir waren nicht gerade begeistert, hauptsächlich deswegen, weil die Busfahrt jetzt doppelt so lang dauerte. Unsere Eltern hatten so viel zu tun, daß Walter uns zum Einschreiben fuhr. Er hatte sogar dafür gesorgt, daß ein älteres Kind da war, das uns die neue Schule zeigte, damit wir uns am ersten Tag nicht ganz verloren vorkamen. Katie und ich sahen uns unsere Spinde und die Klassenzimmer an, und Walter trottete hinterher. Ich hatte nie vorher einen eigenen Spind gehabt, und das war ebenso aufregend wie die Aussicht, alle fünfzig Minuten in ein neues Klassenzimmer umzuziehen und neue Leute kennenzulernen, denn auf unsere Junior High kamen Kinder aus der ganzen Gegend. Es war auch toll, daß ich jetzt wieder mit Pia und Jodi zusammen war. Heidi war eine Klasse über mir, und wir saßen im Bus oft nebeneinander.

Nach wie vor buken Pia und Jodi und ich an den Mittwochnachmittagen Plätzchen, und manchmal kam auch Walter dazu und fuhr mich nach Hause. Katie hatte jetzt neue Freunde, sogar einen Jungen, für den sie schwärmte – er hieß Johnny, und ich sah ihn in manchen Kursen. Walter fuhr mit Katie und mir zum Football, aber eigentlich fuhren wir nur hin, damit sie Johnny beim Spiel zusehen konnte.

Ich war jetzt öfter mit Melissa zusammen, besonders am Wochenende. Ich übernachtete bei ihr oder sie bei mir. Bei ihr machte es mehr Spaß, denn es war ein dreistöckiges Haus mit einem kleinen Teich. Es gab eine Wäscherutsche; wir kletterten durch die Klappe, und unten im Keller landeten wir auf einem Berg schmutziger Wäsche. Ihr Vater, ein großer, schrulliger Mann, der stolz darauf war, daß er über dreihundert Pfund wog, hortete ganze Schachteln mit Schokoladenriegeln, und wir schlichen uns in den Vorratsraum und aßen, bis wir nicht mehr konnten. Manchmal verrieten die Cellophanhüllen uns, und dann gab es Hausarrest. Wenn es Melissa erwischte, sagte er: »Jessica, du bleibst auch hier. Kein Ausgang heute abend.« Und das fand ich in Ordnung.

Manchmal hielt Melissas Dad Familienversammlungen im Bad ab. Er saß in der Badewanne, und Melissa und ihre fünf Geschwister mußten kommen, und er hielt ihnen Vorträge. »Du auch, Jessica«, rief er dann, und ich stand da und mußte so tun, als ob ich nicht merkte, daß er in der Wanne saß. Mir fiel auf, daß er streng zu Melissa war und ihre ältere Schwester immer bevorzugte, aber Melissa beklagte sich nie – sie vergötterte ihn.

Einmal klopfte ich nach der Schule bei Walter. Sein Auto stand in der Auffahrt, und als er sich nicht meldete, klopfte ich noch einmal. Durch eine Ritze zwischen den Vorhängen konnte ich hineinsehen, und da saß Melissa in Walters Sessel. Ich sah, wie er sich vorbeugte und ihr Kekse gab, und dann hob er sie in die Höhe und setzte sie sich auf den Schoß. Ich wußte, daß sie mich gehört hatten, aber sie waren leise, damit ich wieder ging. Tränen liefen mir über die Wangen, als ich nach Hause ging, und ich fühlte mich betrogen – betrogen von Melissa, die nicht zu mir gekommen, sondern lieber zu Walter gegangen war. Ich hatte dumm dagestanden, und sie wußten es. Jetzt konnte ich mir vorstellen, wie Katie zumute gewesen sein mußte, als sie vor der Tür stand und Walter mir gesagt hatte, ich solle leise sein. Für mich gehörte Walter zu mir und zu Katie, und Melissa, die gehörte ebenfalls zu mir. Und jetzt waren die beiden zusammen!

Die nächste Busfahrt zur Schule war peinlich, und ich wußte nicht, was ich zu Melissa sagen sollte. Also setzte ich mich woandershin. Ein paar Tage später, wieder im Bus, flüsterte Melissa mir ins Ohr: »Ich gehe mit Billy aus!«

»Ehrlich?« Ich war empört. Billy war *mein* Freund, *ich* hatte ihn geküßt. Und ausgerechnet in diesem Augenblick kam im Busradio »Something« von den Beatles, das Lied, von dem Billy gesagt hatte, es sei unser Song.

Jetzt haßte ich die Beatles, weil sie Billys und meinen Song allen anderen Mädchen vorsangen, und ich haßte meine schöne Freundin, die mir meinen Walter und meinen Billy weggenommen hatte. Und meinen Billy und meinen Walter, die mir meine Melissa weggenommen hatten. Ich stieg aus und sagte nicht einmal »Hau ab«. Wie gesagt, ich hatte kein Talent im Umgang mit Leuten, die ich mochte. Das war das Ende der Freundschaft zwischen mir und Melissa. Kein Streit, keine bösen Blicke im Flur – wir gingen uns einfach aus dem Weg.

Und zum guten Schluß wurde *ich* dann auch noch von Walter geschimpft, weil ich Billy geküßt hatte. Von wem er das wußte, war ja klar. Ich war traurig, daß Melissa unsere Geheimnisse ausplauderte, und traurig, daß Walter sie ihr wahrscheinlich entlockte. Aber es war leichter, wenn ich nur auf Melissa wütend war, denn ohne Walter wäre ich gestorben.

Mehr als zwanzig Jahre später habe ich Melissa in einer Kneipe des Städtchens wiedergetroffen.

»Jessica?«

»Melissa?«

Und wir fielen uns in die Arme, als ob nichts und niemand je zwischen uns getreten wäre – kein Walter, kein Billy. Sie nahm mich an der Hand. »Komm, du mußt meinen Mann kennenlernen. Ich habe ihm alles über dich erzählt. Ach, Jessie, was haben wir damals für eine Menge Spaß gehabt!«

Sie zerrte mich durch die verrauchte Bar und stellte mich ihrem Mann vor. Aber wir zogen gleich wieder zu zweit los, hielten uns an den Händen, aufgeregt über dieses Wiedersehen. Wir bestellten uns einen Drink, und Melissa erzählte mir von ihren drei wunderschönen Kindern und zeigte mir Fotos. Ich blickte Melissa an, sie war so schön, so lebendig mit ihren naturblonden Locken, die ihr Gesicht einrahmten wie ein goldenes Band um ein Geburtstagsgeschenk, und die großen braunen Augen strahlten, als sie von ihrem Leben erzählte. Wieso hatte unsere Freundschaft jemals aufgehört, fragte ich mich. Und noch mehr fragte ich mich das, als ich ein paar Jahre darauf einen Zeitungsausschnitt geschickt bekam: Melissas Todesanzeige. Auf dem Bild hatte sie wirres Haar, glanzlose Augen und ein schiefes, aufgesetztes Lächeln. Hätte ihr Name nicht unter dem Foto gestanden, hätte ich sie überhaupt nicht erkannt. Sie hatte sich mit Schlaftabletten umgebracht, nachdem sie den schlimmsten aller Verführer kennengelernt hatte. Er hatte sie betrogen, hatte ihr weisgemacht, alle ihre Sorgen würden auf einen Schlag verschwinden und sie würde für immer im siebten Himmel leben. Es dauerte nicht lange, bis sie merkte, daß er seine Versprechen nicht hielt, und sie versuchte ihn loszuwerden, aber er wußte, daß die schöne und verletzliche Melissa einfach nur geliebt werden wollte. Er hieß Meth: Methamphetamin – der größte Lügner aller Zeiten. Er nahm sie mit sich fort. Und wenn ich heute »Something« von den Beatles höre, dann ist es mein und Melissas Song, und sie ist wieder am Leben, in dem Zelt, erzählt Gespenstergeschichten und lacht, und wir sausen die Rutschbahn hinter der Wäscheluke hinunter und hoffen, daß unten eine bessere Welt auf uns wartet.

## *Happy Birthday to Me*

Ich kam ins Haus und sah Hammer, der rückwärts die Treppe herunterstieg und Mom an ihren Oberarmen schleppte. Ihre Beine fielen schlaff von Stufe zu Stufe.

»Was ist mit ihr?« fragte ich, als er sie an mir vorbei und zu ihrem Zimmer zerrte.

Hammer sah wild aus, alle Haare standen aufrecht. »Geh nach oben. Ihr fehlt nichts.«

Er knallte einfach die Tür zu. Ich lief zu Dillon. »Was war?«

»Sie haben sich gestritten, und er hat sie k.o. geschlagen«, sagte Dillon teilnahmslos. Wir waren abgestumpft, Mom war schon so oft zusammengeschlagen worden, zuerst von Dillons Dad, dann von Kurt, C. C., Vincent und jetzt Hammer.

»Worum haben sie sich gestritten?« fragte ich.

»Worum streiten sie sich? Spielt es eine Rolle, Jessie?«

Ich ging nach oben. Abbey lag auf dem Bett und weinte.

»Halb so schlimm, Abbey. Mach dir keine Sorgen.«

»Ich glaube, sie ist tot.«

»Nein, bestimmt nicht. Alles in Ordnung.«

Wir saßen auf Abbeys Bett und warteten auf ein Lebenszeichen von Mom. Gut möglich, daß sie wirklich tot war – manchmal stellte sie sich auch tot, sie tat alles, nur damit die Schläge aufhörten. Bei C. C. hatte sie das gemacht. Dann hörten wir Fluchen und Schreien von Mom – Musik für unsere Ohren. Sie war am Leben.

Unsere Stadt war so klein, daß sie sich nur drei Cheerleader-Uniformen für die Unterstützung der Basketballjungs leisten konnte. Die Lehrer wählten die drei Mädchen aus, und ich war rappelig vor Aufregung. Den ganzen Sommer über hatten Katie und ich geübt. Ich konnte es gar nicht abwarten, bis die Liste ausgehängt wurde. Pia, Jodi und ich waren die drei Glücklichen.

Es waren einfache Uniformen mit grünen Rökken, grün-weißen Kniestrümpfen, weißen Sweaters mit grünen Streifen quer über der Brust und altmodischen zweifarbigen Schnürschuhen. Die Streifen an meinem Sweater nähte Walter auf; er war bei jedem Spiel dabei, und manchmal fuhr er uns auch hin.

Einmal lief ich in der Schule mit meinen neuen

Cheerleader-Freundinnen zu Dillon, der an seinem Spind stand. »He, Dillon.«

Er sah mich gar nicht an.

»Was hast du?«

»Ich will nicht, daß meine kleine Schwester mir in der Schule nachläuft«, sagte er, machte die Spindtür zu und ging mit seinen Freunden davon. Die Grenzen für das Highschool-Leben waren gezogen.

»Dann eben nicht, Blödmann. Zu Weihnachten kriegst du ein Stück Kohle.«

Das war der Abend, an dem Dillon zuviel Weihnachtspunsch trank, und er und seine Freunde holten ihre Luftgewehre und setzten sich in den Fernsehsessel und schossen die Lichter am Weihnachtsbaum aus, eins nach dem anderen, bis keines mehr brannte. Als nächstes war das Treppengeländer dran, um das eine Lichterkette geschlungen war, und auch diese Lichter schossen sie noch aus und lachten hysterisch dazu. Mom fand es weniger lustig, denn sie mußte neue Birnen kaufen.

Bald war mein Geburtstag, und Mom war einverstanden, daß meine Freundinnen kamen und bei uns übernachteten. Ich war überglücklich und lud einfach alle aus den verschiedenen Cheerleader-Truppen ein und dazu Katie. Das waren wohlerzogene Mädchen aus guten Familien. Ich bat Dillon, daß er und seine Freunde nichts Peinliches tun sollten, denn diese Mädchen waren anders und hatten kein Verständnis für seine Art von Humor.

»Schieß keine Lampen aus oder so was, Dillon, ich sterbe sonst vor Scham.«

»Wenn sie keinen Spaß verstehen, dann sollen sie zu Hause bleiben.«

Mir kamen die Tränen. Ich wußte, daß Dillon mich nicht ernst nahm.

»Schon gut, schon gut, Jessie. Nicht weinen. Wir lassen euch einfach ganz in Ruhe. Kein Grund zur Aufregung.«

Pia brachte Pong mit, eins der ersten Videospiele überhaupt, und wir spielten, bis wir allesamt Champions im elektronischen Tennis waren. Mom machte Lasagne für den großen Tag, und Grandma schickte meinen Lieblings-Geburtstagskuchen. Es war ein amerikanischer Kalter Hund; sie tat Coca-Cola hinein, und so wurde ein Cola-Hund daraus.

Die Mädels und ich blieben bis spät in die Nacht auf, wir redeten und lachten. Abbey blieb eine Weile dabei, und meine ganze Familie benahm sich mustergültig.

Dann klingelte es um halb sieben morgens an der Tür. Es war noch dunkel. Mom ging nach unten, ich stand im Schlafanzug am Treppenabsatz, rieb mir den Schlaf aus den Augen und gähnte. Die Tür ging auf, und da standen C. C., Silk und noch ein paar von Moms Freunden.

»Alles Gute, Jessie«, begrüßten sie mich.

»C. C., du blöder Hund!« Mom lachte und ließ sie herein.

Hammer kam aus dem Keller herauf. »Was zum Teufel wollt ihr denn hier?« fragte er lachend und streifte sein T-Shirt über.

Er und C. C. begrüßten sich mit einer Umarmung unter Männern. Ich hielt den Atem an und dachte, gleich gehen sie aufeinander los, aber sie schienen in friedlicher Stimmung zu sein. Ich war froh. Das wäre eine böse Schlägerei geworden.

C. C. und Silk sangen »Happy Birthday to You«, als sie die Treppe heraufkamen, mit einem großen Faß Bier und einer Schachtel Hershey Kisses.

»Hier, meine Süße, alles Gute. Die gab es nicht einzeln.« C. C. reichte mir die ganze Schachtel, und es war sogar eine Schleife darum.

Ich lachte und umarmte ihn. Silk brachte das Faß in die Küche und stellte es auf.

»Kann ich es anstechen?« fragte ich Silk.

»Sicher. Ist doch dein Geburtstag.«

Die Küche war nur durch eine Theke vom Wohnzimmer abgetrennt, und ich sah, daß die Mädels aus ihren Schlafsäcken krochen, aber ich achtete nicht weiter darauf, ich war zu sehr mit dem beschäftigt, was in der Küche vorging. Musik von Uriah Heep dröhnte aus den Lautsprechern, die Jungs steckten einen Joint an und reichten ihn herum, Mom und ich machten Rührei und Würstchen für alle. Silk war jetzt mit dem Faß soweit.

»Komm, Jessica, Geburtstagskind, das erste ist für dich«, sagte Silk.

Ich pumpte kräftig, damit es genug Druck gab, und hielt das Glas dicht an den Ausfluß, damit nicht zuviel Schaum kam; aber die ersten paar Gläser waren immer Schaum, egal wie gut man war. Das erste echte Bier des Tages zapfte Silk. Es war nur ganz wenig, aber es war für mich.

Ich war so betört von diesem Augenblick, daß ich meine Freundinnen vollkommen vergaß. Als sie mir wieder einfielen, machte ich die Runde und bot ihnen einen Schluck an. Sie hockten alle auf dem großen Sitzsack, eng aneinandergedrängt und wie versteinert. Ich betrachtete meine Mom, wie sie die Luft anhielt und den Joint weiterreichte, und dann betrachtete ich das Bierglas in meiner Hand, das meine Cheerleader-Freundinnen anstarrten, als wäre es eine Pistole.

»Möchte jemand einen Schluck?« fragte ich, aber jetzt war ich sehr verlegen.

Alle schüttelten gleichzeitig den Kopf.

Im Pizzaladen setzten sich meine Freundinnen so weit ab von meiner Familie wie nur möglich. Ich nehme an, nicht bei allen gab es schon am frühen Morgen Pot oder Bier vom Faß. Ich hätte ihnen gern gesagt, daß es nicht jeden Tag so war, sondern nur ein unglücklicher Zufall. Aber das wäre vergebliche Mühe gewesen, denn irgendwann wären sie dahintergekommen, daß ich nicht so war wie sie, und da konnte es genausogut an meinem Geburtstag sein. Ich glaube, das war die Geburt der wahren Jessica, die ich vor ihnen immer verborgen hatte – weil ich die Mädchen mochte und wollte, daß sie mich auch mochten.

Als ich am Mittwoch mit Pia und Jodi zum Plätzchenbacken aus dem Bus steigen wollte, drehte Jodi sich zu mir um und sagte: »Tut mir leid, Jessie, aber heute backen wir keine Plätzchen«, und so wie Jodi das sagte, wußte ich, daß wir auch an keinem anderen Mittwoch mehr Plätzchen backen würden.

## *Die Jagd nach dem blauen Band*

An einem häßlichen nebligen Samstagmorgen blickte ich zum Fenster hinaus und sah... eine ganze Horde Freundinnen von meiner Geburtstagsparty. Sie rannten die Bahntrasse entlang, die Köpfe hoben und senkten sich im Takt, und vor jeder stiegen Atemwolken auf.

»Dillon, kann ich mal dein Fernglas haben?«

»Wofür?«

»Gib's mir einfach«, sagte ich und schnappte es mir von seinem Bücherbord. Ich lief nach oben und sah zu meinem großen Fenster hinaus, und tatsächlich, sie waren es. Ich fragte mich, was sie wohl hier auf mein Terrain geführt hatte. Meine Gedanken überschlugen sich. Hatten die Mädchen es sich anders überlegt und kamen, um sich zu entschuldigen? Oder kamen sie nur mal so vorbei? Was sollten sie sonst hier wollen?

Ich streifte den Schlafanzug ab und holte mein Sonntagskleid hervor, und mit einer nassen Bürste brachte ich hastig Ordnung in mein zottiges Haar.

Dann packte ich die Barbies, die mich in meiner plötzlichen Einsamkeit getröstet hatten, und warf sie achtlos in den Schrank. »Hoppla«, entschuldigte ich mich, als die Köpfe gegen die Wand schlugen.

Jetzt kamen die Mädchen die Straße herunter. Ich trat einen Schritt zurück, damit sie mich nicht am Fenster sahen, aber dann trat ich doch wieder vor und beobachtete sie verstohlen von der Ecke aus. Keine war bei uns in den Vorgarten gekommen. Aber ich konnte ihre Rücken gerade noch sehen, wie sie den Schotterweg hinunter verschwanden, und dann liefen sie auf der anderen Seite der Brücke zurück und nahmen ihre Entschuldigung wieder mit nach Hause. Ich war entsetzlich enttäuscht.

Im Bus saßen Marla und Doreen vor mir. Sie waren auf meiner Geburtstagsparty gewesen und waren seither besonders hochnäsig. Aber das war mir egal. Ich hatte nichts zu verlieren.

»Marla, am Samstag hab ich euch an der Bahnstrecke laufen sehen. Macht ihr jetzt Jogging?«

Lässig und von oben herab antwortete Marla: »Oh, am Samstag haben wir uns bei Jodi getroffen. Wir machen beim Zweitausendmeterlauf mit, da müssen wir trainieren.«

Was sie in Wirklichkeit sagte, war: »Haha, du warst nicht bei Jodi eingeladen, und wir haben was ganz Tolles gemacht, und du warst nicht dabei, und wir wollten natürlich, daß du das auch mitkriegst.«

»Oh, toll«, sagte ich. »Na, dann viel Glück.«

Was ich in Wirklichkeit sagte, war: »Scheiß auf euch. Hoffentlich kommt ihr als Allerletzte an.«

Ich ging zur Basketballtrainerin und fragte, was das für ein Lauf war. Es sei das Rennen des Jahres für Junior und Senior High, erklärte sie mir. Gelaufen wurde draußen vor der Stadt auf Pfaden und über ein Feld mit Hügeln und Senken. Es gab einen Lauf für die siebte und achte Klasse gemeinsam, einen für neunte und zehnte und einen für elfte und zwölfte, und in jedem Rennen gab es blaue Bänder bis zum fünfzehnten Platz.

Nach der Schule bat ich Dillon, mit mir zu trainieren, und wir fuhren mit Moms Truck durch die Gegend und maßen eine Strecke von zwei Kilometern ab, was etwas mehr als eine Meile war. Ich lief sie einmal mit Dillon, und es war die Hölle. Wenn ich ein Band erringen wollte, sagte ich mir, dann sollte ich nicht diese eine Meile immer wieder laufen und dabei all meine Kräfte vergeuden, sondern ich sollte sie lieber sparen für das echte Rennen, das erst in ein paar Wochen war. Für meine Begriffe war Trainig Unsinn; entweder konnte man laufen oder nicht. Von Zeit zu Zeit sah ich die Mädels, wie sie am Horizont die Bahntrasse entlangliefen, und das war alles an Ansporn und Training, was ich brauchte.

Ich raffte mich aus meiner Niedergeschlagenheit auf und arbeitete wieder für die Schule. Ich hatte schon ein paarmal Schulpreise bekommen, und ich wollte, daß das auch so blieb. Walter war begeistert und furchtbar stolz. Ich bekam immer besonders viel Aufmerksamkeit, wenn ich etwas Gutes aus der Schule vorzuweisen hatte. Mittlerweile zog er mir fast täglich die Hose runter und fummelte an mir rum. Ich hatte beschlossen, daß ich mich im Frühjahr für die Laufmannschaft bewerben wollte, und Walter besorgte sich eine Stoppuhr, um meine Zeiten zu stoppen. Bald machte die ganze Siedlung Fünfzig- und Hundertmeterläufe auf dem Schotterweg. Walter schnitt auch Stücke von einer alten Besenstange ab, damit ich wußte, wie es sich anfühlte, wenn beim Stafettenlauf der Stab weitergegeben wurde. Mit zwei Zweigen steckte ich mir im Vorgarten ein Feld ab und übte stundenlang Weitsprung. Wenn ich über die Grenze hinauskam, steckte ich einen neuen Zweig hinzu. Dillon maß den Abstand mit dem Maßband.

Dann kam der Tag des Zweitausendmeterlaufs. Ich sah mir die anderen Läufer an, die ihre Aufwärmübungen wie Profis machten, sie reckten sich und duckten sich und streckten die Beine hoch in die Luft. Es sah wichtig aus, also machte ich es ihnen nach, als ob ich wüßte, was ich da tat. Meine Ex-Cheerleader-Freundinnen trugen einen Dress, der anscheinend direkt aus dem Schaufenster von Neiman Marcus stammte, und ich fragte mich, ob man mit so etwas schneller lief. Ich hatte ein Shirt von Dillon an und meine Schulsporthose und zur Feier des Tages die Cheerleader-Strümpfe.

Alle zweiundsiebzig stellten wir uns an der Startlinie auf. Sie war mit Farbe auf das Gras gemalt, das verzweifelt versuchte, sich nach dem Frost des Winters aufzurappeln. Wir standen Schuh an Schuh, aber keiner kam an die Linie oder auch nur in die Nähe – aus Angst, daß wir disqualifiziert wurden.

Der offizielle Starter hielt seine Pistole hoch. »Vergeßt nicht! Hier wird nicht geschubst und nicht gedrängelt. Frühstart führt automatisch zur Disqualifikation.«

Dann rief er: »Auf die Plätze! Fertig!« Und nach einer langen Pause hallte das »Peng« des Pistolenschusses durch die Luft.

Es war gut, daß die Pistole mir eine Heidenangst machte, denn ich schoß los wie eine Rakete. Ich hatte Dillons Stimme noch im Ohr. »Halt ein flottes, gleichmäßiges Tempo, nicht verausgaben in den ersten Minuten. Spar dir deine Kräfte für den letzten Teil des Rennens.« Über das gemähte Feld und den Hügel hinauf liefen wir im dichten Rudel, so wie ich es auch bei den Mädels an der Bahntrasse gesehen hatte. Ich tat mein möglichstes, den Pulk von widerlichen Mädchen vor mir nicht zu sehen, aus Angst, daß sie mir die Kraft raubten, die ich in ein paar Minuten dringend brauchen würde. Ich konzentrierte mich auf die Wärme der Sonne, den klaren blauen Himmel und die Hügellandschaft. Es dauerte nicht lange, bis die ersten hinter uns zurückblieben, aber ich hielt immer mein Tempo und zog Schritt für Schritt an dem Pulk von widerlichen Mädchen vorbei. Ich tat, als müsse ich um Atem ringen, als wäre mein Körper zu beschäftigt, um sie überhaupt zu sehen, als würde ich nicht bei jeder, die ich überholte, innerlich rufen: »Ha, ich bin schneller als du!«

Das war ja alles, was ich von dem Rennen wollte. Das blaue Band war mir egal, ich wollte nur einmal einen Tag lang besser als die sein, die über Wochen getan hatten, als stünde ich ganz tief unter ihnen.

Meine Beine fühlten sich an wie Gummi, und mein Gesicht war so heiß, daß ich dachte, es fängt jeden Moment an zu brennen. Ich hatte von spontanen Verbrennungen gehört, wo ein Mensch einfach ohne erkennbaren Grund in Flammen aufgeht, und ich fragte mich, ob wohl manche dieser Vorfälle mit Zweitausendmeterläufen zu tun hatten.

Ich drosselte mein Tempo, damit mein Kopf nicht Feuer fing, aber da brüllte eine Reihe Kids aus der Highschool: »Nicht nachlassen, Jessie! Du schaffst das!« Ich wußte, wer sie waren, aber ich hatte nicht gewußt, daß sie überhaupt meinen Namen kannten. Ich spürte, wie eine Welle der Energie in mich hineinströmte. Ich winkte den Kids zu und lächelte und strengte mich noch ein wenig mehr an. Nach Minuten, die mir wie Ewigkeiten vorkamen, erschien vor mir die Ziellinie, aber alles verschwamm mir vor den Augen, und die Adern in meinen Beinen stachen wie Gift.

»Mach schon, Jessie!« rief Toby Hanney – ein Junge von der Senior High, ein Basketballstar, für den alle schwärmten. Ich hätte nie gedacht, daß der auch nur ein Wort zu mir sagen würde. Plötzlich lief er neben der Trasse her, mit mir zusammen, und rief: »Leg noch einen Zahn zu. Wenn du noch einen einzigen überholst, kriegst du ein Band. Los«, feuerte er mich an, »du kannst das!«

»Ehrlich?«

»Ja. Leg los.«

Ich sah zu ihm hinüber, ich dachte: Du spinnst, ich falle gleich tot um, aber dann sah ich, wie bezaubernd er mich anlächelte, und ich lächelte zurück und stürmte weiter, auch wenn meine Knie weich waren und ich mit den Armen ruderte. Ich muß wie eine Wahnsinnige ausgesehen haben, als ich da über das letzte Stück Wiese rannte. Kids johlten, und alles rundum war ein einziges Chaos. Nur einen noch überholen, sagte ich mir, und du bekommst ein blaues Band. Ich reckte die Brust vor und gab mein letztes und überholte den Jungen vor mir, und als ich das Zielband passierte, wurde die Kotze, die schon die ganze Zeit in meinen Eingeweiden wartete, zum Geschoß und landete meterweit vor mir. Sofort gaben meine Beine nach und begannen zu zittern. Ich wollte mich nur noch hinlegen.

»Jessica, hoch mit dir. Wenn du dich setzt, verkrampfen sich deine Beine. Halte sie in Bewegung«, sagte Mr. Benson, der Lauftrainer, zog mich vom Boden hoch und ging ein Stück mit mir; er goß mir Wasser in den Mund, das sofort wieder herauskam. Er reichte mir ein Tuch, mit dem ich mir das Gesicht abputzen konnte.

»Hat Toby gesehen, daß ich gekotzt habe?«

»Nein – aber das ging fast allen an der Ziellinie so. Das wird ein gutes Foto fürs Jahrbuch.« Er lachte. »Aber ist doch egal. Hauptsache, du hast dein Band.«

»Tatsächlich?«

»Du warst Fünfzehnte, Jessica. Willkommen in der Laufmannschaft.«

## *Die heiße Kartoffel*

C.C. und Hammer hatten sich einen Überraschungsangriff auf Mom ausgedacht, als sie zu dritt aus einer Bar kamen, und es wurde eine große Schlägerei daraus. Die Polizei erschien und nahm mehrere Leute fest und nahm sie mit ins Gefängnis. Als Mom an der Reihe war, wollte sie wissen, warum.

Sie legten ihr Handschellen an und stießen sie zu einem Bullen hin, und sie stolperte am Bordstein und verstauchte sich den Knöchel. Und als er Mom in den Streifenwagen schubste, schlug er noch ihren Kopf an das Autodach, und sie hatte eine Beule auf der Stirn wie ein drittes Auge. Mom mußte sie verklagen, und die Verhandlung dauerte mehrere Stunden. Sie gewann den Prozeß, aber die ganze Sache nahm sie so sehr mit, daß sie beschloß, es von jetzt an ohne Alkohol zu versuchen.

Grandma kam herüber und paßte auf uns auf. Morgens gab es Speck und abends Braten. Moms alter Freund Vincent sah nach dem Rechten, aber Dillon und ich ließen ihn abblitzen – wir hatten ihm die Prügel nach unserer Betthüpf-Party nie verziehen.

In den ersten Wochen der Entziehungskur durften wir mit Mom nicht mal telefonieren. Als ich schließlich mit ihr sprach, sagte sie mir, daß sie keine Milch mehr trinken dürfe und keinen Zucker essen. Ich fragte mich, was das für ein Krankenhaus war, wo man Milch und Zucker verboten bekam und nicht mit seinen Kindern sprechen durfte.

Walter kam mich abholen. Er fuhr mich zum Lauftraining, und ich konnte es gar nicht erwarten, daß Grandma ihn kennenlernte, aber dann sah ich es ihr am Gesicht an, daß er ihr nicht gefiel.

All die Sprünge im Garten von Zweig zu Zweig zahlten sich aus, und ich brach zuerst den Schul-, dann den Landesrekord im Hürdenlauf. Das war so aufregend, wenn Katie und Walter von der Tribüne her pfiffen und die gräßlichen Mädchen mich neidisch vom Mittelfeld her anstarrten.

Schließlich kehrte Mom von der Entziehung zurück, und Grandma und Vincent fuhren wieder nach Hause. Es war nicht leicht, sich an die neue Mom zu gewöhnen. Sie war furchtbar ernst und ein bißchen verschroben. Wir mußten mit zu den Anonymen Alkoholikern und saßen mit anderen Kids zusammen, während die Eltern sich trafen.

Das einzige, was wir gemeinsam hatten, waren Eltern mit Alkoholsorgen. Wir sollten reden, es gab Gruppensitzungen mit Betreuern, aber Dillon, Abbey und ich hörten nur zu. Es war in Ordnung, solange gespielt wurde oder wenn wir Bilder malten.

Aber vor allem bedeuteten diese Treffen für mich, daß alles, weswegen ich wütend auf Mom gewesen war, alles, was ich im Laufe meines Lebens auf ihrem Konto angeschrieben hatte, nun ausradiert war. Die Anonymen Alkoholiker nahmen mir nicht nur alles, was ich an Argumenten gegen sie gehabt hatte, sie machten sogar noch einen Triumph daraus, Orden, die sie Monat für Monat dafür bekam, daß sie ihre Krankheit bekämpfte. War sie beim Arzt gewesen? Hatte sie geweint, als er ihr sagte, daß sie krank war, Diagnose Drogen- und Alkoholmißbrauch? Welche Bluttests hatte sie gemacht? Wie war die Prognose?

»Du bist krank, Cassandra. Deswegen vernachlässigst du deine Kinder, deswegen kletterst du auf Apfelbäume und bist manchmal gewalttätig. Deshalb gerätst du immer an die falschen Männer und bleibst manchmal die ganze Nacht weg.«

Mit zwölf Jahren war Alkoholismus für mich noch eine völlig fremde Vorstellung, es verwirrte mich, und ich wollte die Diagnose nicht wahrhaben. Für mich war der Alkohol verantwortlich und nicht

Mom. Es war ja auch eine raffinierte Diagnose. Jetzt, wo sie offiziell »Alkoholikerin« war, verziehen ihr all die anderen der Gruppe, denen sie ihre Sorgen geklagt und ihre Verfehlungen gebeichtet hatte, sie wurde aufgenommen in den Schoß dieser Gemeinschaft, und von uns Kindern wurde erwartet, daß wir mitkamen, und zwar bedingungslos. Am liebsten hätte ich bei diesen Sitzungen gerufen: Ich habe nie gesehen, daß sie aus einer Flasche in braunem Papier getrunken hat, sie hat nie in einem Graben in der Stadt gelegen, sie hat nie gelallt und ist nie getorkelt. Was ihr über meine Mutter sagt, ist nicht wahr. Wo kann ich mich hier beschweren? Ich will meine Punkte zurück. Aber wer war ich schon, gerade mal ein Teenager, daß ich meine Gedanken zu einer Krankheit darlegen konnte, die ich nur von Otis kannte, dem Säufer aus der Andy Griffith Show? Statt zu versuchen, das alles zu verstehen, fluchte ich nur darauf und warf es fort.

Mom war viel strenger und reizbarer geworden, seit sie nüchtern war, und das machte uns Kindern zu schaffen. Wir waren ja mit einer Freiheit aufgewachsen, die wir für selbstverständlich gehalten hatten, und das war nun mit einem Schlag zu Ende. Am meisten litt Dillon darunter.

Nach dem ersten Treffen fuhren wir zu Grandma. Mom fragte: »Und, wie hat es euch gefallen?«

»Langweilig«, sagte Dillon.

»Ja, das war stinklangweilig«, sagte Abbey.

»Oh, ich habe dich mit einem Jungen flirten sehen, Abbey«, sagte ich, »und du sahst ganz zufrieden aus.«

»Schnauze, Jessie«, brummte Abbey und knuffte mich in den Arm.

»Mom, ich habe dich nie betrunken gesehen. Wie können sie da sagen, du bist Alkoholikerin?«

»Es gibt solche und solche, Jessica.«

»Mom, bist du denn sicher, daß du eine bist?«

»Das steht fest, Jessica.«

»So was ist keine Krankheit, und die haben gesagt, es ist eine.«

»Doch, Jessica, es ist eine Krankheit.« Es klang, als müsse sie sich verteidigen.

»Ja, aber doch nichts wie Krebs, was man einfach so kriegt.«

Unsere Antworten machten Mom ziemlich ratlos.

»Ich fahre übers Wochenende zu meinem Dad«, sagte Dillon.

»Nein, tust du nicht. Dieses Wochenende nicht.«

»Warum nicht?«

»Weil ich es sage, deswegen.«

»Als du noch getrunken hast, hast du mir besser gefallen.«

Wir sollten Mom eine Hilfe sein, eine Stütze in dieser schwierigen Zeit, und ganz offensichtlich hatten wir versagt.

Man hätte eine Stecknadel fallen hören können. Mom drehte sich zu Dillon um, versetzte ihm eine Ohrfeige, und schon war sie wieder in der Entzugsanstalt. Diesmal versorgte uns keiner, und hinterher mußten wir auch nicht mehr zu den langweiligen Treffen.

Als Mom zurück war, ging bald alles wieder seinen üblichen schlechten Gang.

C. C. hatte sich mit seiner Vorliebe für Eldorados in Schwierigkeiten gebracht und am Ende doch ein paar zu viele geklaut, und er verdrückte sich ganz aus der Stadt. Er würde mir fehlen. Auch Hammer verschwand am Horizont, jetzt, wo Mom wieder ausging. Manche von den Männern hatten Glück und blieben über Nacht, und am Morgen musterte ich sie dann und überlegte, ob das ein Vater werden könnte, aber es war nie ein Passender dabei.

Ich kam ins Staffellaufteam der Mädchen. Leider waren da auch ein paar von den gehässigen Gören dabei. Wir mußten lernen, den Stab zu übergeben, und dabei durften wir keine Sekunde verlieren. Und wir sollten uns dabei Mut machen. Das war schon verrückt: In den Gängen zischten sie mich an, beim Laufen machten sie mir Mut.

Trotzdem wurden wir Erste beim Landeswettbewerb und stellten sogar noch einen Rekord auf. Wieder saß Walter mit Katie auf der Tribüne und feuerte mich an, und diesmal war sogar Mom dabei.

Ich lief gleich zu Dillons Kellerzimmer und wollte ihm von dem Sieg erzählen, aber er war nicht da. Im ganzen Haus war er nicht – ich rief überall nach ihm. Und auch am nächsten Tag in der Schule tauchte er nicht auf. Jeder Tag, an dem er nicht nach Hause kam, kam mir wie ein ganzes Leben vor, und jeder Tag war schwärzer als der Tag zuvor. Ich durfte es niemandem sagen. Aber natürlich war Walter dazu da, daß ich ihm meine Geheimnisse anvertraute. Er und ich fuhren sogar durch die Stadt und hielten Ausschau nach Dillon, klopften an ein paar Türen, aber keiner wußte etwas.

Dann sagte Mrs. Schroeder, meine Geschichtslehrerin, daß sie mit mir reden müsse, »draußen auf dem Gang«.

Alle in der Klasse sagten: »So, jetzt hast du's endlich geschafft.«

Ich folgte Mrs. Schroeder nach draußen. »Jessica, von Tag zu Tag siehst du mehr so aus, als ob du jeden Moment platzt. Was ist los?«

Und da platzte ich, einfach so. Ich brach in Tränen aus und konnte nicht mehr aufhören, und Mrs.

Schroeder legte den Arm um mich und streichelte mir den Kopf.

»Es ist mein Bruder. Er kommt nicht mehr nach Hause. Er ist fortgelaufen.«

»Ach, Jessica, das tut mir leid. Aber ich kenne Dillon; er ist ein guter Junge, und ich bin sicher, es geht ihm gut. Er kommt ganz bestimmt zurück – das tun sie immer.«

»Immer?«

»Na, jedenfalls meistens! Sonst alles in Ordnung bei euch?«

»Es ist schlimm. Meine Mom trinkt nicht mehr.«

Sie blickte mich forschend an, wischte mir die Tränen ab und sagte: »Wenn du schon in die Mittagspause gehen willst, dann geh. Wir behalten das für uns.« Sie zwinkerte mir zu.

Und genau wie Mrs. Schroeder vorausgesagt hatte, kehrte Dillon nach ein paar Tagen zurück. Als ich die Schuhe an der Haustür sah, lief ich sofort zu seinem Zimmer.

»Dillon! Dillon! Wo warst du? Ist alles in Ordnung?« Ich fragte es so hastig, daß meine Stimme sich überschlug. Aber Dillon starrte nur vor sich hin. Ich rüttelte ihn. »Laß das. Was ist los mit dir?« Ich bewegte die Hand vor seinen Augen hin und her, aber seine Lider blieben starr.

All die Begeisterung, die man sonst in Dillons

Gesicht sah, war fort. Er war der traurigste Mensch, den ich je gesehen hatte. Ich setzte mich auf sein Bett und starrte ihn an und wartete, daß ich mich beruhigte.

»Dillon, hör auf, du machst mir angst.« Aber noch immer kam keine Regung, kein Zeichen, daß er überhaupt gehört hatte, was ich sagte. Also saß ich auch einfach nur da, schwieg und starrte.

Tagelang blieb Dillon so und blickte einfach nur vor sich hin, und nur ab und zu ging er aufs Klo. Mom stellte ihm Essen hin, manchmal aß er davon, manchmal nicht. Jeden Tag ging ich in sein Zimmer und sagte hallo, und jedesmal antwortete er nicht.

Schließlich mußte Mom jemanden vom Jugendamt kommen lassen. Dillon redete jetzt wieder, aber immer nur ein paar Worte. Manchmal trafen Mom und der Mann vom Jugendamt sich allein und sprachen über Dillon. Was wirklich bei diesen Beratungen gesagt wurde, werde ich nie wissen, aber ein paar Tage darauf bekam ich Moms Variante davon zu hören.

»Jessica, kommst du mal mit mir nach unten? Ich muß mit dir reden.« Sie sagte es in freundlichem Ton, also wußte ich, daß es keine Strafpredigt würde. Aber es hörte sich wichtig an, und ich war gespannt.

Der Perserteppich, der sonst den kalten Betonboden im Keller bedeckte, war zusammengerollt, und ich setzte mich darauf wie auf einen Baumstamm im Wald. Mom setzte sich rittlings auf den Teppich-Stamm, direkt vor mich. Ich hatte das Gefühl, daß etwas ganz Besonderes kommen würde.

»Du weißt ja, Jessica, die Leute vom Jugendamt haben sich mit Dillon beschäftigt.«

»Und, wird er wieder gesund?«

»Ja, er ist bald wieder in Ordnung.«

»Wissen sie, was los ist?«

»Sie haben eine genaue Vorstellung davon, was ihm fehlt«, sagte Mom und strich sich mit den Fingern die langen Ponyfransen aus dem Gesicht. »Aber wir müssen alle zusammenarbeiten, wenn wir Dillon helfen wollen.«

»Okay.«

»Als erstes, Jessica: Wenn du in Zukunft eine gute Note bekommst oder einen Preis oder Cheerleader wirst oder so etwas, dann darfst du damit nicht prahlen.«

»Habe ich denn geprahlt?« rief ich. Den Gedanken fand ich schrecklich.

»Laß mich ausreden. Du mußt diese Sachen für dich behalten. Anderen tut es weh, sie denken dann, sie sind nicht gut genug.«

»Aber ich–«

»Du sollst mich ausreden lassen!« fuhr Mom

mich an. »Dillon ist empfindlich in diesen Dingen, und du weißt, daß er schon ein paarmal in Schwierigkeiten gewesen ist. Wenn du zur Tür hereingestürmt kommst und dein Zeugnis hochhältst, dann bekommt er das Gefühl, daß er nicht gut genug ist. Es ist auch nicht fair gegenüber Abbey, und deshalb behalten wir das in Zukunft für uns…«

Ich sah sie an und sah, wie ihre Lippen sich bewegten, aber ich wollte nichts mehr von dem hören, was sie da sagte. Ich wußte, daß Dillon und Abbey sich für mich freuten, und ich werde nie vergessen, wie mir in dem Augenblick zumute war. Das ist für immer in mein Gedächtnis eingebrannt. Ich saß da und betrachtete meine schöne Mom, die nur vor sich hin in die Luft starrte, als sie das alles sagte, und sich immer wieder das Haar aus dem Gesicht strich, ich saß da und fragte mich, ob ihr klar war, daß vielleicht sie diejenige war, die Schwierigkeiten mit Schulpreisen und guten Noten und der Cheerleader-Truppe hatte. Ich überlegte, ob der Berater vom Jugendamt womöglich ihr die Schuld gab, und vielleicht war das alles zuviel für sie, und sie gab diese Schuld einfach an jemand anders weiter wie eine heiße Kartoffel. Diese Kartoffel wollte sie mir andrehen, aber zum Glück war ich jetzt alt genug und konnte mir meine eigenen Gedanken machen, und ich warf die Kartoffel einfach wieder in die Luft, jetzt wo ich meine Mutter durchschaute, jetzt wo sie zum erstenmal durchsichtig geworden war.

»Verstehst du, was ich dir sage?«

»Hm-hm«, bestätigte ich, damit sie nicht merkte, daß ich sie durchschaut hatte.

»Das bleibt unter uns, Jessica. Kein Wort davon zu Dillon, er wollte nicht, daß du es erfährst.«

»Hm-hm«, sagte ich noch einmal und preßte meine Lippen zusammen, damit nicht herauskam, was ich eigentlich sagen wollte: Du bist schuld, nicht ich.

»Klar«, sagte ich mit einem freundlichen Nicken, für den Fall, daß das »Hm-hm« nicht gut genug nachgemacht gewesen war. In aller Ruhe stand ich auf und ging nach oben in mein Zimmer, aber egal wie oft ich die heiße Kartoffel in die Luft warf, sie landete immer wieder in meinen Fingern, und jedesmal blieb eine Brandblase zurück.

Vielleicht war ich ja wirklich schuld? Konnte nicht der Erfolg des einen, zur Schau gestellt mit Bändern und Plaketten, zugleich auch den Mißerfolg des anderen zur Schau stellen? Aber das Schuljahr war fast vorüber, und so wichtig waren Bänder und Bestenlisten nicht. Und nur der Perserteppich im Keller, zusammengerollt wie ein Baumstamm, wußte, warum.

Als Dillon nach ein paar Wochen allmählich aus seinem Schneckenhaus herauskam, fragte ich ihn: »Was war?«

»Ich weiß auch nicht«, antwortete er versonnen. »Es war einfach alles zuviel. Einfach zuviel.«

»Habe ich irgendwas gemacht?« fragte ich.

Er sah mich an und lachte. »Nein. Wie kommst du denn auf *die* Idee?«

»Weiß auch nicht.« Und die heiße Kartoffel in meiner Hand löste sich einfach in Luft auf.

## *Liebling*

Ich hatte immer die Hoffnung gehabt, daß in dieser Zeit meines Lebens, so etwa zwischen zehn und zwölf, meine Mutter eine gewisse Sympathie für mich entwickeln würde. Es war doch wie ein Pilz, der bei den meisten Leuten wuchs, wenn sie sich auch nur ein klein wenig Mühe gaben. Ich tat alles, um Moms Aufmerksamkeit zu bekommen, ich strengte mich an in der Schule, bekam Lob, lächelte immer, und sie war kein bißchen beeindruckt. Mom war selbst noch ein Kind, als sie uns bekam, und später habe ich mir dann immer gesagt, daß sie ja noch damit beschäftigt war, erst einmal *selbst* erwachsen zu werden.

Ich lag im Bett und schlief, oder jedenfalls wollte ich schlafen. In der Nacht hatte ich von Zeit zu Zeit einen sehr lauten Staubsauger gehört. Er glitt über den Boden und schluckte Staub, Hundehaare, Katzenhaare, meine Haare, er riß an dem zottigen Teppich mit einem kreischenden Geräusch. Immer wenn ich dachte, es ist endlich vorbei, ging es wieder von vorn los. Ein paarmal im Laufe der Nacht sah ich Mom mit ihrer Maschine an meiner Tür vorbeischießen. Das Jim-Croce-Album dröhnte aus den Lautsprechern, und es war, als führte Mom dazu mit dem Staubsauger einen Tanz auf. Das waren die Nächte, in denen Mom ihren Putzrausch bekam. Bei drei Kindern und einem Job war die tiefe Nacht wohl die beste Zeit für dergleichen Extravaganzen.

Ich schlief ein, als der Staubsauger verstummte, aber das Knallen von Schubladen weckte mich wieder.

Ich sah Mom, die hektisch die Schubladen von meiner Kommode aufriß, weil sie Wäsche hineinstecken wollte.

»Verflucht noch mal, Jessica, wie oft habe ich dir schon gesagt, daß du hier Ordnung halten sollst!«

Ich tat, als ob ich schliefe.

»Wie oft soll ich es dir denn noch sagen?«

Eine Schublade nach der anderen riß sie auf, und je mehr sie aufriß, desto wütender wurde sie.

»Jetzt reicht's, Jessica!« schrie sie. Sie packte sämtliche Kleider aus einer der Schubladen und schmiß sie kreuz und quer durchs Zimmer. Am Ende nahm sie einfach eine Schublade nach der anderen, kippte sie aus und warf sie beiseite. Sie heulte und sie brüllte immer weiter.

Ich überlegte, ob ich mich lieber totstellen sollte.

Sie kam und riß mich an den Haaren. »Komm hier rüber und räum den Dreck weg.«

»Okay.«

»Werd nicht frech!« sagte sie und schlug mich an den Hinterkopf.

Das war für Mom Frechwerden. Wenn sie uns anschrie, durften wir uns nie rechtfertigen oder verteidigen. Eine Mutter respektiert man; komm ja nicht auf die Idee, deiner Mutter Widerworte zu geben! »Okay« war für sie ein Widerwort.

»Hast du das verstanden?« fragte sie. Sie hatte mich unters Kinn gefaßt.

»Ja«, antwortete ich unter Tränen. »Ja.«

»Wenn du weiter mit der Lippe zitterst, dann kriegst du was, mit dem du einen Grund zum Heulen hast.«

Sie brüllte weiter vor sich hin, irgendwas von Arbeit und Arbeitszeiten, und jedes Mal wenn sie in mein Zimmer kam, war sie noch ein Stück wütender, und manchmal verlor sie die Fassung und schlug mich auf den Kopf, wenn ich mich nicht schnell genug duckte. Aber die Schläge waren nicht so schlimm wie das Geschrei.

Ich wühlte in den Kleidern und versuchte Ordnung hineinzubringen und hoffte, daß sie einfach aufhören würde. Nach einer Weile hatte sie sich müde geschrien und ging nach unten und in ihr Zimmer und schlug die Tür hinter sich zu.

Anscheinend nahm sie mich doch wahr, aber nicht so, wie ich mir das erhofft hatte.

Ich faltete jeden Strumpf, jedes Höschen, jedes T-Shirt, jedes Paar Jeans zusammen und steckte sie ordentlich in die vorgesehene Schublade. Ich machte es perfekt, auch weil ich Angst hatte, aber hauptsächlich, weil ich wollte, daß Mom mich gern hatte. Durch meine Tränen hindurch sah ich, wie schön diese Schubladen mit Socken und Unterwäsche geworden waren, und ich hörte auf zu weinen. Ich stand auf und schob die Schubladen an ihren Platz zurück. Ich sah, daß die Sterne gern durch meinen dünnen Schlafzimmervorhang gefunkelt hätten, und ich zog ihn auf und blickte zu ihnen hinaus. Ich gähnte, und sie blinzelten mich an. Ich blickte hinüber zu Walters Haus und sah den Rauch, der aus seinem Schornstein stieg. Bald würde er aufstehen und Frühstück machen. Wenn ich bei Walter wohnen würde, fragte ich mich, würde er dann auch unter Brüllen und Schlägen von mir erwarten, daß ich um drei oder vier Uhr früh mein Zimmer aufräumte?

Ich stellte alle Spielsachen an ihren Platz zurück, und ein paar, die ich nicht mehr mochte, warf ich weg. Ich sah die Garderobe der Papierpuppen durch und warf die zerrissenen Kleidungsstücke in den Müll. Ich sortierte meine Bücher der Größe nach und stellte sie oben auf die Kommode. Ich hängte alles in den Schrank, und dann blickte ich mich um und sah, wie ordentlich mein Zimmer war, und ich sah, wie die Sonne aufging. Es ist schon seltsam, wie die Sonne dafür sorgt, daß man die Dinge besser sehen kann, und dafür, daß es im Herzen nicht so dunkel ist. Ich sah Licht bei Walter, was hieß, daß er auf war. Bald würde es Zeit sein, sich für die Schule zurechtzumachen. Ungefähr eine Stunde hatte ich noch, in der ich weinen konnte, bevor der Wecker losging.

In der Schule war ich ein Zombie, eine einzige Katastrophe. Wie eine Schlafwandlerin ging ich durch den Tag. In einem Test fiel ich durch, und einmal schimpfte die Lehrerin, weil ich meine Hausaufgaben vergessen hatte. Bestimmt hätte sie sich gefreut, wenn sie gewußt hätte, wie ordentlich mein Zimmer jetzt war.

Die versöhnliche Wirkung der Sonne ließ um so mehr nach, je mehr der Uhrzeiger sich in Richtung Zeit-zum-Nachhausegehen bewegte. Insgeheim schwor ich mir, daß ich niemals wieder ein Wort mit meiner Mutter reden würde. Je weiter der Tag vorangeschritten war, desto wütender hatte ihre Ungerechtigkeit mich gemacht.

Ich kam ins Haus. Jetzt würde ich allen zeigen, wie zornig ich schweigen konnte. Das Haus vibrierte von der Musik der Guess Who, und Mom saß mit Megan am Küchentisch.

»Hallo, Liebling!« rief Mom von der Küche her.

So nannte Mom mich, wenn andere dabeiwaren. Der Name, bei dem sie mich rief, wenn sie sich Mühe gab. Der Name, der mich durcheinanderbrachte.

Ich ging in die Küche und sah eine Mom, die vollkommen anders war als die der Nacht zuvor. Diese hier war glücklich, sie lächelte und lachte. Diese hier fragte, wie es in der Schule gewesen war.

Ich antwortete nicht, goß mir ein Glas Milch ein. Wenn andere dabei waren, hatte ich bei Mom immer ein falsches Gefühl der Sicherheit, denn ich wußte, daß sie eine Szene wie die in der letzten Nacht nie vor ihren Freunden machen würde, die sie bewunderten.

»Hallo, Jessica. Laß dich ansehen! Meine Güte«, sagte Megan, »dein Haar wird immer länger.«

»Hallo, Megan«, sagte ich leise.

»Hol doch mal eine Bürste, Jessica«, sagte Mom, »und ich mache dir das Haar. Das ist ganz verfilzt.«

Mist. Haarebürsten mochte ich fast so gern wie Weihnachten. Ich blickte Mom an und überlegte, wie diese Mom zu der paßte, die ich letzte Nacht gesehen hatte. Überhaupt nicht – die beiden waren grundverschieden. Also ging ich und holte die Haarbürste und gab sie ihr mißtrauisch.

Sie bürstete mir das Haar und redete dabei mit Megan über das Haus, den Rasen, über Neuigkeiten und Männer. Sie band mein Haar zu einem Pferdeschwanz. Sie bürstete meinen Ärger fort.

»So, Liebling, fertig. Jetzt spiel draußen. Aber zum Abendessen bist du zurück.«

Nun war ich verwirrter denn je. Aber diesen Tanz würden Mom und ich noch Jahre tanzen – sie tat mir weh und entschuldigte sich nie, doch immer kamen ein paar Sonnentage danach, in denen alles gut war.

Ich ging zu Walter und legte schweigend ein paar Teile zu dem Puzzle, das er schon seit Wochen auf dem Tisch in Arbeit hatte.

»Was hast du, Jessica?«

»Nichts«, sagte ich und konzentrierte mich ganz auf das Puzzle.

Und dann brach ich plötzlich ohne jeden Anlaß in Tranen aus, und Walter nahm mich in den Arm und klopfte mir auf den Rücken und wiegte mich wie ein Baby.

Walter war anscheinend immer gleich, und bei ihm wußte man, woran man war. Es schien so einfach – ich war nett zu ihm, er war nett zu mir. Aber

Mom war unberechenbar und unbeständig, entweder wirklich lieb oder wirklich gemein, oft ohne jeden Anlaß. Wenn es Zuneigung gab, so wie das Haarebürsten, stürzte ich mich darauf und verschlang sie wie eine Taube, der man Brotkrümel zuwirft. Die Taube nimmt alles, weil sie nicht weiß, wann sie wieder etwas bekommt. Und gerade jetzt, wo ich dachte, ich wüßte, in welche Richtung Mom die Krümel warf, brachte sie mich wieder neu durcheinander und warf sie in die andere.

Ich war wie eine Halskette, die so verdreht war, daß man überhaupt nicht sagen konnte, wo man mit dem Aufdröseln anfangen sollte. Nur der Himmel wußte, wo all die Knoten herkamen. Und wenn man versuchte, sie zu lösen, würde die dünne Kette wahrscheinlich reißen, und am besten ließ man sie einfach verdreht, wie sie war, und aß seine Krümel.

## *Walters Ende*

Es war früh am Morgen, und ich sah den Tautropfen zu, wie sie an den Grashalmen hinabliefen; wie sie auf andere Tropfen trafen und gemeinsam mit ihnen nach unten kullerten, und der Vogel auf dem Zaun sang dazu. Ich fragte mich, was er wohl sang und für wen.

Ich wollte an alles denken, bloß nicht an Walter. Ich war gerade erst dreizehn, und da saß ich nackt auf der kalten Erde, nur in eine billige Decke gewickelt, die Walter mir gegeben hatte, bevor er wütend davongestapft war. Ich hatte die Arme um die Knie gelegt und saß da mit dem Rücken an Walters Terrassentür gelehnt.

Walter der Menschenfreund.

Walter der Offizier im Ruhestand mit seinen Orden und politischen Ambitionen und seiner guten Pension, ein Mann von sechsundfünfzig mit stattlichem Schnurrbart, mit massenhaft Energie und jeder Menge Zeit für gute Werke.

Walter mußte man einfach mögen.

Oben über seinem Lattenzaun konnte ich unser Dach sehen. Den Zaun hatten Walter und ich vor ein paar Jahren gebaut, und alle hatten uns dabei zugesehen. Ich mußte an mein warmes Bett denken und überlegte, ob wohl Dillon und Abbey, mein Bruder und meine Schwester, noch schliefen. Ich blies eine Atemwolke in die kühle Luft, um zu sehen, wie weit sie kam, bevor sie sich auflöste. Ich überlegte, ob Mom wohl wußte, daß ich in einer billigen Decke auf der kalten Erde saß. Ich überlegte, ob die anderen in der Schule, wenn ich über den Gang ging, mir ansahen, daß ich – Cheerleaderin, erfolgreiche Läuferin, Stürmerin beim Basketball, ausgezeichnet für gute Leistungen… daß ich an einem kühlen Herbstmorgen nackt auf der eiskalten Erde im Garten meines Nachbarn gelandet war.

Ich fragte mich, ob es Ärger geben würde wegen dem, was da gerade passiert war. Meine Tränen rannen genau wie die Tautropfen auf den Grashalmen, sie rannen meine nackte Brust hinunter, trafen sich und tropften auf die Decke.

Mir fiel wieder ein, wie ich letzte Woche bei Walter geklopft hatte. Ich fragte mich, warum er nicht aufmachte, denn ich hörte ihn reden. Also klopfte ich noch einmal. Schließlich kam er an die Tür. Walter hatte neue Nachbarn bekommen, die stolzen Eltern einer Tochter, die genau wie Shirley Temple aussah, mit Grübchen und lockigem Haar, aber mit der Scheu eines Mädchens, das noch nie aus dem Haus gewesen war. Katie, Walter und ich kümmerten uns alle drei um sie und paßten auf sie auf, wenn ihre Eltern einen Babysitter brauchten.

Schließlich kam Walter an die Tür, machte sie aber nur einen Spaltbreit auf, als hätte er etwas zu verbergen.

»Hallo, Jessica. Kannst du später wiederkommen?«

Ich war neugierig und spähte durch den Schlitz und sah das kleine Mädchen mit den Locken in Walters Fernsehsessel sitzen. Sie zählte an ihren Fingern.

»Klar«, sagte ich. »Nicht so wichtig. Ich wollte nur fragen, ob Katie hier ist. Zu Hause ist sie nicht.«

»Nein, ich habe sie nicht gesehen.«

»Okay« – und bevor ich das Wort zu Ende gesprochen hatte, hatte Walter die Tür schon geschlossen. Es kam mir seltsam vor – aber in letzter Zeit tat Walter eine ganze Reihe Dinge, die mir seltsam vorkamen. Vor ein paar Monaten hatte er gemerkt, daß mir ein paar Schamhaare gewachsen waren, nicht einfach nur der Pfirsichflaum, auf den ich so stolz gewesen war. Die Haare waren Walter anscheinend sehr unangenehm.

Ich war so stolz auf sie, alle beide, und Walters Reaktion verwirrte mich.

Wir saßen gemütlich im Fernsehsessel, den Blick auf den Bildschirm geheftet, Walter hatte die Hand in meiner Hose, und er zupfte an den Haaren. »Jessica, seit wann hast du die?« fragte er, als hätte ich etwas Schlimmes getan.

»Erst ein paar Tage«, antwortete ich. Jetzt schämte ich mich.

Rasch stand er auf und wusch sich die Hände. »Hmmm«, sagte er. »Ich glaube, wir sollten sie abschneiden oder rasieren.«

»Ehrlich?«

Die nächsten Tage ging ich nicht zu Walter; ich hoffte, daß er die Haare vergessen würde. Mein ganzes Leben hatte ich auf diese paar armseligen Haare gewartet, und ich wollte sie behalten, so lange es ging.

Walter zog die Schiebetür auf, und da stand er in seiner Unterwäsche. Walter war eine würdevolle Erscheinung, aber nicht in Unterhosen. Sie waren viel zu weit, und sie waren grau vom vielen Waschen, und schon immer hatten sie mich zum Kichern gebracht. Jetzt kicherte ich nicht, denn dies war eins der wenigen Male, wo Walter wirklich wütend war.

Er warf meine Kleider hinaus, und Skipper, die genauso nackt war wie ich, und schmiß die Glastür zu. Rasch packte ich Skipper und steckte sie unter die Decke, damit ihr wenigstens diese Peinlichkeit erspart blieb.

Ich hatte nicht daran gedacht, Skipper etwas zum Umziehen mitzunehmen, und als Walter uns nach dem Bad abtrocknete, sagte er, jetzt seien wir zu sauber für unsere alten Kleider, und deshalb gab er Katie und mir T-Shirts von sich. Skipper packte ich in ein Kleenex, damit sie es warm hatte.

Am Abend kam Walter in das Zimmer, wo Katie und ich schlafen sollten, und wollte uns gute Nacht sagen, aber Katie schlief schon. Mir war eiskalt, ich wurde einfach nicht warm, und Walter sagte mir, ich solle einfach in sein Bett kommen. Katie und ich machten das manchmal, aber nie zusammen. Wer von uns zu ihm kam, das bestimmte immer er. Skipper saß auf dem Nachttisch neben Walters Bett, in ihr frisches Kleenex gewickelt – und sah zu. Walter drückte mich fest an sich, er war wie eine Heizdecke, und im Nu war ich eingeschlafen.

Am Morgen wachte ich davon auf, daß Walter mich streichelte, was ja nichts Ungewöhnliches war. Aber dann wurde er immer heftiger, und schließlich lag er auf mir. Skipper war genauso überrascht wie ich, als Walter mich fest und mit geöffnetem Mund küßte, und er machte merkwürdige Bewegungen, die er noch nie gemacht hatte, aber sie hatte

Glück und mußte nicht seinen Atem riechen, diesen stinkigen Frühmorgen-Altmänneratem, schlimmer denn je, weil er so keuchte.

Er strengte sich an, sein Glied so steif zu bekommen, wie er es mir in den Büchern gezeigt hatte. Ich sollte ihm helfen, er nahm meine Hand und bewegte sie daran auf und ab und rieb dabei an meinem Mäuschen, aber er wurde immer wütender. Ich schämte mich so, ich machte alles, was er wollte, aber nach ein paar Minuten hielt ich mir beide Hände fest vor die Brust; ich wußte nicht, was ich tun sollte, und starrte hinauf an die Decke, damit ich nicht an das Bett denken mußte. Jemand hatte meine Stimme gestohlen, und ich brachte das »Nein« nicht heraus. Das gräßliche Bild von Conrad erschien wieder vor meinen Augen, meinem betrunkenen Cousin, den ich ein paar Jahre zuvor mitten in der Nacht zwischen meinen Beinen gefunden hatte.

Walter versuchte alles, um seinen Pimmel bei mir hineinzustecken, und ich biß mir auf die Fingernägel und versuchte verzweifelt, an etwas anderes zu denken. Ich zitterte wie ein Blatt am Baum, und es tat jetzt auch weh. Dann war sein Pimmel nicht mehr steif, er war wieder schlafen gegangen. Aber Walter rieb sich an mir und küßte mich immer fester. Er sah mich die ganze Zeit an, und ich blickte weg. Tränen der Verwirrung rannen auf das Bettuch, und mein Körper war starr vor Angst. Er sah mich an, wie ich ängstlich dalag, und mit einemmal hörte er auf. Ich war erleichtert, aber ich zitterte immer noch.

Ich sah ihn an, wie er da auf mir lag, und die Wut in seinen Augen machte mir angst. Dann saß er auf der Bettkante, rieb sich den Kopf und zog seine schlabberige Unterhose wieder hoch.

»Raus!« sagte er. »Geh nach Hause.«

»Was habe ich denn getan?« fragte ich unter Tränen.

»Verschwinde.«

»Wieso bist du böse auf mich?«

»Geh einfach nur nach Hause.«

Diesmal wußte ich wirklich nicht, was ich getan hatte, aber offenbar war es etwas Schlimmes. Das hatte ich bei Walter noch nie gesehen, die Wut, das schwere Atmen, die Art, wie er sich den Kopf rieb. Er schien verlegen und wickelte mich in aller Eile in eine alte weiche Decke, und dann schubste er mich zur Tür hinaus. Er schubste mich dermaßen hastig, daß ich beinahe über die Decke, in die er mich gewickelt hatte, gestolpert wäre.

Walter öffnete die Glastür, an der ich lehnte, und warf mir meine Kleider zu.

»Verschwinde«, schnauzte er mich an, als ob er mich jetzt haßte, als ob ich ein streunender Hund wäre, der um Essen bettelte. Und tatsächlich kam ich mir vor wie ein Welpe, der dringend sein Futter an Aufmerksamkeit brauchte, und Walter hatte mich immer gut versorgt. Ich hatte von Walters Fürsorge gelebt, seit ich zehn war, und ich wußte überhaupt nicht, was ich ohne Walter tun sollte.

Also zog ich langsam meine Kleider an – die, von denen er mir am Abend gesagt hatte, sie seien zu schmutzig für mich. Jetzt waren sie anscheinend wieder in Ordnung, obwohl er sie ja nicht gewaschen hatte. Beim Anziehen schaute ich immer zur Tür und hoffte, daß Walter herauskommen würde und sich entschuldigen für ... für ...

Jetzt war ich mir sicher, daß alles meine Schuld war. Vielleicht hatte ich Walter in den letzten vier Jahren in Versuchung gebracht, weil ich über seine albernen Witze gelacht hatte, weil ich ihm zu viele Komplimente gemacht und ihn zu oft umarmt hatte und ihm keins auf die Nase gegeben hatte, wenn er mich am Mäuschen anfaßte. Das ganze Fummeln und Stöhnen war meine Schuld.

Auch Walter hatte seine Launen, und manchmal schickte er Katie und mich fort, als ob wir ihm langweilig wären. Manchmal spielte er Katie und mich gegeneinander aus oder unsere Eltern und

Geschwister gegen uns, so als ob er der einzige sei, dem wir vertrauen konnten. Was sollte ich tun, wenn ich Walter jetzt nicht mehr trauen konnte? Plötzlich bekam ich bei dem bloßen Gedanken, daß Walter nicht mehr zu meinem Leben dazugehören sollte, keine Luft mehr. Wer würde zu meinen Spielen kommen, wer würde mich anfeuern, wer würde mich trösten, wenn ich einsam war, wer würde mit mir zu McDonald's fahren als Belohnung für eine gute Arbeit – wer würde mein Dad sein?

Ich erinnerte mich, einmal hatte ich Walter Dad genannt, und er hatte gesagt, das solle ich nie wieder tun, genau wie C. C. Ich versuchte es mit Granpa, aber das machte ihn noch wütender. Ich hatte keine Ahnung, wer Walter für mich war, aber ich brauchte ihn, das stand fest.

Ich klopfte an die Tür, mit nacktem Oberkörper.

»Du... Walter... bitte komm und entschuldige dich, jetzt gleich. Bitte«, flehte ich. »Jetzt gleich! Es tut mir leid!« schrie ich in Panik. »Es tut mir leid! Bitte!«

Walter kam heraus, packte mich bei den Schultern und schüttelte mich. Verächtlich starrte er mich an. »Hör auf zu heulen, und geh nach Hause. Schluß jetzt.« Und noch einmal schlug er die Tür zu.

Ich war verzweifelt, ich vermißte Walter schon jetzt. Aber es war nicht wiedergutzumachen, und so versetzte ich mir nur selbst einen Schlag und erstickte meinen Schrei mit der Decke.

Ich setzte mich wieder hin und versuchte Atem zu holen und wischte Rotz und Tränen an der billigen Decke ab. Ich streifte sie ab und zog mein Shirt über und tat nach Kräften wie jemand, dem man nicht gerade das Herz aus der Brust gerissen hatte. Keiner sollte merken, daß Walter versucht hatte, sein Ding in mich reinzustecken. Dann ging ich durchs Gartentor und durch unsere Hintertür ins Haus und auf Zehenspitzen ins Bad und unter die Dusche.

Niemals hatte die Stadt der tausend Sünden eine dermaßen lange und dermaßen heiße Dusche erlebt. Ich konnte gar nicht genug schrubben und fühlte mich immer noch nicht sauber. Dann sah ich die häßlichen peinlichen Schamhaare, auf die ich noch vor ein paar Tagen so stolz gewesen war, und blickte weg. Das war der Grund gewesen! Mein Schamhaar!

Vielleicht ist Shirley Temple jetzt sein Liebling, weil sie keine häßlichen Haare auf ihrem Mäuschen hat. Vielleicht streichelt er sie. Ich werde älter, und vielleicht will er die letzten paar Tage meiner Kindheit stehlen, bevor es zu spät ist. Zu spät, um sie mir noch wegzunehmen, weil ich dann eine Afrofrisur zwischen den Beinen habe.

Vielleicht mochte er mich nicht mehr, weil ich ein böses Mädchen war. Eine schamhaarige Hure.

Vielleicht bin ich tatsächlich eine Hure.

Ich hoffte nur, daß so schnell keiner herausfand, daß ich böses Mädchen Walter enttäuscht hatte, Walter, den Menschenfreund.

Ich lag den ganzen Tag im Bett und betrauerte Walters Ende, denn für mich war er nun tot, und ich betrauerte den Verlust meiner beiden Schamhaare. Ich hatte sie abgeschnitten und ihnen nachgesehen, wie sie langsam in einem Wirbel im Ausguß verschwanden, zusammen mit meiner Pubertät.

Plötzlich schien mir ein Leben ohne Walter doch möglich.

## *Wer ist dein Daddy?*

Ein paar Wochen waren vergangen – nie hatte ich in den letzten vier Jahren eine so lange Zeit ohne Walter verbracht. Ich ging nie wieder durch seine Gartenpforte und brach jeden Kontakt zu Katie ab. Wir begegneten uns, und sie sah mich an, mit einem Blick, als ob sie wisse, daß etwas Schlimmes zwischen Walter und mir passiert war. Aber er würde es ihr nie erzählen, da war ich mir sicher. Sie sah mich an, als wäre sie gern wie ich gewesen und hätte mit Walter Schluß gemacht, aber sie konnte es nicht. Ich knutschte mit Jeff, Katies Bruder, unten am Kanal, und ein paar Tage später mit einem Jungen aus der Stadt, und ich ließ sie auch mein Mäuschen anfassen. Wieder fühlte ich mich schmutzig, und die Dusche danach war länger denn je.

In meiner Vorstellung war Walter tot. Deshalb war ich auch immer verblüfft, wenn ich ihn irgendwo sah. Ich zitterte dann am ganzen Leib, als hätte ich ein Gespenst gesehen, und das hatte ich ja auch.

Am meisten machte mein Kummer sich in meinen Schulnoten bemerkbar, wo ich von Auszeichnungen zum Gerade-noch-Durchkommen abrutschte. Das Basketballteam der Highschool brauchte noch zwei Mädchen, die sie aus dem Team der Junior High wählten; es war eine Ehre, aber trotzdem war ich nicht glücklich, als die Wahl auf mich fiel. Der Trainer warnte mich, wenn meine Noten nicht besser würden, würde er mich auf die Ersatzbank schicken, und so kam es dann auch. Aber ich beschwichtigte ihn. Meine Noten wurden besser, gerade um so viel, daß ich noch ein paar Spiele mitmachen konnte.

Skipper steckte ich in den Schrank. Immer wenn ich sie sah, sah ich Walter, wie er auf mir lag. Sie wußte zuviel.

»Hallo, Dad, ich bin's, Jessica«, sagte ich ins Telefon.

»Oh, Jessica, was machst du so? Schön, dich zu hören, du fehlst mir«, antwortete der schöne Antonio. Er schien halbwegs nüchtern.

»Ach, nicht viel. Mir ist langweilig.«

»Langweilig, was? Ja, mir auch. Ich seh mir das Spiel an. Die Jets sind eine Katastrophe dieses Jahr.«

»Stimmt nicht. Ich hab meinen Joe-Namath-Pullover an, der ist prima.« Ich verstand nicht viel von Football, aber ich wußte, daß Joe Namath besser aussah als jeder andere Footballspieler – als jeder andere Mann überhaupt.

»Oh, zieh ihn aus. Wieso hast du so was an?« Das war seine Art von Witzen, und danach wußte er nicht mehr viel zu sagen. »Und wann kommst du und besuchst deinen Dad?«

Und das war die Art von Unterhaltung, die der schöne Antonio und ich schon seit Jahren hatten, einen Sonntag im Monat. Auch wenn ich ihn nur ein einziges Mal, und das mit fünf Jahren, gesehen hatte, war er für mich immer noch Dad. Mein Telefonvater, Tausende von Meilen weit weg. Manchmal vergaß er seine Anrufe, manchmal meldete er sich auch an zwei Sonntagen hintereinander. In letzter Zeit rief ich lieber selber an, ungefähr jeden zweiten Sonntag. Ich merkte mir alles, was ich über Football zu hören bekam, damit ich etwas hatte, worüber ich mit ihm reden konnte. Als Dillon einen alten Pullover ausmusterte, übernahm ich ihn gerne und trug ihn stolz, damit mein Dad etwas hatte, worüber er lästern konnte.

»Dad, könnte ich nicht bei dir wohnen?«

»Was?!«

»Na ja, hier gefällt's mir nicht. Bitte. Ich falle dir auch nicht zur Last. Ich gehe nur zur Schule, und ich kann sogar kochen.«

»Also ich weiß nicht, Jessica. Was würde deine Mutter dazu sagen?«

»Der ist das egal. Kannst du mir glauben. Die hat genug andere Sorgen, und sie hat ja noch zwei Kinder.«

Antonio lachte. »Ich überleg's mir«, sagte er von da an jeden zweiten Sonntag.

Katie setzte sich im Bus neben mich. »Du, Walter möchte furchtbar gern, daß du nach der Schule vorbeikommst.«

»Nein«, sagte ich. »Das will ich nicht. Habe ich dir doch schon gesagt.«

»Okay«, sagte sie enttäuscht. »Walter wollte, daß ich dich noch mal frage.«

Der Bus fuhr an.

»He, Moment noch!« rief ich dem Fahrer zu.

»Wo willst du hin, Jessie?« fragte Dillon.

»Ich gehe zu Fuß.«

»Allein?«

»Sind doch nur ein oder zwei Meilen.« Ich stieg aus, überquerte die Schnellstraße und ging dann an der Bahntrasse entlang. Ich rupfte Grasstengel aus und kaute daran, und manchmal beugte ich mich hinunter zu den Schienen und horchte, ob ich den Zug hören konnte. Ich kickte Steine und summte Lieder, die ich im Kopf hatte, und dann legte ich meine Schultasche ab und machte ein paar Purzelbäume.

Mit einemmal erschien Walters Auto auf der Straße. Ich sah nicht hin, aber er bremste mit quietschenden Reifen und wendete mitten auf der Straße, und ich packte meine Tasche und ging schneller.

»Jessica!« rief er.

Ich tat, als ob ich es nicht gehört hätte, und ging einfach weiter.

»Jessica!«

Ich antwortete nicht, und er fuhr jetzt mit dem Auto in das hohe Gras an der Bahntrasse. Ich ging noch schneller und stellte mir vor, wie er mich überfahren würde. Mit einemmal fürchtete ich mich vor Walter. Ich mußte an seine Waffensammlung denken, und ich fragte mich, ob er mich am Ende noch umbringen würde.

»Komm, ich fahr dich nach Hause.«

Immer noch tat ich, als ob ich ihn gar nicht hörte. Ich sah mich um und überlegte, wohin ich fliehen konnte, wenn er mich packte. Die Schnellstraße, das schien mir das beste.

»Wie ich höre, läßt du dich jetzt mit Jungs ein, Jessica. Was sagt deine Mutter dazu?«

Offenbar hatte Katies Bruder Jeff bei Katie damit geprahlt, daß ich vor ein paar Wochen zugelassen hatte, daß er mich betatschte; ich selber hatte seither alles getan, um den Vorfall zu vergessen. Ich blickte starr vor mich hin und drückte meine Schulbücher an mich.

»Du wirst als Hure enden, Jessica, genau wie diese Mädchen, mit denen du dich jetzt herumtreibst. Du bist in schlechte Gesellschaft geraten, Jessica. Du solltest auf dich aufpassen.« Und er drückte aufs Gas und schoß davon, und nur Spuren im Gras blieben zurück. Mir war weich in den Knien, und ich setzte mich auf die Schienen und weinte aus Furcht, aber hauptsächlich aus Erleichterung, weil er nicht versucht hatte, mich ins Auto zu zerren.

»Diese Mädchen« waren Doreen und Colleen. Bei den beiden hatte ich Zuflucht gefunden, als Walter mich vor die Tür setzte. Doreen und Colleen waren die neuen wilden Mädchen in der Stadt, geradewegs aus der Wüste ein paar Autostunden weit fort. Sie hatten keine Mutter, und mich adoptierten sie bald an Stelle ihrer verlorenen kleinen Schwester, obwohl wir äußerlich nicht unterschiedlicher sein konnten: Sie waren blond und großbusig, und die Jungs nannten sie die Titten-Twins.

Beim Basketball achtete ich sowenig wie möglich auf Walter im Publikum, denn das hätte mir meine Konzentration verdorben. Aber ich spürte, wie sein Starren sich mir in den Hinterkopf bohrte, wenn ich auf der Bank saß, und wenn ich mich umdrehte, drehte ich mich immer genau dahin, von wo die Blicke kamen, und sie kamen immer von Walter. Nach einer Weile starrte ich genauso wütend zurück, und mir schien, wenn ich das machte, bekam ich davon neue Kraft. Als Mom mich wieder einmal anschnauzte, sagte ich ihr, daß ich bald ausziehen und bei meinem Dad wohnen würde, dem schönen Antonio. Dieser Auszug, das war das einzige, was mich noch auf den Beinen hielt.

Doreen und Colleen wollten zur Schlußfeier ihrer alten Schule übers Wochenende nach Hause in die Wüste fahren. Es waren ungefähr drei Stunden mit dem Auto. Wir schmiedeten Pläne; ich sollte über Nacht bei ihnen bleiben, und sie wollten dann heimlich losfahren und am Morgen ihren Dad anrufen, weil er uns wahrscheinlich das Auto nicht geben würde, wenn wir fragten. Als Mr. Harris seinen Schlummertrunk intus hatte – eine halbe Kiste Bier –, schlichen wir uns auf Zehenspitzen nach draußen, Schlüssel in der Hand.

»Jessie, du fährst das erste Stück, dann ich das zweite, und Doreen kann die letzte Stunde fahren.«

»Ich kann einfach nicht. Ich brauche eine Brille«, sagte Colleen.

»Toll, dann fährst du eben überhaupt nicht«, sagte Doreen.

Wir hatten Kissen und Decken im Auto verstaut. Wir würden bei den Eltern von Colleens Freund wohnen und von da mit ein paar älteren Kids zur Abschlußfeier gehen.

»Jessie, wir stellen dich Troy vor. Der ist süß, der wird dir bestimmt gefallen.«

»Was? Welcher Troy? Wieso habt ihr mir das nicht vorher gesagt? Und wie alt ist er überhaupt?«

»Er ist in der Senior High.«

»In der Senior? Dann will ich ihn nicht sehen.«

»Komm schon, wir haben ihm gesagt, du bist sechzehn.«

»Macht ihr Witze? Ich bin dreizehn.«

»Keine Sorge, für fünfzehn würdest du immer durchgehen«, sagte Colleen. »Sag, Jessie, du hast wirklich noch nie mit einem Jungen geschlafen?«

»Nein! Nicht mal einen Zungenkuß.«

»Was?« Doreen lachte. »Du hast noch nie richtig geküßt?«

»Nein, aber ein paar Jungs hab ich schon auf den Mund geküßt.«

Beide lachten.

Jetzt ging mir auf, daß ich mit Jeff und dem Jungen aus der Stadt die erste und zweite Etappe übersprungen hatte und direkt zur dritten vorgeprescht war. Küssen, das war etwas, wovon ich träumte – nicht von Sex oder davon, daß jemand an mir herumfummelte, nur von schönen, leidenschaftlichen Küssen.

»So, jetzt bin ich mit Fahren dran«, sagte Doreen. Ich fuhr auf den Randstreifen der Landstraße. Es war eine wolkige Nacht und so dunkel, daß man die Hand vor Augen nicht sah; rasch sprang ich auf den Rücksitz, bevor der schwarze Mann mich holen konnte.

»So, jetzt nimm dein Kissen«, sagte Colleen und nahm ihr eigenes. »Drück das Kissen an dich, öffne den Mund, und jetzt bewegst du deine Zunge sanft um seine«, sagte Colleen. Ich mußte lachen, als sie ihr Kissen küßte.

»Nein, das will ich nicht.«

»Jetzt komm schon.« Sie drückte mir das Kissen ins Gesicht. »Sonst muß ich es dir selbst zeigen.« Sie beugte sich vor und lachte.

»Ja, schon gut«, sagte ich und nahm das Kissen.

»So, jetzt drück es an dich, und mach den Mund auf. Mund auf, Jessie! Nein, nicht so weit. Hier, nur ganz leicht die Lippen öffnen.« Sie zeigte es mir und küßte jetzt selbst mein Kissen. »Ja, so. Jetzt streck die Zunge raus, und beweg sie einfach ein bißchen hin und her.«

Ich tat es, aber ich schmeckte nur Baumwolle. »Igitt.«

Wir kicherten alle.

»Sieh auf die Straße!« sagte ich zu Doreen, die uns die ganze Zeit im Rückspiegel beobachtete. »Wo habt ihr das gelernt?«

»Machst du Witze? Fritz und ich schlafen schon seit Jahren miteinander.«

»Ich kann gar nicht glauben, daß du noch nie mit einem Jungen im Bett warst, Jessie«, sagte Doreen.

Ich sah wieder Walter vor mir, wie er auf mir lag und sein Ding in mich reinstecken wollte. Den Gedanken an Sex fand ich widerwärtig.

»Ich war dreizehn, als ich zum ersten Mal mit einem Jungen geschlafen habe«, sagte Colleen.

»Ich vierzehn«, sagte Doreen, und sie kicherten beide.

»Ich hab doch nicht mal einen Freund. Wie soll ich denn da Sex haben?«

»Troy gefällt dir bestimmt.«

»Ich schlafe nicht mit ihm!«

»Na, du mußt ja nicht, wenn du nicht willst.«

Colleen ließ mich noch die ganze Fahrt über Zungenküsse üben, bis wir in dem Städtchen mitten in der Wüste ankamen. Bei einem Schwarzbrenner, der Alkohol zum doppelten Preis auch an Jugendliche verkaufte, besorgten wir uns eine Kiste Bier, und von da fuhren wir zu dem Footballspiel, wo die Freunde von Doreen und Colleen spielten. Ich konnte es gar nicht glauben, so gut sahen sie aus, und so nett waren sie. Sie gaben mir zur Begrüßung die Hand.

Bei Fritz zu Hause machten wir uns frisch. Seine Mom war freundlich, und sie freute sich richtig, daß sie Colleen wiedersah. Das Haus hatte einen riesigen Partykeller, und da konnten wir mit Schlafsäcken und Kissen unser Lager aufschlagen.

»Mädels, wenn ihr irgendwas braucht, müßt ihr es nur sagen«, sagte Mrs. Griffith.

Ich bekam feuchte Hände bei dem bloßen Gedanken, daß ich jemandem aus der Senior High einen Zungenkuß geben sollte, und auf dem Weg zum Tanz nahm ich noch ein paar weitere Schluck Bier. Als wir ins Auto stiegen, warf ich einen Blick in den Rückspiegel und erkannte mich kaum wieder; die beiden hatten mir die Wimpern getuscht und das Haar eingedreht. Mom ließ es nicht zu, daß ich mich schminkte, von Lockenwicklern gar nicht zu reden!

»Jessie, das ist Troy.«

Ich blickte auf und sah einen großen schönen Jungen mit langem blondem Haar und blauen Augen, der aussah, als ob er direkt aus Kalifornien kam und nicht von hier aus der Wüste. Er beugte sich zu mir herunter und küßte mich auf die Wange. Ich fand, das war ganz schön dreist für jemanden, den ich so gut wie gar nicht kannte.

»Wie geht's?« fragte er

»Gut, danke.« Ich sah ihn nicht an; ich war zu schüchtern, weil ich ihn später küssen sollte; ich hatte das Gefühl, wenn ich ihn ansehe, werde ich auf der Stelle ohnmächtig.

»Willst du tanzen?«

»Okay.«

Er nahm meine Hand und zog mich zur Tanzfläche, und Colleen schubste von hinten. Zu meinem Entsetzen legte Troy sofort die Hände an meinen Po; ich sah mich ängstlich nach Doreen und Colleen um und wollte wissen, was ich tun sollte, aber sie waren schon zu weit weg. Also nahm ich einfach Troys Hände und schob sie ein Stück höher.

Nach dem Tanz fragte er: »Willst du Punsch?«

»Ja, danke.«

Ich sah dem schönen sonnenverwöhnten Jungen nach, wie er sich zu der großen Bowleschale vorschlängelte, und lächelte ihn an, als er mit einem Becher für mich zurückkam. Ich sah ihm zu, wie er eine Miniflasche Wodka aus der Tasche zog und den Schnaps in unsere beiden Becher goß. Ich nahm nur einen kleinen Schluck.

»Prost«, sagte er, und wir stießen an.

Ganz langsam trank ich den schweren Punsch.

»Komm schon, trink aus.«

Aber ich war auf der Hut und nahm immer nur einen kleinen Schluck. Troy und ich tanzten ein paarmal miteinander, und anscheinend mochten wir uns. Er übernahm die Führung, faßte mich bei der Hand und zog mich über den Tanzboden und stellte mich seinen Freunden vor. Er sprach von seinen Plänen für die Zeit nach der Schule, vom Studium am College, und ich erzählte von meinem Traum, aus der Kleinstadt fortzuziehen. Beim nächsten langsamen Song beugte er sich zu mir herunter, legte seinen Mund auf meinen und öffnete ihn sanft mit seinen Lippen, und dann spürte ich, wie unsere Wodkazungen sich berührten. Mir war schwindelig, es war, als ob ich schwebte; anfangs war ich ungeschickt, aber er zeigte mir, wie man es machte, und es war viel schöner als das Baumwollkissen. Ich mußte die Augen aufmachen, weil sich alles drehte.

Wir blieben ein paar Stunden auf dem Fest, dann sagte Troy zu Doreen und Colleen: »Was meint ihr, fahren wir noch woandershin?«

»Klar«, sagten die beiden und hängten sich bei ihren Freunden ein.

Fritz und Colleen hatten ein Auto für sich, Doreen und ihr Freund Pete setzten sich auf den Vordersitz seiner aufgemotzten Chevelle, Troy und ich kamen nach hinten. Wir folgten Colleen und Fritz einen Hügel hinauf. Plötzlich blieben wir stehen, Fritz und Colleen fuhren weiter.

»Oh, Mann, was sagt man dazu? Das Benzin ist alle«, sagte Pete, Doreens Freund.

So was hatte ich schon im Fernsehen gesehen und fand es immer ein bißchen kitschig. Troy gab mir wieder einen Zungenkuß, aber diesmal ging er mir mit der Hand zwischen die Beine und rubbelte da. Ich sah Walter, wie er auf mir lag, und öffnete die Augen und schob Troy fort. Er kam und wollte mich wieder küssen, und ich drehte den Kopf weg.

»Alles in Ordnung?«

»Schon gut«, sagte ich. Ich blickte zum Fenster hinaus und sah den Mond an und überlegte, ob mein Dad, der schöne Antonio, denselben Mond sah. Bald waren die Autoscheiben beschlagen, weil Doreen und Pete so schwer atmeten. Und ich schmeckte immer noch den widerlichen Geschmack von Walter in meinem Mund.

»Willst du was zu trinken?«

»Nein, mir fehlt nichts«, sagte ich und starrte weiter nach draußen.

Er streichelte mein Bein, und ich sah ihn an und lächelte. Er war so süß, und ich hoffte nur, daß er verstanden hatte, wo die Grenze war, denn küssen wollte ich ihn wirklich gern. Wir küßten uns noch einmal, und es gefiel mir, und dann kamen wieder seine Hände in die Quere und er machte sich an meinem BH zu schaffen und wollte mir die Hände unters Hemd schieben. Wieder schob ich seine Hände zurück und setzte mich ganz ans Fenster, so weit weg wie möglich. Troy saß mit verschränkten Armen da, als ob er schmollte, aber mir war das egal. Wir saßen in dem beschlagenen Auto, einen Song lang, der mir so lang vorkam wie ein ganzes Album.

»Pete, ich muß pinkeln. Komm doch mal mit raus«, sagte Troy.

Sie machten die Tür zu. »Doreen, können wir von hier verschwinden?«

»Wieso? Gefällt er dir nicht?«

»Bitte. Es kommt mir vor wie ein Partyspiel. Das ›Wie lange kannst du verhindern, daß er seine Hand in deine Hose steckt‹-Spiel.«

Die Tür wurde geöffnet, und Pete sagte: »Wir wissen jetzt, was mit dem Auto ist. War doch nicht das Benzin.«

»Na, wer hätte das gedacht!« sagte ich.

»Wie bitte?« fragte Pete.

»Schon gut. Laß uns einfach fahren«, sagte Troy.

Sie setzten uns bei Fritz zu Hause ab, und ich konnte es gar nicht abwarten, aus dem Auto zu kommen, obwohl Troy mich noch zur Haustür bringen wollte.

»He, Jessie, das war schön, dich–«

Ich schlug die Autotür zu, daß es knallte, und

dann das Ganze noch einmal mit der Haustür von Fritz' Mom.

Am Morgen rief Colleen ihren Vater an, und er verlangte, daß wir sofort das Auto zurückbrachten. Aber als er begriff, daß die Mädchen einfach nur Heimweh gehabt hatten, verzieh er ihnen den Diebstahl gleich.

»Gut, aber heute nachmittag ist das Auto wieder hier. Grüß Fritz von mir.«

»Wenn Jessies Mom anruft, sag einfach, sie ist mit uns einkaufen gefahren«, sagte Colleen.

»Was? Ihr habt Jessica mitgenommen? Scheiße, Colleen. Laß mich mit ihr reden.«

»Hallo.«

»Jessica, führ mir ja nicht meine Mädels in Versuchung«, sagte Mr. Harris mit seinem üblichen Humor.

»Hm-hm. Haben Sie auch noch was Einfacheres für mich zu tun?«

»Hör mal, ich will nicht bei deiner Mutter lügen.«

»Keine Sorge, die ruft bestimmt nicht an.«

»Gut, also sorg dafür, daß die Mädels spuren.«

»Werd ich machen, Mr. Harris.«

Ein paar Tage darauf hatte ich einen großen Streit mit Mom, und sie schlug mir ins Gesicht, daß es knallte; ich beschloß, daß ich nicht »bald« zu meinem Dad ziehen würde, wie er immer sagte, sondern sofort und ein für allemal, und das sagte ich Mom.

Ihre Reaktion war bemerkenswert ruhig. »Jessica Marie«, sagte sie – und wenn sie mich beim vollen Namen nannte, wußte ich, daß es ernst wurde –, »Jessica Marie, hol deine Jacke und steig in den Truck. Ich muß mit dir reden.«

Das hörte sich an, als ob sie mich umbringen wollte, oder mindestens beim Waisenhaus absetzen.

Wir fuhren in die Stadt, und auf der ganzen Strecke sagten wir kein Wort, sondern blickten nur vor uns hin auf die Schnellstraße. Schließlich erreichten wir das Einkaufszentrum, Mom fand einen Parkplatz ganz vorn und stellte den Motor ab.

»Jessica, du kennst doch diesen Mann, dem wir immer zuwinken; ziemlich groß, mit Bart, steht immer auf der Leiter und schneidet Bäume.«

»Klar, den kenn ich. Was ist mit dem?«

»Also, er heißt Ian, und das ist dein Vater.«

»Was? Was?« rief ich und mußte zugleich lachen und weinen. Eigentlich wußte ich überhaupt nicht, was ich tun sollte. »Und was ist mit Antonio?«

»Also, ich bin schwanger geworden, gleich nachdem ich Kurt verlassen hatte, und ich wußte nicht, was ich tun sollte. Ich bin in ein Heim für ledige Mütter gegangen, weit weg von hier. Ich konnte mich nicht entscheiden. Deine Großmutter wollte nicht, daß ich das Kind bekomme, und alle anderen auch nicht. Antonio wußte, daß ich dich nicht aufgeben wollte, und dann kam er zu dem Heim, nur ein paar Wochen vor deiner Geburt, und fragte, ob ich ihn heiraten wolle, und ich habe ja gesagt.«

Meine Großmutter war eine fromme Katholikin, und ich konnte mir nicht vorstellen, daß sie ihr geraten hatte, mich loszuwerden. Aber ich war von der ganzen Geschichte wie benommen.

»Was ist mit Ian?«

»Na, er gehörte zu einer Clique, mit der ich damals zusammen war, Freunde aus der Schule. Er war wirklich witzig und sah gut aus, aber er war der Freund von Nina, Megans kleiner Schwester. Irgendwie ist es zwischen Ian und mir einfach passiert, und wir waren ein paarmal zusammen«, sagte sie, und sie sah mich dabei nicht an.

»Hm-hm.« Ich versuchte, das Absurde meines ganzen Lebens zu begreifen. »Weiß Megan es?«

»Ja, Megan weiß es. Monate vor mir hat Nina Zwillinge bekommen, einen Jungen und ein Mädchen. Und ich weiß noch, alles was ich dachte, war: Lieber Gott, laß es nicht auch noch Zwillinge werden. Aber dann warst es doch nur du«, sagte sie und sah mich verlegen an. »Aber du hast ja deinen Bruder und deine Schwester. Weißt du noch, einmal haben wir eine uralte Frau in einem großen Haus besucht. Das ist deine andere Großmutter, Doris; aber sie wollen nichts von uns wissen. Ich schicke ihnen immer Bilder, aber ich weiß nicht, ob sie sie überhaupt ansehen. Manchmal schicke ich auch Ian ein Foto, aber der hat genug mit seiner eigenen Familie zu tun.«

Ich war wie vor den Kopf geschlagen.

»Hast du noch Fragen?«

»Nein.«

»Oh, und sag Grandma nichts davon.«

»Wieso nicht?«

»Sie hält jemand anderen für deinen Vater, und es ist doch auch egal. Sie mag Ian nicht. Ich habe keine Lust, mir Vorhaltungen anzuhören. Also kein Wort zu ihr, sonst kriegt sie noch einen Herzanfall.«

Damit war die Sache erledigt; wir kauften ein und fuhren wieder nach Hause.

Ein paar Wochen später nahm Mom mit Ian Kontakt auf und schlug vor, daß wir uns treffen. Sie wartete, daß er sich meldete.

Einmal klingelte an einem Samstagnachmittag das Telefon, und ich ging ran. »Hallo?«

»Ist Cassandra da?«

»Nein, die ist einkaufen. Wer spricht da?«

»Hier ist Ian Bouchan, und wer bist du?«

Mein Herz blieb stehen. Da war er, mein echter Dad, mein leiblicher Vater, mein Ausweg aus dieser Lage, meine Hoffnung auf ein normales Leben.

»Wer bist du?« fragte er noch einmal.

»Hier ist Jessica«, antwortete ich in meinem schönsten Tochterton.

Klick, dann nur noch das Brummen. Meine Hoffnung auf ein normales Leben hatte aufgelegt.

## *Kalifornien*

Doreen und Colleen hielten an der Grundschule, wo ich auf den Bus zur Highschool wartete.

»Steig ein, Jessie, wir nehmen dich mit.«

»Ehrlich?«

Ich war immer froh, wenn ich nicht mit dem Bus fahren mußte. Ich sprang in den Wagen, und sie fuhren los – in die andere Richtung.

»Laßt das, ihr zwei. Ich krieg Ärger. Kommt, bringt mich zur Schule.«

»Reg dich nicht auf, Jessie. Vor dem zweiten Tag rufen die nie bei den Eltern an.«

Ich ließ sie gewähren, und wir fuhren an den See. Sie hatten ein paar Bier mitgebracht, und wir wateten durch das eiskalte Wasser, bis unsere Fußknöchel blau waren. Colleen hielt beim Fahren den Kopf aus dem Fenster und ließ sich den Wind ins Gesicht blasen. Sie war viel zu rastlos, um sich an ein Pult zu setzen, und Schuleschwänzen machte ihr nicht das geringste aus. Sie und ihre Schwester schwärmten beide für meinen Bruder. Also warteten wir nach der Schule an der Bushaltestelle, bis Dillon kam, und nahmen ihn mit. Colleen und Dillon saßen vorn und rauchten einen Joint, Doreen und ich schauten auf dem Rücksitz zum Fenster hinaus und ließen die Landschaft vorbeiziehen.

»Jessie, hast du heute blau gemacht?« fragte Dillon.

»Ja«, sagte ich.

»Was?« Er lachte und hielt gleichzeitig den Rauch in der Lunge. »Ist ja ein Witz. Das gibt Ärger.«

»Ich weiß.«

Dillon blieb bei den beiden, aber ich wollte nach Hause. Ich blickte wieder nach vorn, um mich zu verabschieden, und sah, daß Dillon und Colleen knutschten.

»Du, Colleen, was ist denn mit Fritz?« fragte ich.

»Mach dir nicht so viele Sorgen, Jessie.«

Ich ging zum Haus, und ein paar Tage später sah ich, wie Dillon mit Doreen knutschte. Ich habe nie Ärger bekommen, wenn die Mädels mich »zur Schule fuhren«, auch wenn die Fahrten nie an der Schule endeten, sondern immer irgendwo mit Pot und Bier.

Ich überredete Abbey, Tina, Valerie, Verna, Melissa und Katie, die ich in letzter Zeit kaum noch gesehen hatte, mit mir zu Fuß nach Hause zu gehen.

»Wir kommen an den Pferden vorbei, die können wir uns ansehen.«

Wir überquerten die Schnellstraße, gingen an der Bahntrasse entlang und genossen die kühle Luft. Als der Zug kam, gingen wir zur Seite und winkten dem Zugführer zu, damit er die Sirene blies. Ich liebte den Klang der Zugsirene, so gespenstisch und einsam. Als der Zug durch war, befühlten wir die Schienen, ob sie heiß geworden waren. Wir kamen an dem kleinen verlassenen Bahnhof vorbei, der ungefähr so groß wie ein Hühnerstall war, und plötzlich flog die Tür auf, und wir hörten Schreie und Schüsse. Wir sieben Mädels liefen kreischend davon, und Dillon, Jack und Jeff luden ihre Luftgewehre neu und zielten auf unsere Beine und vor allem auf meinen Hintern. Mit jedem Volltreffer schrie ich auf.

»Ihr Dreckskerle! Das erzähle ich Mom, Dillon.«

»Hört auf, Jungs!« brüllte Katie.

»Ich würde ja nichts sagen, an deiner Stelle, Jessie«, rief Dillon und hielt sich den Bauch vor Lachen, »sonst verrate ich, daß du die Schule schwänzt.«

Zum Glück ging es ohne ausgeschossenes Auge ab. Wir setzten uns auf den Zaun an der Pferdekoppel, und jetzt mußten wir doch über den Überfall der Jungs lachen. Sie kamen dazu und setzten sich zu uns auf den Zaun, und wir fütterten die Pferde mit Gras und Luzernen, die wir gepflückt hatten.

Eigentlich wollte ich ja ein braves Mädchen sein und ging ein wenig auf Abstand zu Doreen und Colleen. Ich wollte keinen Ärger, und einmal hatte ich wegen meiner Schwänzerei schon ins Büro des Schulleiters gemußt.

Ich traf mich jetzt öfter mit Heidi; die war zwar auch kein Engel, aber doch brav. Dillon hatte jetzt eine Freundin, ein nettes Mädchen namens Rachel, ein Jahr älter als ich, eine Schönheit mit dunkelblondem Haar, schönen weißen Zähnen und sanften babyblauen Augen. Sie erlaubte Dillon nur kleine Küßchen auf die Lippen, und ich glaube, sie war die erste, die ihm nicht mehr erlaubte, und deswegen mochte er sie nur noch mehr. Die ganze Nachbarschaft war verdorben, aber Heidi und Rachel waren noch die am wenigsten verdorbenen dabei.

Und dann stand ohne jede Vorwarnung an einem ganz gewöhnlichen Werktag der größte und kräftigste Mann, den ich je gesehen hatte, mit dem sanftesten Lächeln in unserer Küche... ich kam aus der Schule nach Hause, und da war er. Und er hatte Abbeys blaue Augen und ihr rotes Haar, und auch das Gesicht war genau wie ihres.

»Ah, da ist sie«, begrüßte der Riese mich herzlich.

»Jessica, das ist Billy – Abbeys Dad aus Kalifornien.«

Ich sah Abbey an, und sie strahlte. Wie aufregend für sie, ihr leibhaftiger Dad hier in unserer Küche. Billy – das wußte ich – war Grandmas Liebling unter Moms drei Ehemännern. Das war nicht zu unterschätzen, bei Grandma und ihrem sechsten Sinn. Zu Abbey sagte sie immer: »Ich weiß, dein Dad Billy, der hat eine Dummheit gemacht, aber er war ein guter Mann, er hat immer ein Hemd angehabt, wenn er sich an den Tisch setzte, und nie einen Hut auf dem Kopf.«

Auf den wenigen Bildern, die ich von Billy gesehen hatte, hielt er mich stolz und lächelnd als kleines Mädchen. Billy war derjenige unter Moms Männern gewesen, der sich in Schwierigkeiten gebracht hatte und ins Gefängnis mußte, als wir Kinder noch klein waren und Abbey noch ein Baby. Und jetzt rief der stattliche Billy, der Mom das Herz gebrochen und das von Grandma erobert hatte:

»Jessica, dich habe ich ja nicht mehr gesehen, seit du drei oder vier warst! Laß dich anschauen!«

»He, Billy. Das ist ja toll«, sagte ich und streckte ihm die Hand hin.

»Was? Junge Dame, du nennst mich nicht Billy,

du nennst mich Dad.« Und er setzte mich sich auf den Schoß, als wäre ich immer noch vier Jahre alt, legte den Arm um mich und lächelte. Und ich merkte, daß er sehr gut roch, wie ein echter Dad riechen soll, nach ganz viel Rasierwasser.

Und Mom trällerte:

»Kinder, Billy und ich haben beschlossen, daß wir uns wieder zusammentun.«

»Was?« riefen wir alle drei.

»Dillon, von jetzt ab nennst du mich Dad.«

Dillon lächelte verlegen, und Billy, jetzt Dad, schüttelte ihm die Hand und umarmte ihn wie ein Mann.

»Wird gemacht.«

»Wir packen zusammen, verkaufen das Haus und ziehen nach Kalifornien«, sagte Mom.

Ich sah Abbey an, und sie strahlte, und dann Dillon, der ganz aufgeregt war. Von dem Tag an war ich sicher, daß Gott meine Gebete erhört hatte.

## *Das letzte Jahr in der Stadt der tausend Sünden*

Dillon war mit Billy schon nach Kalifornien vorausgefahren. Er fing dort eine neue Schule an und arbeitete in Billys Elektroladen, wo er Fernseher und Stereoanlagen verkaufte, und dahinter gab es eine kleine Werkstatt, wo er und seine Kumpel ihre Motorräder herrichten konnten – sie fuhren Rennen damit. Ich war einsam, jetzt wo Dillon fort war. Wenn ich nicht bei Rachel oder Heidi war, ging ich zu den Pferden an der Bahntrasse. Ich bewarb mich nicht einmal mehr für die Cheerleader-Truppe, machte keine Hausaufgaben mehr, hatte viel Zeit zum Spazierengehen und konnte die Pferde reiten, wann immer ich wollte. Ich hatte den Besitzer überredet, daß ich jederzeit kommen und mir Zaumzeug und Sattel nehmen konnte, aber meistens ritt ich ohne Sattel über die Wiesen.

Einmal war ich im Stall und striegelte gerade mein Lieblingspferd Priscilla, als ein Auto vorfuhr. Ich blickte auf – und sah Walter.

»Hallo, Jessica.«

Mein Herz pochte, aber der Rest von mir war starr.

»Ihr zieht weg, höre ich.«

»Ja«, antwortete ich und versuchte, an ihm vorbeizukommen.

Er stellte sich mir in den Weg. Ich senkte den Blick – ich konnte ihm nicht in die Augen sehen. Es folgte ein betretenes Schweigen. Wieder versuchte ich vorbeizukommen, wieder stellte er sich vor mich hin und starrte mir direkt ins Gesicht. Schließlich stapfte er davon, sein Auto ließ den Schotter aufspritzen, und ich rannte nach Hause so schnell ich konnte.

Meine Phantasie lief auf Hochtouren, und ich mußte wieder an Walters Waffensammlung denken und konnte nicht einschlafen aus Furcht, ich müßte mich mitten in der Nacht gegen ihn verteidigen. Manchmal blickte ich zum Fenster nach hinten hinaus, seinem eigenen gegenüber, und vergewisserte mich, daß er nicht gerade über den Bürgersteig kam.

Die wilden Mädchen kamen mich im Pferdestall besuchen, Doreen und Colleen und Tina, Verna, Katie und Valerie. Valerie saß auf dem Zaun. Ich tätschelte Priscilla, Valerie kam und wollte mir etwas geben, und das Pferd biß sie ins Bein, durch die Jeans hindurch biß es ihr ein Stück Fleisch aus dem Bein. Ich konnte es nicht glauben, als ich die Wunde und das Blut sah, das sofort zu fließen begann. Katie und die Mädchen brachten sie zu Walter, damit er sie versorgte.

»Es tut mir leid, ich verstehe das nicht, so was hat Priscilla noch nie getan«, rief ich ihnen nach, als sie alle zusammen davonfuhren.

Ein paar Tage darauf rief der Stallbesitzer an und sagte mir, daß ich nicht mehr kommen dürfe. Ich mache Ärger, außerdem habe er ein Kaufangebot und werde das Land wahrscheinlich bald verkaufen.

»Kann ich wenigstens kommen und mich von den Pferden verabschieden?« fragte ich unter Tränen. Und damit war meine Pferdezeit zu Ende.

Ich sah, wie Walter Katie von der Highschool abholte, und mir wurde schlecht dabei. Die Busfahrt war lang, aber wenigstens hatte ich dann Zeit, aus dem Fenster zu sehen, und ich genoß die Landschaft. Es ist merkwürdig, aber wenn man erst einmal weiß, daß man von einem Ort fortsoll, findet man immer mehr Gutes daran. Als wir an der Pferdekoppel vorbeikamen, hob ich die Hand und wollte den Pferden zuwinken… und erstarrte mitten in der Bewegung. Dort, auf meiner Priscilla, saß Katie, und Walter mit seinem großen Cowboyhut hielt die Zügel. Ich sah genauer hin, ich stand von meinem Platz auf. »Du Dreckskerl«, sagte ich laut.

Den ganzen Weg von der Haltestelle nach Hause rannte ich, denn jetzt war mir klar, daß Walter derjenige war, der dafür gesorgt hatte, daß ich nicht mehr zu dem Stall kommen durfte, und zwar aus purem Eigennutz. Ich nahm mein Fahrrad und fuhr wieder dorthin zurück, und ich sah gerade noch, wie Walter Priscilla auf die Weide brachte.

»Du Dreckskerl«, brüllte ich von meinem Fahrrad aus.

Katie, die gerade ins Auto stieg, sah mich an, als hätte ich nicht mehr alle Tassen im Schrank, und das stimmte ja wahrscheinlich auch. Walter wischte sich die Hände an seinem Taschentuch ab und grinste mich nur fies an, und dann stieg er ein und fuhr davon.

»Wie konntest du mir das antun?« schrie ich ihm hinterher.

Er sah sich nicht einmal um. »Scheiß auf dich, Walter«, brüllte ich von meinem Fahrrad aus, und in dem Augenblick war es mir egal, ob er seine Knarre holte.

Von da an nutzte Walter den Stall dazu, neue Kinder anzulocken. Er richtete es so ein, daß er immer gerade jemanden reiten ließ, wenn ich mit dem Bus vorüberfuhr. Er veranstaltete kleine Treffen in seinem Haus, in das er sämtliche Kinder aus der Nachbarschaft einlud, alle außer mir. Ich sollte mich so ausgeschlossen wie nur möglich fühlen, als Strafe dafür, daß ich mich gegen ihn gewehrt hatte.

Ich saß mit Rachel am Klavier, und plötzlich fragte sie: »Wieso bist du nicht bei Walter gewesen?«

»Weiß nicht. Ich hatte einfach keine Lust.« Ich quälte mich durch die Klavierübungen, die Rachel mitgebracht hatte.

»Schon verrückt. Weißt du noch, wie wir bei ihm waren und ihm die Kerze gebracht haben, die ich gebastelt hatte?«

»Ja.«

»Hinterher habe ich Mom gesagt, wo ich gewesen war, und ich mußte ihr in die Augen sehen und versprechen, daß ich nie wieder zu ihm gehe.«

»Ehrlich? Und warum?«

»Keine Ahnung. Und sie sagte, ich will dich nie wieder bei diesem Mann sehen, mit dem stimmt etwas nicht. Und wenn das noch einmal vorkommt, gibt's Ärger.«

»Tatsächlich?«

Irgendwie beunruhigte mich das, aber Gefühle waren etwas Unordentliches, und ich wollte an nichts Unordentliches denken.

Am nächsten Morgen um sieben stand ich an der Bushaltestelle, und Doreen und Colleen fuhren im Bonneville vor.

»Komm, Jessie, wir nehmen dich mit.«

»Nein, davon hab ich genug.«

»Komm schon, wir haben die neue Rod-Stewart-Kassette, die hören wir uns an.«

»Nein, heute muß ich wirklich in die Schule.«

»Wir auch. Heute schreiben wir Arbeiten.«

»Ich auch«, rief Doreen von der Beifahrerseite. »Komm, Jessie. Bitte. Wir bringen dich auch zur Schule, versprochen.«

Also nahm ich meine Bücher, stand wieder auf und drängelte mich an den anderen Kindern vorbei – »'tschuldigung, 'tschuldigung!« –, die eben einstiegen.

Und wer erscheint hinter ihnen? Walter – sitzt einfach da auf der Bank an der Bushaltestelle und sieht zu. Ich drehte mich um und sprang zu Doreen und Colleen ins Auto, und das Auto fuhr natürlich in die andere Richtung und nicht zur Schule.

»Verdammt noch mal, ich muß wirklich in die Scheißschule. Kommt, dreht um.«

Sie lachten, machten eine neue Dose Bier auf und reichten sie mir.

»Mist. Ich habe nichts als Ärger«, sagte ich und nahm das Bier.

Um neun Uhr war ich schon betrunken. Ich lag auf dem Rücksitz und verschlief die Fahrt durch die Berge. Es tat gut, wenn ich nicht mehr an Walter und die Pferde denken mußte und daran, daß Dillon in Kalifornien war. Wir nahmen ein paar Dosen Bier mit und kletterten ganz oben auf einen Gipfel, wo der Wind so kalt fegte, daß mir die kleinen knospenden Brüste unter meinem Shirt wehtaten.

Später fuhren wir zu Shorty. Shorty sah gut aus, aber er war ein Loser. Mit der Highschool war er schon seit ein paar Jahren fertig. Er saß neben mir und wollte sich immer wieder an meinem Bein reiben. Doreen und Colleen kicherten und reichten mir einen Joint. Ich nahm nur einen winzigen Zug, aber trotzdem bekam ich davon einen Hunger, daß ich einen ganzen Berg Pfannkuchen aß. Ich türmte alles darauf, was ich fand, Erdnußbutter, Sirup, Schokolade, Bananen. Alles, was sich im Schrank fand, landete auf meinen Pfannkuchen. Auf der Rückfahrt schlief ich wieder ein, und wir kamen gerade noch rechtzeitig nach Hause, daß ich meine Zähne putzen und mich nüchtern stellen konnte, als Mom zurückkam.

Natürlich mußte ich gleich als erstes am nächsten Morgen zum Direktor. Mr. Nash war nicht erfreut, denn ich hatte ihm versprochen, daß ich nicht noch einmal blau machen würde.

»Weißt du, Jessica, ich habe mir deine Akte angesehen. Du bist immer eine so gute Schülerin gewesen, gute Noten, gute Läuferin, sogar ein Landesrekord, Cheerleader, Auswahlmannschaft beim Basketball. Das konnte sich sehen lassen. Jetzt kommst du nur noch mit Mühe mit und machst überhaupt keinen Sport mehr. Was ist los mit dir?«

»Nichts.«

»Nun komm schon. Dazu bin ich zu lange Schulleiter. Ich weiß genau, daß da etwas nicht stimmt.« Er beugte sich vor zu mir, die Arme verschränkt.

Es ist Walter, hätte ich gern gerufen. Er hat mir meine Pferde weggenommen, seinetwegen habe ich meine beiden einzigen Schamhaare abgeschnitten, und womöglich bringt er mich noch um. Aber ich sagte kein Wort.

»Wenn ich es recht verstehe, hast du zwei neue Freundinnen, Jessica. Doreen und Colleen. Die sind ein ganzes Stück älter als du, nicht wahr?«

»Ja, Sir.« Ich sah auf meine Fingernägel, die unbedingt gekaut werden wollten, aber Mr. Nash nahm mir die Finger immer wieder aus dem Mund.

»Anscheinend sind jedesmal, wenn eine von euch fehlt, auch die anderen beiden wie vom Erdboden verschwunden.«

»Sagen Sie es meiner Mom? Die würde mich umbringen.« Ich hatte Tränen in den Augen, vor Angst.

»Ich kenne deine Mom, Jessica, und ich könnte es ihr sagen … aber ich tue es nicht. Dafür mußt du mir etwas versprechen.«

»Und was?«

»Zuerst einmal will ich, daß du dich nicht mehr mit diesen beiden Mädchen abgibst. Such dir Freunde in deinem eigenen Alter. Die beiden sind nicht gut für dich. Verstehst du, Jessica?«

»Ja, Sir. Ist das alles?«

»Eine Woche lang kommst du in der Mittagspause zu mir, und wir essen zusammen. Hier in meinem Büro.«

Ich sah mich um und hätte beinahe gelacht. »Okay.«

»Gut. Dieses eine Mal lasse ich es noch durchgehen. Aber nicht noch einmal. Das nächstemal erfährt es deine Mutter.«

Es kam mir vor wie die Chance zu einem neuen Leben, und ich nutzte sie. Eine Woche lang ging ich jeden Tag in der Mittagspause zu Mr. Nash. Manchmal brachte er mir etwas mit, oder wir holten mein Essen in der Cafeteria, und ich freute mich tatsächlich auf diese Stunde. Ich erzählte ihm, daß wir bald wegziehen würden, mit meinem neuen Dad Billy, sobald das Haus verkauft war.

»Und wie geht es Walter so?«

Ich sah ihn verdattert an.

»Oh, ich kenne Walter schon eine ganze Weile«, sagte Mr. Nash und lehnte sich in seinem Stuhl zurück. »Sein Sohn ist hier zur Schule gegangen.«

»Ja, stimmt, das hatte ich vergessen. Oh, dem geht's gut«, sagte ich verlegen.

Mr. Nash blickte mir forschend ins Gesicht, und irgendwie war ich mir sicher, daß er alles wußte. Ich blickte weg. Zum Glück klingelte es dann zum Unterricht.

»Tja, das war dein letzter Tag Strafe, Jessica. Was meinst du, kommst du zurecht da draußen in der großen bösen Welt?«

Das war eine gute Frage, fand ich.

»Ich weiß nicht. Ich werd's versuchen.«

»Und vergiß nicht, was du mir versprochen hast, junge Dame.«

»Okay.« Ich ging zur Tür, und dort drehte ich mich noch einmal um. »Danke, Mr. Nash. Ihre Woche Strafe war gar nicht so schlecht.«

Er wurde ein wenig rot von dem Kompliment, und mit seiner tiefen Trainerstimme sagte er: »Gut. Komm her, wenn du etwas brauchst. Und ich hoffe, daß du in Kalifornien wieder in die Laufmannschaft kommst und Basketball spielst. Ehrlich. Du wirst uns fehlen.«

»Ich hoffe, mein nächster Direktor ist wieder so cool wie Sie.«

»Ich hoffe nur, das soll nicht heißen, du meinst, daß dein nächster Direktor dir auch wieder deine Schulschwänzerei durchgehen läßt.«

»O nein. Das will ich mir abgewöhnen.«

Für die nächsten Tage brachte Mr. Nash ein bißchen mehr Schwung in meinen Schritt, und das lag nicht an den Sachen, die er gesagt hatte, sondern einfach daran, daß dies eine Mal jemand Vertrauen in mich hatte und etwas Gutes von mir erwartete.

Manchmal ist ein klein wenig Ermutigung alles, was man braucht, um über die großen Hürden des Lebens zu kommen, einfach nur jemand, der daran glaubt, daß man hoch genug springen kann.

## *Alles neu, alles gut?*

Es war längst nicht so leicht, das Haus zu verkaufen, wie wir uns das vorgestellt hatten. Es herrschte Flaute am Markt, und entsprechend flau fühlte ich mich.

»Jessica, pack deine Sachen. Du fährst zu deinem Daddy.«

»Ehrlich?« rief ich ins Telefon. »Stimmt das wirklich?«

»Wenn du's mir nicht glaubst, frag deine Mom.«

Ich ließ den Hörer fallen und lief zu Moms Zimmer. »Soll ich wirklich los?«

»Du sollst wirklich los.«

Ich gab ihr einen dicken Kuß, und daß ich pakken sollte, mußte sie mir nicht zweimal sagen. Übers Wochenende blieb ich bei Grandma. Der Abschied von Grandma würde nicht leicht werden, denn wir konnten uns ja von nun an längst nicht mehr so oft sehen. Wir Kinder waren ihre ganze Welt gewesen, auch wenn sie es nicht immer leicht mit uns hatte. Aber sie war froh, daß Mom und Billy wieder zusammen waren, und vielleicht tat es ihr auch ganz gut, wenn sie sich mal ein bißchen ausruhen konnte.

»Jessica, Telefon für dich.« Grandma klopfte an die Badezimmertür.

»Wenn es Heidi oder Rachel ist, sag ihnen, ich rufe gleich zurück.«

»Nein, es ist Walter.«

Ich kam aus dem Bad wie jemand, der gerade ein Gespenst gesehen hat. »Sag ihm, ich bin nicht da«, flüsterte ich.

»Sie kann jetzt nicht ans Telefon kommen«, sagte Grandma streng und legte auf. Sie verzog das Gesicht. Man sah ihr an, daß sie ihn nicht mochte. Ich tat, als merkte ich nichts, und ging wieder zurück ins Bad.

Im Haus hatte ich noch ein paar Sachen zusammenzupacken, die in ein Lager kamen. Die Puppen hob ich bis zuletzt auf. Ich wußte, daß ich zu alt für Puppen war, und sie konnten nicht mit nach Kalifornien. Also kleidete ich eine Pappschachtel mit meiner besten Puppendecke aus und legte sie alle hinein, eine nach der anderen und jede in ihrem Lieblingskleid. Zuerst meine Babypuppe Jasmina, dann all die anderen Babypuppen, die ich von Abbey übernommen hatte, dann die Puppen, bei denen man das Haar bis hinunter zum Po ziehen konnte, wenn man auf den Bauchnabel drückte, dann Barbie, PJ, Sophie, die Rothaarige, Ken, G.I. Joe und Vanessa, die Kleine. Zuletzt holte ich Skipper aus der Schachtel im Schrank, wo sie seit dem Vorfall mit Walter ihre Tage verbracht hatte. Sie legte ich als letzte hinein, denn sie kannte das größte Geheimnis von allen. Wenn ich in ihre tiefen Plastikaugen sah, dann sah ich alles, was sie gesehen hatte: Walter, wie er auf mir lag, wie er keuchte, wie er versuchte, sein Ding in mich reinzustekken, und wie er mich dann vor die Tür gesetzt hatte, und sie auch, nackt und gedemütigt. Sie tat mir leid. Es war nicht leicht, den Deckel zu schließen, aber ich wußte, bei den stummen Puppen waren meine Geheimnisse gut aufgehoben. Ich wußte, ich würde diese Schachtel erst wieder öffnen, wenn ich der Wahrheit in Skippers Plastikaugen ins Gesicht sehen konnte.

Wir packten den einen großen Koffer, den ich hatte, und los ging es. Wir fuhren den Schotterweg hinunter und an der Bahntrasse entlang.

Je weiter wir Walter hinter uns ließen, desto besser ging es mir. Ich sah mich noch einmal um, als wir ein Stück über den Schotter gefahren waren, und Pappdeckelpalast und Villa Rigips waren schon in einer feinen Staubwolke verschwunden, und ebenso Walters Haus mit den Zedernholzschindeln, fast als hätte es sie nie gegeben. Ich drehte mich wieder um, blickte nach vorn und von da an nie wieder zurück.

Am Flughafen umarmte ich Abbey, und der Abschied war schwerer, als ich gedacht hatte. Es kam mir vor, als ließe ich sie im Stich.

Ich umarmte Grandma, und sie kämpfte die Tränen nieder. »Ich hab dich lieb«, flüsterte sie mir ins Ohr, dann schob sie mich weg, und plötzlich war ihr anscheinend an ihren Schuhen etwas aufgefallen, was ihre ganze Aufmerksamkeit brauchte.

»Tu, was dein Dad sagt, sei ein braves Mädchen, hilf ihm im Haus«, sagte Mom.

»Okay.«

»Mit etwas Glück sind wir an deinem Geburtstag alle wieder zusammen.«

»Das wäre toll.«

Ich war noch nie in einem Flugzeug gewesen, und die Stewardess half mir beim Einsteigen. Als ich zum Fenster hinausblickte, sah ich Abbey und Mom auf dem Rollfeld winken, und Grandma wischte sich die Tränen ab. Es sollte Monate dauern, bis ich sie alle wiedersah. Der Immobilienmarkt blieb in seiner Flaute, aber ich kam aus meiner heraus.

Mein neuer Dad und Dillon erwarteten mich am Flughafen. Los Angeles sah ganz anders aus, als ich es mir vorgestellt hatte. Die Leute sahen anders aus, zogen sich anders an, sprachen anders, ich sah mein erstes Schwulenpärchen und kicherte, aber ich fand es aufregend, daß alles so anders war. Der Hollywood Boulevard war weniger grandios, als ich gedacht hatte, dafür war der Rodeo Drive spektakulärer. Und mein neuer Lieblingsort war Sunset Boulevard. In L.A. wuchsen die größten Palmen, die ich je gesehen hatte. Dad versprach mir, daß wir schon bald nach Disneyland fahren würden. Vom Autofenster aus hielt ich Ausschau nach Detective Joe Friday von *Polizeibericht*, der irgendwo da draußen sein mußte und Leute befragte, um den neuesten Mord aufzuklären. Wir fuhren ans Santa Monica Pier, und zum erstenmal sah ich die unglaubliche Weite der Pazifikküste. Ich lief ans Wasser, so schnell ich konnte, und schleuderte meine Schuhe von den Füßen. Ich steckte meinen großen Zeh hinein, aber nur ganz kurz, denn ich wußte, daß ein Hai dort draußen wartete, der nur zu gern ein Stück von einem etwas braunhäutigen Mädchen aus allen vier Ecken Amerikas abgebissen hätte. Und der Schock des eiskalten Wassers machte es mir endgültig klar: Ich war in Kalifornien! Dad holte Fish'n'Chips für uns drei, und wir saßen auf dem Pier, und Dillon erzählte mir von seinem neuen Leben und von einem Freund, der einen Swimmingpool hatte.

Danach gingen wir zum Auto zurück, und ich konnte es immer noch gar nicht fassen, wie fein der Sand unter meinen Füßen war. Wir fuhren spazieren, und schließlich kamen wir in ein ziemlich schäbiges Viertel, und Dad sagte: »So, jetzt zeige ich dir mal, was hier los ist. Mach das Fenster zu, Jessica.«

Wir kamen in eine Gegend, wo Nutten und Schläger am hellichten Tag an der Straße standen. Ein üppiges schwarzes Mädchen kam ans Fenster und fragte Dad: »Willst du 'ne Verabredung?«

»O nein, Schatz.«

»Ich dachte nur, weil du mich so angesehen hast.«

»Das stimmt. Angesehen hab ich dich.«

Wir lachten alle. Das war ganz anders als zu Hause, wo die Nutten so taten, als wären sie Inneneinrichterinnen, und sich in ihren Häusern versteckten.

Wir fuhren nach Sherman Oaks, einem hübschen Vorort hinter den Bergen, und ich schlief auf der Couch hinter der Glastür, wo Dad und Dillon mir in meinem neuen Heim am Pazifik ein Lager zurechtgemacht hatten.

»Wenn du in der Nacht irgendwas hörst, Jessica, dann ruf einfach nach Dad oder mir. Einbrecher kommen gern durch solche Glastüren.«

»Laß den Blödsinn, Dillon.«

Dad lachte im Hintergrund.

»Stimmt das, Dad?«

»Sieh mich an. Sehe ich so aus, als ob hier jemand einbricht?«

Da hatte er recht. Ich fühlte mich sicher, wenn mein starker neuer Dad gleich nebenan schlief. Ich schlief gut und fest hinter der gläsernen Schiebetür, und als ich am Morgen die Vorhänge aufzog, sah ich die größte Sonne, die ich je gesehen hatte. Gerade ging sie am Horizont auf.

Später klopfte ich bei Dad an die Tür.

»Dad?«

»Was gibt's, Jessica?«

Ich konnte nur staunen, mit welcher Selbstverständlichkeit ich zu Billy Dad sagte.

»Ist die Sonne hier draußen größer?« fragte ich durch die Tür.

»Nein.«

»Nur ein Zeichen, daß das Ende der Welt nah ist«, rief Dillon aus seinem Zimmer und lachte.

Es war schön, daß wir wieder lachten.

Damals war der Höhepunkt der Discowelle. Dad kaufte mir den Soundtrack von *Saturday Night*

*Fever*, und ich sang es immer wieder von vorn, bis der Nachbar es nicht mehr aushalten konnte.

»Verflucht noch mal, halt endlich die Klappe!« schrie er und hämmerte an die Wand.

Ich erzählte es Dad, als er nach Hause kam.

Am nächsten Morgen, bevor er zur Arbeit fuhr, sagte er: »Der Kerl wird dir nicht noch einmal den Mund verbieten. Von jetzt an kannst du deine Musik so laut spielen, wie du willst.«

»Was? Du hast ihm doch nichts getan, oder?«

»Nein, nur ein Wörtchen geredet.«

»Ach, Dad, tu so was nicht.«

Ich hatte Angst, daß er deswegen Ärger bekommen könnte und womöglich ins Gefängnis zurückmußte, und deshalb hörte ich meine Musik lieber leise und sang auch nicht mehr so laut.

Meine Haut wurde so braun von der strahlenden Sonne, man hätte denken können, ich sei eine Schwarze.

Ich ging über die Straße, und da kam unser Nachbar mit dem Auto mit solchem Tempo um die Ecke, daß er mich beinahe über den Haufen gefahren hätte. »Mach die Augen auf, Nigger!« brüllte er.

Die Fenster von unserer Wohnung standen offen. »Jessica, komm herauf.«

Dad klang wütend. Ich ging nach oben.

»Du bleibst hier. Ich bin gleich wieder da.«

Dad ging, und nach ein paar Minuten war er zurück. »Der Kerl wird nicht noch einmal Nigger zu dir sagen.«

»Was hast du mit ihm gemacht?«

»Nichts. Nur ein Wörtchen geredet.«

Als der Mann ein paar Tage später wieder um die Ecke kam, hielt er an und ließ mich durch, und er nickte mir freundlich zu. Ich weiß nicht, was Dad gesagt oder getan hatte, aber in Kalifornien hatten die Leute Respekt vor mir. Da sollte Walter nur noch einmal kommen und mich beschimpfen. »Ich sag's meinem Dad«, konnte ich jetzt sagen.

Am nächsten Morgen rief Dad: »Hall-loo-o!«

Ich lachte über seinen Übermut.

»Jessica!«

»Ja?«

»Komm her«, sagte er. »Komm zu deinem Daddy ins Bett.«

Ich mußte mich hinsetzen. Das war's also, dachte ich. Da war also mein Traum schon wieder vorbei. Wieso konnte ein Vater nicht einfach seine Tochter lieben, ohne daß er ihr zwischen die Beine fassen mußte, womöglich noch mit der anderen zwischen seinen eigenen? Würde Billy es genauso machen wie Walter und mich am Schluß genauso wegwerfen?

Ich ging in Dads Zimmer, kaute auf meinen Fingernägeln und drehte den Bund der Schlafanzughose. Als ich die Tür aufmachte, lag er in der Unterwäsche auf seinem Bett.

Rasch zog er die Bettdecke hoch und sagte: »Komm, Jessica, schmuse ein bißchen mit deinem alten Dad.«

»Okay«, sagte ich zögernd.

»Nun zier dich nicht.«

Ich setzte mich aufs Bett, und jede Faser in meinem Körper spannte sich an. Ich legte mich stocksteif hin wie eine Holzfigur und ließ einen halben Meter Platz zwischen Dad und mir.

»Das nennst du schmusen? Weißt du denn überhaupt nicht, wie man das macht?« Billy packte mich, zog mich auf seine Seite des Betts, aber er ließ ein Bettuch zwischen uns; er zog mich herauf, so daß mein Kopf auf seiner Brust lag, und streichelte mir das Haar. Die Bettdecke zog er über mich, damit ich es schön warm hatte.

Ich lag mit offenen Augen da, und er redete von Auto- und Motorradrennen. »Irgendwann nehme ich dich mit zu den Rennen, Jessica. Würdest du das mögen?«

»Klar«, sagte ich, die Fingernägel zwischen den Zähnen.

»Gut, versprochen. Als du noch ein ganz kleines Mädchen warst, bist du oft morgens gekommen und hast den Kopf auf meine Brust gelegt. Da hast du deinen alten Dad noch ein bisschen gern gehabt.«

Dann hörte ich ihn schnarchen. Billy war eingeschlafen, und er hatte überhaupt nicht versucht, mich an meinem Mäuschen zu berühren – weder an dem Tag noch an irgendeinem anderen, an dem ich zu ihm kroch und mit ihm schmuste, immer mit Bettuch und Bettdecke zwischen uns. Billy hatte mich so gern, daß er ganz vergaß, daß er gar nicht mein echter Vater war, und er sagte: »Ich liebe dich wie meine Tochter, auch wenn du nicht mein Blut in deinen Adern hast.«

Ich ließ die Stadt der Sünden hinter mir und kehrte nie zurück. Nicht lange danach kam Colleen bei einem Autounfall um, bei dem sie betrunken am Steuer gesessen hatte, und Doreen schmiß die Schule und brachte ein kleines Mädchen zur Welt. Melissas Dad wurde verhaftet, weil er es mit der Inneneinrichterin aus der Nachbarschaft getrieben hatte, und es stellte sich heraus, daß sie tatsächlich eine Prostituierte war. Der Dad von Valerie und Tina kam ins Gefängnis, weil er einen Nachbarjungen sexuell belästigt hatte. Verna wurde von Jeff, Katies Bruder, schwanger, aber sie gaben das Kind zur Adoption frei. Jahre später brachte sich dann Melissa um, und unser geliebter Silk wurde von seiner neuen Frau aus Eifersucht erschossen. Schließlich zog Katies Familie weg, aber Katie wohnte bei Walter, bis sie mit der Highschool fertig war. Und Walter sollte ich erst nach vielen Jahren wiedersehen, in einem Gerichtssaal. Rachel und Heidi blieben meine besten Freundinnen.

Ich war dreizehn, und ich hatte alles, was ich mir immer gewünscht hatte: Kalifornien, einen neuen Anfang, meinen Bruder zurück und den besten Dad in der großen weiten Welt, einen Dad, der überhaupt nicht auf die Idee kam, daß er seiner Tochter an die Wäsche gehen könnte. Es war ein gutes Jahr in einem Land, in dem die Sonne jeden Morgen aufging wie ein großer roter Kürbis, der aus der Erde steigt.

Als ich die Sachen zusammensuchte, hatte ich in meinem Schuljahrbuch geblättert, bevor ich es zu den anderen Erinnerungsstücken steckte. Ich las die Abschiedsgrüße, die meine Klassenkameraden mir hineingeschrieben hatten.

Für Jessie, die Coolste von allen, tolle Läuferin, und jeder Wurf sitzt.

Stay cool, Jessie.

Einer hatte in die Spalte zwischen die Seiten geschrieben: »Ich schreibe in deine Spalte. Wie findest du das?«

Für Jessie, die Sexy Mexy. Wird mir fehlen, wenn ich dich nicht mehr den Gang langgehen sehe.

Das hatte ich ja fast schon vergessen, den neuesten Schlag – daß Antonio, der schöne Mexikaner, überhaupt nicht mein Vater war und daß ich folglich auch keine Halbmexikanerin war.

Von da an, wenn jemand meine dunkle Haut ansah und fragte: »He, Santos, bist du Mexikanerin?«, antwortete ich:

»Nein, aber vierzehn Jahre lang bin ich's gewesen.«

## *Dank*

Als erstem und wichtigstem möchte ich Philipp danken, für die dummen und die genialen Sprüche, die meiner Geschichte Gestalt geben. Danke für deine Hartnäckigkeit und deinen Glauben an mich. Deine Klugheit und deine Kreativität überraschen mich immer wieder neu. Unsere unerschütterliche Freundschaft ist der beste Beweis für mich, daß es im Leben keine Zufälle gibt.

Eine unendliche Welle der Dankbarkeit sende ich an Diogenes für all die Arbeit, die ihr für mich getan habt, allen voran an Daniel Keel für den Geist und die Großzügigkeit und das Vertrauen, für die Aufnahme eines Mädchens aus Amerika, das ihm noch nie begegnet ist, ihn aber schon jetzt verehrt.

Von ganzem Herzen danke ich Anna von Planta. Ich glaube nicht, daß es irgendwo auf der Welt einen besseren Lektor für mein Manuskript gegeben hätte, oder einen klügeren und witzigeren. Auch das Beschützende in dir, wenn es um Fragen des Herzens ging, tat mir wohl. Du bist die beste.

Ein besonderer Dank an meinen Übersetzer Manfred Allié, dem ich es nicht leicht gemacht habe. Ohne seinen Sinn für das rechte Wort wäre nichts von diesem Buch wahr geworden.

Dank an meinen Mann für seine unendliche Liebe und Unterstützung, was eine Menge Arbeit ist. Ich schenke dir mein Herz, und von Jahr zu Jahr liebe ich dich mehr. Ich bin so stolz auf das Leben, das wir zusammen aufgebaut haben. Und danke, daß du mir vor Jahren den Laptop gekauft hast, mit den romantischsten Worten aller Zeiten, »Komm, schreib deine Geschichte zu Ende«.

An trägen Nachmittagen habe ich mir damals ausgemalt, was für wunderbare Kinder ich einmal haben würde. Das Geheimnis war immer da, die Vorfreude. Nie habe ich mir ausgemalt, daß ihr besser würdet als das, was ich in meiner Phantasie sah. Es ist ein solches Glück, eure Mom zu sein, und ich liebe euch mehr, als der Ozean groß ist.

Dank auch an meinen Bruder – ich bin so stolz auf dich. Mom sende ich meine Liebe. Und noch mehr Liebe und Dank an Grandma – dafür, daß du an mich geglaubt hast. Dank an D.H.P. und P.D.O. Und Dank an meine Freundinnen, an K.L. (Miss »Nein heißt Ja«) und M.F. (Miss »Komm laß uns tanzen«), K.M.W. (Miss »So isses eben«), M.C., A.D., KJL, LMK, S.T.M., T.H. und B.L.W.

Das Buch ist für all die Mädchen, denen im Leben ein Unhold wie Walter begegnet ist – ich leide mit jeder von euch. Ich hoffe, daß dieser eine Satz euch befreien kann: »Es ist nicht eure Schuld.« Und mögen auch wir vergeben unseren Schuldigern. Aber vergeßt nicht, um zu vergeben muß man nicht bei einer Tasse Kaffee zusammensitzen – es kann auch insgeheim in unserem Herzen sein. Es ist nicht einfach, und man braucht eine Menge Zeit dafür. Wir tun es nicht für Walter, wir tun es für uns selbst.

Und zum Schluß doch nicht zuletzt danke ich Gott – ich danke dir für alles, was du tust. Und du weißt, wovon ich rede.

*Bitte beachten Sie*
*auch die folgenden Seiten*

Martina Borger
Maria Elisabeth Straub
*Kleine Schwester*
Erzählung

*Wir sind nur irgendwie ins Unglück geraten, alle zusammen. Wir haben nie etwas Böses gewollt, wir wollten nur eine glückliche Familie sein, sonst nichts.*
Die zwölfjährige Lilly sitzt vor einer Polizeibeamtin und schweigt. Sämtliche Versuche, sie zum Reden zu bringen, scheitern. Lilly kann die unerbittliche Chronologie der Ereignisse, die ihre Familie ins Unglück gestürzt haben, nicht erklären, sie kann sich nur erinnern: An ihre Kindheit, die überschattet ist von verstörenden Ereignissen, aber auch schönste Glücksmomente bereithält, an ihre Eltern, »die besten auf der Welt« – und an ihre Pflegeschwester Lotta, die aus dem Heim geholt wird, um aus ihnen allen endlich eine ›richtige‹ Familie zu machen – und die eine Katastrophe ins Rollen bringt, die nicht mehr aufzuhalten scheint, bis Lilly den schwersten Entschluß ihres Lebens faßt…

»Eindringlich schildern die Autorinnen in *Kleine Schwester* den Zerfall einer Familienidylle. Die scheinbar heile Welt gerät bei Borger & Straub unerbittlich aus den Fugen.«
*Günter Keil / Frankfurter Allgemeine Zeitung*

»Mit ihrer eleganten Prosa und profunden Kenntnis der menschlichen Seele erinnern Borger & Straub an Patricia Highsmith.«
*Angela Gatterburg / Spiegel Special, Hamburg*

*Kleine Schwester* wurde 2002 mit dem ›Frauen Krimi Preis‹ der Stadt Wiesbaden ausgezeichnet.

Amélie Nothomb
*Metaphysik der Röhren*
Roman. Aus dem Französischen
von Wolfgang Krege

Bis sie zweieinhalb Jahre alt ist, empfindet sich Amélie als Röhre – als Speiseröhre, die sich füllt und wieder leert. Doch dann reist ihre Großmutter aus Belgien an und bringt ihr weiße Schokolade mit. Von nun an gibt es Werte. Und einen Sinn. Amélie wacht mit einem Schlag auf. Kapriziös und neugierig macht sie sich auf die Erkundung der japanischen Welt, die sie umgibt, entdeckt dabei die Sprache, die Natur, die menschlichen Leidenschaften und die Geschichten, die sie von ihrer einheimischen Kinderfrau erzählt bekommt. Sie läßt sich vergöttern – bis der Tag ihres dritten Geburtstags kommt, der Tag der Vertreibung aus dem Paradies.

»Nothombs Roman *Metaphysik der Röhren* ist ein Plädoyer für ein wildes, ungestümes Leben, hinreißend frech geschrieben und dabei von großer Aufrichtigkeit. Tatsächlich ein kleines philosophisches Werk.«
*Regina Urban / Nürnberger Nachrichten*

»Wunderbar beschreibt Nothomb den naiven Größenwahn des kleinen Mädchens, den festen Glauben an ihr osmotisches Welten-Ich.«
*Alex Rühle / Süddeutsche Zeitung, München*

»Ein Meisterwerk im typischen Nothomb-Sound: ätzend und respektlos, humorvoll und anrührend.«
*Franziska Wolffheim / Brigitte, Hamburg*

## Banana Yoshimoto
## *Kitchen*

Aus dem Japanischen von
Wolfgang E. Schlecht. Mit einem
Essay von Giorgio Amitrano

Banana Yoshimotos Erfolg ist kein Geheimnis. Eine ganze Generation kann sich mit diesem Buch identifizieren. Es packt alle jungen Leute, die der Großstadt verfallen sind und zugleich mit ihrer Anonymität kämpfen. Es handelt von film- und fernsehbesessenen Jugendlichen, die sich im Slang der Comics ausdrücken. Von jungen Menschen, die lebenshungrig und zugleich voller unbestimmter Ängste sind.

»Die Qualität eines neuen Schreibens, einer an zeitgenössischer Lebenswirklichkeit geschärften literarischen Wahrnehmung läßt sich hier entdecken.«
*Irmela Hijiya-Kirschnereit /*
*Frankfurter Allgemeine Zeitung*

»Seit Salingers *Fänger im Roggen* hat niemand mehr die Initiationsriten des Erwachsenwerdens so eindringlich beschrieben wie Banana Yoshimoto.«
*Der Tagesspiegel, Berlin*

»*Das Phänomen Banana* schließt eine Lücke in der japanischen Literatur. In Yoshimotos Figuren finden sich Japans Teenager endlich wieder – als verwirrte Motten, die zwischen den Abgründen des Lebens flattern.«
*Der Spiegel, Hamburg*

»Eine Kultautorin.« *Neue Zürcher Zeitung*

*Kitchen* wurde 1997 in Hongkong von Yim-Ho mit Yasuko Tomita und Jordan Chan in den Hauptrollen verfilmt.

## Anthony McCarten
### *Superhero*

Roman
Aus dem Englischen von
Manfred Allié und Gabriele Kempf-Allié

Eigentlich ist Donald ein ganz normaler einsamer, unglücklicher Teenager. Vor allem quält ihn die Frage: »Wie geht Liebe?« Aber er hat wenig Zeit – er ist krank. Was ihm bleibt, ist ein Leben im schnellen Vorlauf. Das schafft aber nur ein Superheld. Darum hat Donald einen erfunden – MiracleMan. Aber kann MiracleMan ihm helfen, oder braucht Donald ganz andere Helden?

»Donald ist eine der ungewöhnlichsten und liebenswürdigsten literarischen Gestalten, die ich seit langer Zeit kennengelernt habe. McCarten kann tiefen Ernst und Komik auf einzigartige Weise miteinander vernetzen.«
*Annemarie Stoltenberg / Hamburger Abendblatt*

»*Superhero* ist ein toller Roman, der sich traut, noch einmal Herz auf Schmerz zu reimen. Der in die Vollen geht und auf Risiko spielt.«
*Daniel Haas / Spiegel Online, Hamburg*

»Es gibt sie noch, die Schicksalsfragen. Anthony McCartens Roman *Superhero* ist ein radikales Buch über den Hunger nach Liebe und das Sterben im Pop-Zeitalter. Nach Lektüre dieses Buches traut man sich zu, das Leben, die Liebe neu zu definieren, wie der jugendliche Überheld es vormacht.«
*Evelyn Finger / Die Zeit, Hamburg*

»Nehmen Sie sich Urlaub oder kündigen Sie Ihren Job – auf jeden Fall: Nehmen Sie sich sofort Zeit, diesen Roman zu lesen.«
*Lothar Schröder / Rheinische Post, Düsseldorf*

Auch als Diogenes Hörbuch erschienen,
gelesen von Rufus Beck

Thomas Strittmatter

*Raabe Baikal*

Roman

Thomas Strittmatters erster und einziger Roman – ein Bildungs- und Schelmenroman zugleich: Raab, die Hauptfigur, wird Raabe genannt, weil er so eigenbrötlerisch ist und undurchsichtig. Sein Vater stirbt, und Raabe kommt ins Internat. Dort trifft er auf seltsame Gestalten: Liebherr, der wegen eines Fieberschwindels nun Fieber heißt, Andre, die kein Mädchen, sondern stark sein will und deshalb ihren Namen um ein a verkürzte, und schließlich Taubmann, der aufgrund seiner Behinderung immer unterschätzt wird. Nach dem Internat beginnt für Raabe eine groteske Odyssee in den Dschungel der Stadt – Voltaires *Candide* in zeitgenössischer Form.

»Strittmatter hat einen Roman geschrieben, in dem sich auf eigenwillige Weise realistisches Erzählen mit phantastischen und skurrilen Elementen verbindet.«
*Der Spiegel, Hamburg*

»Ein schreibender Jim Jarmusch.« *Basta, Wien*

»Ein fesselnder und kraftvoller Roman, in einer vitalen, bildreichen Sprache geschrieben. In seinen exzentrischen Beschreibungen zeigen sich eine große Fabulierkunst und Erzählkraft.« *Deutsche Welle, Köln*

»*Raabe Baikal* ist ein zeitgenössischer, zeitüberschreitender Roman.« *Stuttgarter Zeitung*

Fritz Mertens

*Ich wollte Liebe und lernte hassen!*

Ein Bericht. Mit einem Vorwort von Reinhart Lempp

Der authentische Bericht über eine Kindheit und Jugend, die Geschichte einer Entwicklung, die in eine Katastrophe mündet.

»Dieses Buch wurde nur geschrieben, da mich mein Jugendpsychiater gebeten hatte, meine Lebensgeschichte niederzuschreiben. Er mußte für mich ein Gutachten stellen, da ich zwei Menschen getötet habe.« *Fritz Mertens*

»Ich selbst kenne keinen so spontanen, unmittelbaren, aus echter, eindeutiger Erinnerung heraus geschriebenen Bericht über die jahrelange Suche und Enttäuschung eines Kindes, die sein ganzes Leben bestimmten, bis zur Tat.« *Prof. Reinhart Lempp*

»Ich werde dieses Buch zunächst in meiner eigenen Schule den Schülern zu lesen geben, die sich eher für diesen Unglücksjungen als für Christiane F. vom Bahnhof Zoo interessieren sollten – und auch werden.« *Hartmut von Hentig*

»Nüchtern und sachlich beschreibt der Autor seine Erfahrungen. Die Analyse überläßt er anderen. Gerade die Schlichtheit und Offenheit seiner Erzählung machen das Schreckliche noch erschreckender.«
*Frankfurter Allgemeine Zeitung*

»Ein Dokument im Originalton. Korrigiert hat der Verlag nur die Rechtschreibefehler. Es sprudelt aus Fritz Mertens heraus wie bei einem, der jahrelang darauf gewartet hat, einmal gründlich sein Herz auszuschütten. Und das Lesen ist wie Zuhören. Man sitzt dabei.« *Stern, Hamburg*

# *Carson McCullers im Diogenes Verlag*

»Heute streitet man sich auch in Deutschland nicht mehr um Rang und Ruhm von Carson McCullers, deren erster Roman *Das Herz ist ein einsamer Jäger* bereits 1940 von renommierten Kritikern des englischen Sprachgebiets gepriesen wurde. Er machte die Dreiundzwanzigjährige auf der Stelle berühmt und gewissermaßen zur Kollegin großer Schriftsteller wie Dostojewskij, Melville und Faulkner, der selber ihr Werk verehrt hat.« *Gabriele Wohmann*

»Für mich gehört ihr Werk zu den besten unserer Zeit.« *William Faulkner*

»Carson McCullers' Romane und Kurzgeschichten sind Literatur von der erlesensten, aber auch privatesten Art; Einsamkeit und Außenseitertum sind ihre Domäne, die sie in einfallsreichen und verblüffenden Variationen vor der sommerlich durchglühten Kulisse verschlafener Provinznester Georgias in der kurzen Zeitspanne von zehn Jahren durchgespielt hat.«
*Alexandra Lavizzari/Neue Zürcher Zeitung*

*Das Herz ist ein einsamer Jäger*
Roman. Aus dem Amerikanischen von Susanna Rademacher
Auch als Diogenes Hörbuch erschienen, gelesen von Elke Heidenreich

*Spiegelbild im goldnen Auge*
Roman. Deutsch von Richard Moering

*Die Ballade vom traurigen Café*
Novelle. Deutsch von Elisabeth Schnack

*Uhr ohne Zeiger*
Roman. Deutsch von Elisabeth Schnack

*Gesammelte Erzählungen*
Deutsch von Elisabeth Schnack
Daraus die Erzählungen *Madame Zilensky und der König von Finnland* und *Ein Baum, ein Felsen, eine Wolke* auch als Diogenes Hörbuch erschienen, gelesen von Elke Heidenreich

## *Patricia Highsmith im Diogenes Verlag*

Im Frühling 2002 hat der Diogenes Verlag eine Werkausgabe von Patricia Highsmith mit weltweit unveröffentlichten Stories aus dem Nachlaß und mit Neuübersetzungen ihres zu Lebzeiten erschienenen Werks gestartet (u.a. von Nikolaus Stingl, Melanie Walz, Irene Rumler, Christa E. Seibicke, Dirk van Gunsteren, Werner Richter und Matthias Jendis). Alle Bände in neuer Ausstattung, kritisch durchgesehen nach den Originaltexten und mit einem Nachwort zu Lebens- und Werkgeschichte. Die Edition macht sich erstmals die Aufzeichnungen der Autorin zur Entstehungsgeschichte einzelner Werke, zu Plänen und Inspirationsquellen zunutze und informiert über den schöpferischen Prozeß und über die Lebenszusammenhänge, wie sie sich aus den Notiz- und Tagebüchern der Autorin rekonstruieren lassen.

»Der Diogenes Verlag, lang möge er leben, hat eine Patricia-Highsmith-Werkausgabe gestartet, alle Bände mit hervorragenden Nachworten von Paul Ingendaay. Ein beklemmender Sog, ein Genuß, ein Fest.«
*Alex Rühle / Süddeutsche Zeitung, München*

»Die Werkausgabe von Patricia Highsmith ist eine verlegerische Großtat.«
*Heinrich Detering / Frankfurter Allgemeine Zeitung*

»Mit der erstmals vollständig und höchst nuanciert neu übersetzten Werkausgabe kommen auf Highsmith-Leser glänzende Tage zu. Der wahre Genuß. Wir warten schon.«
*Tobias Gohlis / Die Zeit, Hamburg*

»Obwohl heute eine der weltweit meistgelesenen Schriftstellerinnen der Gegenwart, bleibt das Werk von Patricia Highsmith noch zu entdecken.«
*Le Monde, Paris*

Werkausgabe in 32 Bänden. Herausgegeben von Paul Ingendaay und Anna von Planta in Zusammenarbeit mit Ina Lannert, Barbara Rohrer und Kate Kingsley Skattebol. Jeder Band mit einem Nachwort von Paul Ingendaay.

Bisher erschienen:

*Zwei Fremde im Zug*
Roman. Aus dem Amerikanischen von Melanie Walz

*Der Schrei der Eule*
Roman. Deutsch von Irene Rumler

*Das Zittern des Fälschers*
Roman. Deutsch von Dirk van Gunsteren

*Die stille Mitte der Welt*
Stories. Deutsch von Melanie Walz

*Lösegeld für einen Hund*
Roman. Deutsch von Christa E. Seibicke

*Der talentierte Mr. Ripley*
Roman. Deutsch von Melanie Walz

*Ripley Under Ground*
Roman. Deutsch von Melanie Walz

*Die Augen der Mrs. Blynn*
Stories. Deutsch von Christa E. Seibicke

*Der Schneckenforscher*
Stories. Deutsch von Dirk van Gunsteren
Daraus die Story *Als die Flotte im Hafen lag*
auch als Diogenes Hörbuch erschienen,
gelesen von Evelyn Hamann

*Ripley's Game oder Der amerikanische Freund*
Roman. Deutsch von Matthias Jendis

*Ediths Tagebuch*
Roman. Deutsch von Irene Rumler

*Tiefe Wasser*
Roman. Deutsch von Nikolaus Stingl

*Die zwei Gesichter des Januars*
Roman. Deutsch von Werner Richter

*Der süße Wahn*
Roman. Deutsch von Christa E. Seibicke

*Die gläserne Zelle*
Roman. Deutsch von Werner Richter

*Leise, leise im Wind*
Stories. Deutsch von Werner Richter

Zwei Stories (›Der Mann, der seine Bücher im Kopf schrieb‹ und ›Leise, leise im Wind‹) auch als Diogenes Hörbuch erschienen:
*Der Mann, der seine Bücher im Kopf schrieb*
gelesen von Jochen Striebeck

*Der Junge, der Ripley folgte*
Roman. Deutsch von Matthias Jendis

*Venedig kann sehr kalt sein*
Roman. Deutsch von Matthias Jendis

*Kleine Mordgeschichten für Tierfreunde*
*Kleine Geschichten für Weiberfeinde*
Stories. Deutsch von Melanie Walz

Ausgewählte Stories auch als Diogenes Hörbuch erschienen:
*Kleine Mordgeschichten für Tierfreunde*
gelesen von Alice Schwarzer

*Elsies Lebenslust*
Roman. Deutsch von Dirk van Gunsteren

*Ripley Under Water*
Roman. Deutsch von Matthias Jendis

*Salz und sein Preis*
Roman. Deutsch von Melanie Walz
(vormals: *Carol.* Roman einer ungewöhnlichen Liebe)

*Keiner von uns*
Stories. Deutsch von Matthias Jendis

*Der Stümper*
Roman. Deutsch von Melanie Walz

*Ein Spiel für die Lebenden*
Roman. Deutsch von Bernhard Robben

*Nixen auf dem Golfplatz*
Stories. Deutsch von Matthias Jendis

*›Small g‹ – Eine Sommeridylle*
Roman. Deutsch von Matthias Jendis

*Der Geschichtenerzähler*
Roman. Deutsch von Matthias Jendis

*Leute, die an die Tür klopfen*
Roman. Deutsch von Manfred Allié

*Geschichten von natürlichen und unnatürlichen Katastrophen*
Stories. Deutsch von Matthias Jendis

## In Vorbereitung:

*Materialienband*
(vorm.: *Patricia Highsmith – Leben und Werk*)

*Suspense oder Wie man einen Thriller schreibt*
Werkstattbericht

## Außerhalb der Werkausgabe lieferbar:

*Nixen auf dem Golfplatz*
Erzählungen. Deutsch von Anne Uhde

*Zeichnungen*
Ausgewählt und herausgegeben von Daniel Keel
Mit einem Vorwort der Autorin und
einer biographischen Skizze von Anna von Planta

*Katzen*
Drei Stories, drei Gedichte,
ein Essay und sieben Zeichnungen